Heinrich Hansjakob

Waldleute

Ausgewählte Erzählungen Band 1

Heinrich Hansjakob: Waldleute. Ausgewählte Erzählungen Band 1

Erstdruck dieser Auswahl: Stuttgart, Bonz, 1898.

Neuausgabe
Herausgegeben von Karl-Maria Guth
Berlin 2017

Umschlaggestaltung von Thomas Schultz-Overhage unter Verwendung des Bildes: Wilhelm Hasemann, Pfarrer Heinrich Hansjakob.

Gesetzt aus der Minion Pro, 11 pt

Verlag: Henricus - Edition Deutsche Klassik GmbH
Mörchinger Str. 33, 14169 Berlin, info@henricus-verlag.de
Druck: Libri Plureos GmbH, Friedensallee 273, 22763 Hamburg

ISBN 978-3-7437-0690-3

Bibliografische Information der Deutschen Nationalbibliothek

Die Deutsche Nationalbibliothek verzeichnet diese Publikation in der Deutschen Nationalbibliografie; detaillierte bibliografische Daten sind im Internet über www.dnb.de abrufbar.

Inhalt

Der Fürst vom Teufelstein 4
Theodor, der Seifensieder 87
Afra 158

Der Fürst vom Teufelstein

1.

Noch in den achtziger Jahren des vorigen Jahrhunderts zog bisweilen ein eigenartiger Reiter in das Waldstädtle Wolfe, zwei Stunden oberhalb Hasle, ein. Er kam auf einem kleinen, runden Pferde ganz gemächlich das Kinzigtal herabgeritten in einem spinatgrünen Jägerrock und in grünem Filzhut mit Federzier. An der Seite trug er einen mächtigen, reichverzierten, alten Hirschfänger und im Munde eine Tabakspfeife, aus welcher er behaglich schmauchte.

Der Mann fiel aber auch noch auf durch seinen prächtigen Blücherkopf mit gebogener Nase und einem silberweißen Schnurrbart, über denen ein Paar helle, fröhliche Blücheraugen in die Welt guckten.

So ritt er über die Kinzigbrücke ins Städtle und durch dasselbe hinab zum alten, finstern Schloß der einstigen Grafen von Fürstenberg. Im Schloßhof stieg er ab, band sein Rößlein an einen Pfosten, hing die Pfeife an den Sattel und schritt die große Treppe hinauf zum fürstenbergischen Oberförster Gayer, machte seinen Rapport, stieg wieder aufs Rößlein, zündete seine Pfeife an und trabte, wie gekommen, zum Städtle hinaus.

Fragte ihn der Oberförster, warum er jedesmal, ohne einen Schoppen zu trinken, gleich wieder heimreite, so gab er regelmäßig zur Antwort: »Ich muß heim: wenn ich zum Wald hinausreite, werde ich sofort schwermütig und hab' keine Ruh', bis ich wieder im Wald bin.«

Jung und alt schaute dem seltsamen Gaste nach, wenn er der Kinzigbrücke zuritt, und aus einem oder dem andern Munde konnte man die Worte hören: »Der Fürst vom Teufelstein isch ou wieder hie.«

Und der war's in der Tat, und wenn einer es verdient, unter den Waldleuten genannt zu werden, so ist's der Fürst vom Teufelstein, ein Original von Gottes Gnaden und ein Waldmensch mit Leib und Seele.

Im 14. Jahrhundert hat der Pfarrer Berchthold von Bombach im Breisgau ein wunderbar schönes Buch geschrieben, nämlich das »sälige Leben der Schwöster Lütgarten, die ein Closnerin was (war) zu Oberwolfa vnd wie sy das Kloster Wittchen anhub.«

Sie war eine Kinzigtälerin, die selige Schwester Lütgart, eines Bauern Tochter unter der Burg Wickenstein bei Schenkenzell, Der Bauer hatte ein »göttlich wib«, das gebar ihm ein Kind, ein Töchterlein, »schön von Farb und von Gestalt«. Es ward Lütgart getauft, und der Name, meint Bruder Beichthold, komme von der »lüten gart«, der Leute Garten, weil in der seligen Schwester geistig das alles vorhanden war, was ein wunniglicher Garten haben soll. Ein solcher Garten aber soll haben: »Violen, weiße Rosen, rote Rosen, Lilien, grünes Gras, Birnbäume und fließend Wasser.«

Die Schwester Lütgart besaß, so führt der Lobredner aus, die Violen der Demut; sie war eine rote Rose, weil ihr das Blut in das Gesicht schoß von »schamlichen Worten«, die sie hören mußte; sie war eine weiße Rose nach ihrem lautern Leben; sie war eine lichte Lilie jungfräulicher Keuschheit: sie war ein grünes Gras, was heißen will, sie besaß ein fröhlich Gemüte, das »ein jeglicher Mensch allzeit in Gott haben soll in Lieb und Leid, in Glück und Unglück, und dazu hilft nichts mehr als ein lauter Leben, wohl behüt vor Sünden.«

Schwester Lütgart war ein fruchtbarer Baum, »von dem viel edel geistlich Frucht kommen.« Sie war ein fließender Brunnen, »von dem solich geistlich Trank floß, davon all die Seelen, die umb sie waren, getränkt wurden, Der Trank aber war das rein Gebet, das von ihrem Kerzen durch die Kehle ihres Mundes floß.«

Als sie zwanzig Jahre eine Klausnerin gewesen, trieb sie der Geist Gottes an, ein Haus zu bauen und 33 Schwestern zu sich zu nehmen. Und Schwester Lütgart sprach mit ganzem Ernst zu Gott: »Min Herr und min Gott, gib mir etwan zuo verstond, wo ich das Hus buwen soll.«

Da ward sie verzückt und in eine wüste, waldige Gegend geführt. Hier lag ein Mann, so zährenvoll geschaffen, als ob er eben vom Kreuz komme und sterben wollt'. Und es kam eine schmerzvolle Fraue, nahm die Schwester Lütgart bei der Hand, führte sie zu dem Mann, der da lag, und der wunde Mann sprach zu ihr: »Ich bin din vatter Christus und will, daß du hier ansahest ein Hus in minem Namen, da will ich selber Huswirt sin, und du sollt nit anders sin denn ein Brot des Huses.«

Lütgart begann mit reichem Mut, mit grußer Armut an der wilden Stätte, welche der Freiherr Walter von Geroldseck ihr schenkte, ein Kloster zu bauen. Eines deutschen Kaisers, Albrechts, Tochter, Agnes von Ungarn, gab am meisten zur Stiftung. Und da man zählte nach Christi Geburt 1325 Jahre, da zog die Schwester Lütgart mit 33 Schwestern in ihr Kloster Wittichen und blieb da, betend und Wunder wirkend, bis der Herr sie abrief im Jahre 1347. »Aber ihr guoter nam und das heilig Bild ihres heiligen Lebens soll nummer sterben;« darum hat es Berchtholdus, ihr Beichtvater, »ein armer Priester zu Bombach im Brisgew«, aufgeschrieben.

So ward eine Heilige die Gründerin des Geburtsortes des Fürsten vom Teufelstein, des Klosters Wittichen, inmitten dreier Waldberge in schauerlicher Einsamkeit am Wüstenbach gelegen, der in die obere Kinzig fließt.

Und von der heiligen Lütgart hat der Fürst – wie wir sehen werden – auch eine Eigenschaft geerbt, das »grüne Gras« eines allezeit in Gott fröhlichen Gemütes in Lieb und Leid, in Glück und Unglück.

Die Töchter der heiligen Lütgart – denen noch Kaiser Max einen Schutzbrief verlieh, daß die Ritter der Umgegend auf der Jagd sie nicht mit Hunden und ihrem Gefolge belästigen und stören durften – beteten fast ein halbes Jahrtausend in der Einöde am Wüstenbach, bis der Klostersturm zu Anfang des vorigen Jahrhunderts die fromme Klause aufhob und die fürstenbergische Landesregierung die Wälder und Güter, von denen die Nonnen gelebt, einzog.

Aus dem Beichtiger, den alle Jahrhunderte hindurch das St. Georgenkloster zu Villingen gestellt hatte, wurde ein Pfarrer, und neben diesem wohnte im ehemaligen Klostergebäude ein fürstlicher Revierförster, der Vater des Fürsten vom Teufelstein.

Als ich im Jahre 1890 an einem schönen Maientag von Schenkenzell und von der Kinzig her dem engen Tälchen des Wüstenbaches zuschritt und auf einmal in tiefster Einsamkeit das Kloster und seine Kirche vor mir standen, ergriffen mich alte Erinnerungen aus der goldenen Jugendzeit.

Meine Großmutter hieß Luitgard und erzählte oft von Wittichen und von ihrer heiligen Patronin, und mein nächster Nachbar, der Wagner Fürst, sprach noch öfter von diesem Waldkloster; denn Wittichen war auch sein Geburtsort und er, von dessen Originalität ich in meiner »Jugendzeit« erzählt, ein echter und rechter Bruder des Fürsten vom Teufelstein.

Ich kniete in dem einsamen Kirchlein, zu dem am Sonntag die Völker »aus dem Kaltbrunn« zum Gottesdienst wallen, nieder am

Sarkophag der »säligen Schwester Lütgart« und betete für meine Großmutter und gedachte auch meines alten Nachbars Fürst, der 1868 wie ein Held gestorben ist, nachdem er hier zu leben angefangen hatte.

Dann besuchte ich das verödete und verwahrloste Klösterlein, wo ich in einem elenden, armseligen Stüblein die Mutter des kurz zuvor verstorbenen Pfarrers Imanuel Bold in Kümmernis und Verlassenheit antraf.

Der Sakristan erzählte mir, daß mein einstiger Studienfreund, der Imanuel, auf dem engen Waldweg, den ich eben hergekommen, zwischen »Kloster und Vortal« oft hin- und hergewandelt sei und mit lauter Stimme die Psalmen Davids in der Ursprache, der hebräischen, gesungen habe.

Auch der Imanuel besaß, wie schon diese eine Tat besagt, »das grüne Gras« eines fröhlichen Gemütes.

Und noch einen Bruder des Fürsten vom Teufelstein kannte ich, den Alois. Er war in meiner Knabenzeit, unweit von meinem Elternhaus, Lehrling beim »wüsten Metzger auf dem Graben«, ein großer, starker, kraushaariger Bursche.

Anno 1849 mußte er in die Reihen der Freischärler von Hasle eintreten, machte alle ihre Expeditionen mit, zog, als die Revolution tot war, als Flüchtling in die Schweiz und ertrank beim Baden in der Aar bei Thun.

Der Vater dieser Fürsten stammte aus einer alten Förster- und Jägerfamilie der Baar, die meist in Diensten der Fürsten von Fürstenberg stand und durch deren Besitzungen in Böhmen sich auch dahin und nach Österreich verzweigte.

Meine Vorfahren, meinte der Teufelsteiner oft, sind alle »Waldteufel« gewesen.

Im siebenjährigen Krieg zeichneten sich Brüder seines Großvaters, die alle Forstleute waren, auch als Soldaten aus, und einer fiel in der Schlacht bei Kolin als österreichischer Hauptmann.

Der reiche Kindersegen in dieser fürstlichen Familie drückte mit der Zeit die Nachkommen in andere Stände herab.

So hatte der Vater des Teufelsteiners, der Revierförster in Wittichen, 15 lebendige Kinder und war deshalb nur imstande, *einen* seiner zehn Buben in der Jägerei ausbilden zu lassen, die andern mußten Wagner, Metzger, Schlosser, Dreher, Schmiede, Knechte oder Taglöhner werden.

Sie waren aber lauter lustige Leute, die jungen Fürsten; vier von ihnen machten noch, außer dem Alois, schwärmend für Freiheit, die badische Revolution mit, und als diese vorüber war, verschollen sie im großen Lande jenseits des atlantischen Meeres.

Einer, der Andres, ein Herkules an Kraft und Stärke, blieb in der Nähe der Heimat und ward ein tüchtiger, fleißiger Schmiedmeister in Schenkenzell, wo er zugleich das Amt eines Friedensrichters versah, welches darin bestand, daß man, wenn es in einem Wirtshaus Händel gab, den starken Schmied holte, damit er Frieden stifte. Er kam, hörte an, gab seinen Entscheid, und wer sich dem nicht unterwarf, spürte es an seinen Knochen und bis ins Mark hinein.

Die Meidle[1] des Försters von Wittichen, alle lustig in Ehren, heirateten Buren, Taglöhner und Holzmacher.

Unser Held, Josef Anton oder, wie die Kinzigtäler sagen, Seppe-Toni, war der älteste, hat aber seine Geschwister alle überlebt.

Es war ein heimeliges Leben in der »Wüstenei« von Wittichen, da des Revierförsters Seppe-Toni als Knabe in die Welt trat. Die wenigen Bewohner bildeten eigentlich eine einzige Familie, welche sich zusammensetzte aus den ehemaligen Klosterfrauen, dem Pfarrer und den Förstersleuten, die alle im gleichen Haus, im Kloster, wohnten.

Die Nonnen, bei Aufhebung des Stiftes pensioniert, blieben, 17 an der Zahl, alle beisammen, um in Gebet und Handarbeit ihr Leben da zu beschließen, wo sie Gott sich geweiht hatten.

Unter ihnen befand sich auch die letzte Äbtissin, Maria Coletta Baudendistler, ein Buremeidle aus dem Renchtale.

Die Kinder des Försters waren den alten Damen eine Unterhaltung, und die Kleinen verkehrten um so lieber bei den Klosterfrauen, als diese stets mit Süßigkeiten aller Art, die sie selbst bereiteten, versehen waren.

Das erstemal, da des Revierförsters Seppe-Toni sein Licht leuchten ließ, war es zu Gunsten der Volkstracht. Die Buben, welche mit ihm in die Schule gingen, trugen alle Kniehosen, der Seppe-Toni allein als Herrenbüblein hatte lange französische Beinkleider an.

Es schmerzte ihn dies am meisten am Sonntag in der Kirche. Da kamen seine Kameraden aus dem Kaltbrunn in ihren Kniehöschen,

---

[1] Im oberen Kinzigtal sagt man statt Mädchen Meidle, im mittleren Maidle.

blauen Strümpfen und Bundschuhen so schmuck und kleidsam daher, daß er beschloß, bei nächster Gelegenheit mit der Modetracht aufzuräumen. Eines schönen Sommersonntags zieht die Mutter, obwohl selbst eines Bauern Tochter aus dem Kaltbrunn oberhalb Wittichen, ihrem Seppe-Toni nach dem Aufstehen neue Modehosen an. Er duldet es und schweigt. Aber kaum aus der Stube, um in die Kirche zu gehen, eilt er in den Holzschopf, zieht seine Beinkleider aus, hackt sie mit einem Beil in der Kniegegend ab, zieht sie wieder an und eilt hinüber zum Kirchlein, denn es hat bereits zusammengläutet.

Alles lacht, als des Försters Büble mit so eigenartigen Kniehosen erscheint. Das betrübt ihn nicht, auch die Prügel nicht, die er nach dem Gottesdienst für seine Freveltat gegen die Mode erhält; seinen Zweck hat er erreicht, er bekommt in Zukunft echte, rechte, lederne Kniehosen, wie die Bauernbüble auch.

Die ganze Buben- und Burenschaft, die nach Wittichen in die Kirche kam, rechnete es ihm aber hoch an, daß er sich mit seinen kurzen Hosen in ihre Reihe gestellt wissen wollte.

In die Schule hatten des Revierjägers Kinder einen weiten Weg. Sie mußten über die Burgfelsen nach dem zerstreuten Bergdorfe Kaltbrunn, zu dem Wittichen politisch gehört, während dieses selbst religiös das Zentrum von Kaltbrunn ist.

Öfters, namentlich zur Winterszeit, erlag der Seppe-Tonile der Kälte und den von ihr verursachten Schmerzen. Da ließ ihn ein Bauersmann jeweils von seiner Magd auf dem Rücken über die Burgfelsen heimtragen.

Viele Jahre später, da er Beiförster in Wittichen und Jagdpächter war, übersah er es dem Sohne jenes Bauern, wenn er ihm oft Hasen und Hühner schoß und unterschlug, übersah es aus Dankbarkeit gegen den Vater, der ihn einst durch die Magd hatte heimtragen lassen.

Der Schulmeister in Kaltbrunn war ein kreuzbraver Mann, hatte aber so wenig Vorstudien gemacht, daß er selber nicht orthographisch schreiben konnte. Weil nun der Förster seinen Ältesten wenigstens beim niederen Forstdienst anbringen wollte, tat er den Sepple nach der Schulentlassung noch auf die hohe Schule nach dem benachbarten Dorfe Schenkenzell, wo ein tüchtiger Lehrer amtierte.

Der Ochsenwirt nahm hier den Knaben um wenig Geld in Kost und Logis, und die Bauern aus dem Kaltbrunn, die am Ochsen vorbeifuhren, hinterlegten Geld, damit er sich in der freien Zeit von seinen Studien im Rechnen und Schreiben erholen und mit einem Glas Wein stärken konnte.

Und das Geld für das Studium in Schenkenzell war nicht umsonst ausgegeben. Der Seppe-Toni schrieb bis in sein höchstes Alter eine zierliche, schöne Schrift, und wie genau er alles berechnet und gebucht hat, werden wir später erfahren.

Die alte Zeit war durchweg praktisch. Da gab es noch keine polytechnischen Schulen für Forstleute. Wer Forst- und Jagdwirtschaft erlernen wollte, ging in die Lehre, wie die Handwerker auch. Er wurde Forstlehrling bei irgend einem Revier- oder Oberjäger, der ihm Theorie und Praxis zu gleicher Zeit beibrachte.

Und wie Handwerker ihre Söhne mit Vorliebe zu einem andern Meister in die Lehre geben, weil sie strenger gehalten werden und lieber folgen als daheim, so machten es die alten Förster mit ihren Söhnen, wenn diese Forstlehrlinge werden sollten.

So tat auch der Förster von Wittichen seinen siebzehnjährigen Seppe-Toni fern der Heimat, hinauf in die Baar, wo die einsame fürstlich-fürstenbergische Forstei Waldhausen, unweit des alten Reichsstädtchens Bräunlingen, die praktische Forstschule für den künftigen Fürsten vom Teufelstein werden sollte.

Der Toni vom Roßberg, ein reicher Bur und Bruder der Mutter des Seppe-Toni, führte diesen und seine sieben Sachen durch die Täler des Schwarzwalds hinauf und hinunter in die Baar. So geschehen anno 1826.

In Waldhausen war der Seppe-Toni eigentlich daheim. Denn hier war sein Vater geboren und sein Großvater Revierjäger gewesen.

Von Wald umgeben, liegt das kleine Dörflein ebenso weltfern, wenn auch nicht gar so vereinsamt in der Baar, wie Wittichen im Schwarzwald. Doch das Försterhaus in Waldhausen war kleiner und armseliger, als das Kloster Wittichen. Die Forstlehrlinge, und ihrer waren mehrere da, als der junge Fürst eintrat, mußten deshalb bei Bauersleuten wohnen und sich bei ihnen mit Räumen direkt unter dem Dach begnügen.

So einfach waren die Menschen noch vor siebzig und mehr Jahren. Heute wohnt längst kein Oberförster mehr in Waldhausen; ein Waldhüter haust in seiner Hütte, und die Forsteleven sind Korpsstudenten in den Städten.

Die Förster, ehedem in einsamen Orten, oft mitten im Walde, sind heute fast alle Stadtleute und Kanzleibeamte. Die Poesie des Standes ist längst vorüber, und die alten Namen für die Förster: Jäger, Revierjäger, Oberjäger – wären der reinste Hohn auf die heutigen Bureaumenschen.

Um die alten Forst- und Jagdhäuser inmitten der Wälder woben sich Sagen und Geschichten voll Poesie, und drinnen lebten Menschen von altem Schrot und Korn, derb, aber wahr, echt und recht. Unser Fürst vom Teufelstein ist sicher der letzte Vertreter jener schönen, alten Zeit im Schwarzwald gewesen.

Im kleinen Forsthaus zu Waldhausen wohnten zur Zeit, als des Revierjägers Seppe-Toni von Wittichen in die Lehre trat, der Förster Anton Nittinger, ein altes Haus, schon seit vielen Jahrzehnten hier, sein Weib, sein Knecht und sein Pferd. Außer unserem Witticher wollten noch drei junge Leute beim »Jäger-Toni« die Försterei erlernen.

Sie begann von unten, wie bei jedem Handwerk. Erst mußten die Lehrlinge dem Meister, der ein Jäger erster Passion war, als Treiber dienen, damit sie auch »wüßten, was treiben heißt, wenn sie einmal als Jäger auf dem Anstand stünden.«

Auf dem Wege von und zur Jagd gab ihnen dann der Meister Unterricht; er lehrte sie die Steine kennen, die im und am Wege lagen, und im Walde die Pflanzen, Sträucher und Bäume. So zogen die Mineralogie und die Forstbotanik langsam in ihre Seelen.

Dann kam auf den Waldzügen der Waldbau an die Reihe, die Schlag- und die Femelwirtschaft, die Art und Weise des Hochwaldbetriebs, des Licht- und des Abtriebschlages.

Ein andermal dozierte der Jäger über Waldwege oder über Forstfrevel, über die Gewinnung von Harz und Kohlen, wahrend die Lehrlinge seufzten unter der Last von Rehen und Hasen, die sie heimtragen mußten.

War das nicht Prosa und Poesie, Theorie und Praxis in schönster Harmonie – alles ohne Professor und ohne Katheder! Der Hörsaal war Gottes schönster Tannenwald, und Gottes Sonne zwinkerte durch die Tannenäste, da ein alter Jägermeister seinen Lehrlingen Vorlesungen hielt.

Nebenbei übten sich dieselben im Wald und auf der Heide im Blasen des Waldhorns.

Wie der Lehrbuben jüngster bei jedem Handwerk auch sonstige Dienste im Haus verrichten und den Weibsleuten gehorchen muß, so war auch unser Seppe-Toni Leibbursche der Frau Revierjäger – Oberförster würden wir heute sagen. Sie litt stark an Durst, und der Lehrling mußte ihr oft in der Dorfkneipe zu trinken holen; aber der Herr Gemahl durfte das nicht wissen.

Der Witticher Kurzhösler benahm sich bei diesem Geschäft so schlau und anstellig, daß er die Gunst seiner Meisterin gewann, die sonst »den Teufel im Leib hatte«.

Kein Mann sieht es gerne, wenn sein Weib eine Trinkerin ist, obwohl auch dieses fast ordinärste Laster eines weiblichen Wesens zu entschuldigen ist.

Ich habe schon wiederholt Gelegenheit gehabt, trunksüchtige Wibervölker kennen zu lernen, aber alle ohne Ausnahme hatten entweder einen trunksüchtigen Vater oder eine väterliche Großmutter, die gern »ins Gläsle guckte«. Sie waren also erblich belastet und verdienten darum das Mitleid, welches wir jedem erblich Belasteten zollen müssen.

Auch der Revierjäger in Waldhausen suchte der Trinklust seiner Frau zu steuern und fahndete deshalb oft nach verbotenen und verborgenen Weinflaschen, selbst in der Küche. Den Seppe-Toni dauerte seine Meisterin, wenn sie bisweilen durch die Umschau des Meisters um ihre guten Tröpfle kam, und er fand ihr einen Schlupfwinkel, in dem der Herr Gemahl wohl nie suchen dürfte. Er riet nämlich dem bedrängten Weibe, das Weinfläschchen hinter den Küchenbesen zu verstecken und diesen stets recht dicht und recht dick mit Besenreis besetzt zu halten.

Das war probat, und der Lehrling hatte bei der Meisterin fortan die besten Tage.

Mit der Zeit bekamen die Treiber Gewehre in die Hand und sollten als Jäger ausgebildet werden. Ihr Meister war, wie schon gesagt, ein großer Nimrod und, wie es ehedem Brauch war, weit mehr Jäger als Förster. Von allem, was im Walde fliegt und kriecht, was auf dem Baum springt und ins Loch schlüpft, – wußte der Meister Art und Fahrt, Atzung und Losung, Wechsel und Stand. Und das alles trug er vor im grünen, grünen Wald, am toten und am lebendigen Tier.

Aber, obwohl mit der Jägerei erblich belastet von seinen fürstlichen Ahnen her, war der Seppe-Toni von Wittichen ein schlechter Schütze.

Wenn ihm der Revierjäger den besten Stand gab und das Wild auf ihn hinauf lief, er traf nichts.

Er schämte sich nicht bloß, er schädigte sich dadurch auch; denn das einzige Einkommen, welches die Lehrlinge hatten, waren die von der fürstlichen Forstkasse in dem benachbarten Donaueschingen ausbezahlten Belohnungen für Erlegung von Raubzeug aller Art. Es mußten aber jeweils als Belege die Fänge oder die Köpfe der Raubvögel und die Schwanzspitzen der Marder, Iltisse und wilden Katzen vorgezeigt werden.

Da unser Witticher nichts zur Strecke brachte, weder wilde Katzen, noch zahme, die im Walde hausten, noch Raubvögel, so kam er bei seiner natürlichen Schlauheit auf ein eigenes Mittel, sich Schußgeld zu verschaffen.

Er stellte sich mit allen Hauskatzen des Dörfchens auf freundschaftlichen Fuß und streichelte ihnen so lange, bis er Gelegenheit fand, ihnen mit seinem scharfen Weidmesser unbeschrieen die Schwanzspitze abzuschneiden. Pro Stück bekam er acht Kreuzer Schußprämie und schnitt sich so, wie er noch in seinen alten Tagen schmunzelnd erzählte, manchmal das Biergeld heraus, wobei er jeweils bedauerte, daß die Natur coupierte Schwänze nicht mehr wachsen lasse.

In Waldhausen aber und in der nächsten Umgegend soll es in seinen Lehrlingsjahren nur kurzschwänzige Katzen gegeben haben, was aber die Leute gar nicht merkten oder, wenn sie es in einzelnen Fällen inne wurden, jedem andern Unfall eher zuschrieben, als dem Weidmesser eines Jägerlehrlings, der sich Schußgeld verschaffen wollte, ohne zu schießen.

Daß ein Jäger aber auch ein Schütze sein muß, sah unser Forsteleve ein, darum übte er sich privatim und allein im Schießen von Raben und von Hofhunden! Die letzteren schoß er aus Notwehr.

Oft zog er hinab ins Kinzigtal und nach Wittichen, aber poesievoll, wie er war, nur in der Nacht und bei Vollmondschein.

Er verließ Waldhausen am Abend und wandelte, sein Gewehr auf dem Rücken und vom Vollmond begleitet, die ganze Nacht auf den nächsten Gebirgswegen ins Kinzigtal hinunter – einen Weg von mindestens acht Stunden.

Da fielen ihn manchmal bei einsamen Höfen in drohender Art die Hunde an, und an ihnen übte er sich dann im Schießen.

Gern hielt er sich auf diesen nächtlichen Wanderungen auch bei Schäfern auf, die er unterwegs mit ihren Herden und Hunden traf.

In der Frühe rückte er im Kloster Wittichen ein, grüßte Vater und Mutter, Geschwister und die freigebigen Klosterfrauen und wanderte dann in der kommenden oder in der zweiten Nacht bei Mondlicht wieder der Baar zu.

Wie bei einem Handwerker, dauerte damals die gewöhnliche Lehrzeit eines Forst- und Jagdbeflissenen zwei Jahre. Feierlich wurde jeder Forstlehrling, auch in Waldhausen, freigesprochen, d. h. wehrhaft gemacht. Des Wittichers Vater hatte noch ein altes, schönes Familienstück von Hirschfänger; den schenkte er seinem Sohn zur Wehrhaftmachung.

Diese nahm der Lehrmeister vor in Gegenwart aller Jäger und Knechte und Buben. Er sprach: »Es wird der löblichen Jägerei erinnerlich sein, wie gegenwärtiger Josef Anton Fürst von Wittichen vor Jahr und Tag als ein Lehrjunge gekommen und sich während der Zeit auch ehrlich, treu und fleißig verhalten, daß ich mit ihm wohl zufrieden bin. Dieweil nun unsere lieben, alten, in Gott ruhenden Vorfahren bei freier Loslassung ihrer Kinder oder Leibeigenen ein merkliches Andenken hinterlassen, dieser Josef Anton Fürst seine Lehrjahre richtig ausgestanden, so will ich diese uralte, löbliche Gewohnheit nicht ändern, sondern so viel hiezu vonnöten vornehmen.«

Hierauf wandte er sich an den Lehrling und sprach: »Du bist nunmehr kein Kind mehr und hast die mündigen Jahre erlebt. Ich frage dich also: »Willst du wehrhaft gemacht werden?«

Der Junge antwortete: »Ja.« Jetzt gab ihm der Meister mit der rechten Hand eine Maulschelle und sprach: »Die vertrage von mir, sonst von niemanden mehr, erinnere dich aber des Backenstreiches, so unser liebster Heiland unsertwillen hat erdulden müssen.« Mit der Linken reichte er alsdann dem Lehrling den Hirschfänger und fuhr fort:

>Hier hast du deine Wehr,
>Die gebrauch' zu Gottes Ehr',
>Zu Lieb' und Nutz' des Herren dein.
>Halt' dich ehrlich, treu und fein,
>Wehr' dich damit gen Feinde,
>Doch unnütz' Händel meide.

Gürte deine Lenden wie ein Mann,
Der sein Horn recht blasen kann.
Nunmehr hast du die Freiheit,
Es gehe dir wohl allezeit.

Alsdann gratulierte jeder dem jungen Jäger, und es ward ein Mahl gehalten.

Das war Poesie, echte, rechte; darum ist aber der Fürst vom Teufelstein auch ein echter, rechter Jägersmann geworden, der seinen Hirschfänger bis zum Tode in Ehren trug und in Ehren hielt.

Sein Vater bat, nachdem die Lehrzeit vorüber war, bei der fürstlichen Forstdirektion in Donaueschingen, seinem Sohne noch eine weitere, theoretische Ausbildung zu ermöglichen, damit er ihm, dem Vater, später in seinen beschwerlichen Gebirgsforsten aushelfen könne. Es wurde die Bitte gewährt. Und wie?

Der Forstlehrling von Waldhausen kam zu dem Oberforstrat von Koller nach Donaueschingen »auf die theoretische Forstschule«, auf der sich noch zwei Vettern von ihm gleichen Namens und ein dritter Forstbeflissener als Eleve befanden.

Diese Schule bestand nun darin, daß die Schüler dem Professor untertags als Jäger und Pferdebursche dienten, wofür er ihnen am Abend die Forstwissenschaften in etwas wissenschaftlicherer Art, als der Revierjäger von Waldhausen, weidlich einprügelte.

Zum Unterschied von seinen Vettern erhielt unser Josef Anton den Rufnamen »der Witticher«. Als er nun die erste Ohrfeige bekam, meinte er: »Das ist zu gut bezahlt, Herr Oberforstrat, so viel war die Kleinigkeit nicht wert.«

Das entwaffnete den hitzigen Professor, und er lud den Witticher zum Mittagessen ein, um ihn seine Ohrfeige vergessen zu machen. Der Oberforstrat hatte noch Gäste, und darum war das Mahl ein gutes. Als es zu Ende war, meinte der Witticher, sich bedankend, solchen Tausch gehe er jeden Tag ein, für eine Ohrfeige ein Herrenessen.

Der Oberforstrat gab aber nicht gerne Ohrfeigen, er liebte es mehr, nach uraltem Jägerbrauch zur Strafe »das Weidmesser zu schlagen«.

Der Verbrecher wurde gelegentlich der Jagd auf einen Damhirsch oder einen Rehbock gelegt, und die andern Jäger mußten eins auf dem Waldhorn blasen. Nach diesem Tusch gab der Jägermeister den ersten Streich mit dem bloßen Weidmesser auf einen gewissen Teil, während er das »Waldgeschrei« sprach: »Ho, ho, das ist vor unsere gnädigste Herrschaft!« Nach dem zweiten Streich lautete das Waldgeschrei: »Ho, ho, das ist vor Ritter, Reiter und Knecht!« – und nach dem dritten Schlag: »Ho, ho, das ist das edle Jägerrecht, ho, ho, juchhe!«

So wurde ein Jahr lang doziert, studiert und das Weidmesser geschlagen, und dann machten die vier Eleven am 22. September des Jahres 1828 das Staatsexamen in der niederen Forstwirtschaft.

Der Fürst vom Teufelstein hat die Examensfragen aufgehoben all' sein Lebtag, und ich habe sie vor mir liegen. Ich bin kein Forstmann, war aber in meiner Knabenzeit einmal Waldfrevler und allzeit ein Freund des Waldes und der Jagd und finde als solcher die Fragen alle sehr praktisch. Gefreut haben mich als alten Jäger die vielen Fragen über das Jagdwesen und vorab die letzte derselben: »Welches ist des Weidmanns Gruß beim Abschied?«

Die Antwort auf die obige Frage hat der vom Teufelstein nicht hinterlassen. Sie hat mich aber interessiert, und ich hab' auf sie gefahndet. Sie lautet ebenso kurz als die Frage und heißt: »Weidmanns Heil!«

Daß solche Fragen in einem Staatsexamen einst gegeben wurden, spricht sehr für die Gemütlichkeit jener Tage trotz der Ohrfeigen und trotz des Schlagens mit dem Weidmesser.

Das Examen ward bestanden, und jetzt ging's in die Praxis.

2.

Im obern Wolftale liegt das vielbekannte Schwarzwaldbad Rippoldsau am Fuß des waldigen Kniebis, den die Deutschen des Mittelalters kräftiger Kniebutz nannten.

Oberhalb des Bades stund in den zwanziger Jahren noch das alte fürstenbergische Forsthaus, in welchem ein Revierförster residierte. Es war dies in jener Zeit ein alter, kränklicher Mann, namens Hug.

Bei ihm erschien bald nach dem oben erwähnten Staatsexamen eines Tages ein flotter, junger Jäger in Uniform und mit dem Hirschfänger gegürtet.

Er war über den Berg her vom unfernen Wittichen gekommen und stellte sich vor als: »Josef Anton Fürst, für Rippoldsau ernannter Forstadjunkt und Sohn seines Vaters, des Revierjägers in Wittichen.«

»Mit Schmerzen hab' ich auf Euch gewartet, junger Mann«, antwortete der alte Nimrod, den das Zipperlein seit Jahren plagte, und der herzlich froh war, einen Helfer zu bekommen.

»Das ist ein Hundedienst, jahraus jahrein auf dem Kniebis herumzustolpern und im Holzwald, im Kohl- und im Glaswald. Und dazu überall Frevler am Holz und am Harz, wahre Teufelskerle, die man nie erwischt.«

»Und die schönsten Rehböcke holen sie einem auch. Da möcht' der Teufel Förster und Jäger sein. Mich hat der Zorn umgebracht und der Schnee auf dem Kniebis mir das Zipperlein in die Beine hineingefroren, so daß ich jedenfalls nicht mehr lange mitmache.«

»Ich hab' drum schon lange meinem alten Freund, dem Oberforstrat von Koller, geschrieben, mir einen Adjunkten zu geben. Er meinte aber immer, ich könnte es noch allein machen. Aber diese Forsträte und Forstherren haben gut reden, die schmecken nur in den Wald, und wenn's nichts zum Jagen gibt, dann gehen sie wieder. Holz- und Harzfrevler fangen sie keine.«

»Als der Oberforstrat nun den letzten Sommer hier im Bade war, hab' ich ihn einigemal mitgenommen bei Regenwetter und ihm den Kniebis gezeigt und die von Frevlern angerissenen Fichten und die abgesägten Wurzelstöcke – da hat er's gesehen, daß eine jüngere Kraft nötig sei, und mir einen Adjunkten versprochen.«

»Gestern kam ein Schreiben von ihm, worin er mir einen schlauen und findigen Adjunkten anzeigt, und heute kommt Ihr. Also willkommen, Kollege, am Kniebis!«

»Ihr seid in der Gegend aufgewachsen und kennt unsere Gebirgsforste. Euer Großvater war ja vor dreißig Jahren noch selbst Jäger hier, und drum seid Ihr mir doppelt willkommen.«

»Herr Revierförster«, nahm nun der Adjunkt das Wort, »bleibet Sie nur daheim von heut an, i will alles b'sorge, i hab' junge Bein' und Courage wie der Teufel, Schieße kann i no nit am besten, aber des schadet nichts; denn wenn unsereiner einen Frevler zu gut trifft, ist er gleich maustot, und des will man ou nit. Und weil die Wilderer so viel Rehböck' g'holt haben, so ist's gut, wenn ich die anderen mit meiner Büchs' schone, bis ich ein besserer Schütz' bin.«

»Ihr g'fallt mir, Adjunkt«, entgegnete der Förster und schüttelte dem Redner freudig die Hand. »Aber einen Rat will ich Euch geben fürs ganze Leben; denkt im Dienst immer an das schöne Sprichwort: ›Allzu scharf haut nit, und allzu spitzig sticht nit.‹«

So trat der Seppe-Toni sein erstes Amt an, und noch in seinen alten Tagen sprach er von dem weisen Rat, den ihm sein erster Revierförster gegeben hatte.

Die größte Sorge des Forstadjunkts waren die Harzfrevler auf dem Kniebis.

Mitten auf der Höhe des gewaltigen Gebirgsstockes liegen zerstreut zwischen Wald und Matten die Hütten der Gemeinde Kniebis und weiter unten die der Holzwälderhöhe.

Die Leute sind blutarm in dieser rauhen Waldgegend. Die Wälder ringsum gehören »der Herrschaft«, und sie selbst haben nur ihre Strohhütten und um diese herum ein wenig Gras für ihre Kühe und Ziegen.

Ihre Armut machte sie zu Harz- und Holzdieben, und ich bin der allerletzte, der ihnen deshalb zürnt oder einen Stein auf sie wirft.

Nachts, wenn die Sternlein über dem Kniebis standen, zündeten die Kniebiser im Walde Lichtlein an, jeder Mann eins, und dann zogen sie ins Dickicht wie eine Lichterprozession, suchten die angerissenen Fichten auf und leerten deren Harzkanäle mittelst Kratzeisen, oder sie rissen neue, saftreiche Bäume an, um sie fürs Harzen vorzubereiten.

Keine Sekunde aber waren sie sicher vor den Revierjägern, die mehr denn einmal die Flüchtigen anschossen.

Das so mühsam gewonnene Harz verarbeiteten sie in stillen, unbeschrieenen Stunden zu Terpentinöl, zu Wagenschmiere, zu Pech und zu Kienruß.

Wie oft hab' ich in meiner Knabenzeit die Harzer vom Kniebis in Hasle an- oder durchfahren sehen! Sie hatten Handkarren, die sie vor sich herschoben, und auf diesen in hölzernen Kübeln ihre Ware.

Ich erinnere mich besonders an einen alten, kleinen Mann; er hieß der Schmiere-Mathes und fuhr regelmäßig einigemal im Jahre bei unserem Hause vor, stellte seinen Karren da still und verhausierte seine Artikel.

Wenn er dann in seinen ledernen Kniehosen und den langen Stiefeln in meines Vaters Wirtsstube saß, erzählte er oft vom Kniebis und seinen Herrlichkeiten. Er meinte dann, dieser Berg sei der merkwürdigste in der Welt, denn an ihm entsprängen vier wilde, stolze Flüsse: die Wolf, die Kinzig, die Rench und die Murg, und aus ihm kämen vier Gesundbrunnen: Rippoldsau, Griesbach, Peterstal und Antogast. Er enthalte Silber, und sein Eisen sei flüssig und speise die genannten Gesundbrunnen. Auf ihm wachse ferner allein in Deutschland das isländische Moos, das man bei uns sonst nirgends als in den Apotheken bekomme.

Alle Potentaten, von den alten Römern an, hätten den Kniebis gekannt und dort Schanzen aufgeworfen.

Aber auch das erzählte er, der alte Harzer, daß noch nicht lange Leute droben wohnten auf der Holzwälderhöhe und in der Gemeinde Kniebis; sein Vater sei als Kind dahin gekommen, als man im vorigen Jahrhundert »Menschen hinaufgepflanzt habe.«

Die Kniebis-Männer und -Burschen führten ihre Harzprodukte bis hinab gen Karlsruhe durch alle Städtchen und Dörfer. Und wenn sie heimkamen, so erzählte mir im Herbst 1896 noch ein alter Mann, ließen sie aus dem unfernen Bergdorf Kaltbrunn Musikanten kommen und sich in ihrem Waldwirtshaus aufspielen zum Tanz und hatten gute Tage, bis das Geld alle war. Dann ging's wieder mit den Lichtern in den Wald, und es ward neues Harz geholt von unseres Herrgotts Fichten.

Mit diesen vielgeplagten und so selten frohen Menschen sollte der Forstadjunkt Fürst sich herumschlagen bei Wind und Wetter, im Regen und Schnee.

Dazu kamen noch die Holzdiebe, welche es namentlich auf glatte, schöne Tannen abgesehen hatten, die sich gut zu Brettern und zu Schindeln verarbeiten ließen.

Die Schindeln wurden ebenfalls »verhausiert« im Kinzigtal, die Bretter aber kamen durchs Renchtal nach Straßburg. Die Liebhaber solcher Sägeklötze wohnten aber weniger auf dem Kniebis als drunten im Renchtal.

Bevor der zukünftige Teufelsteiner im Revier war, gingen die Frevler in den finstersten Nächten und beim schlechtesten Wetter an die Arbeit; denn da, wußten sie, kommt der kranke Förster nicht, und Waldhüter gab es keine, weil der Förster die Waldhut hatte, und wenn einer oder der andere existierte, so war er aus der Gegend, also Fleisch von der Harzer Fleisch, und drum nicht so gefährlich.

Der Forstadjunkt ging aber alsbald gerade zu diesen Zeiten auf die Suche und hatte leicht finden, weil die Lichtlein der Harzer ihm den Weg zeigten. Noch das Knistern eines Reises, auf das er trat, machte die Lichtlein erlöschen, und aus war's mit dem Erwischen.

Dazu kam, daß, wenn er sie im Glaswald suchte, sie im Kohlwald harzten, und wenn er auf den Holzwald stieg, sie die Tannen am Eichelberg holten.

So ging der Harz-, Schindeln- und Bretterdiebstahl noch einige Zeit fast so stark wie bisher.

Es kam vor, daß die Renchtäler am Abend einen Stamm holten, in der Nacht versägten und am Morgen versandten, so daß, wenn der Adiunkt ihren Spuren nachging, er so gut wie nichts mehr vorfand, wenn die Sonne aufgegangen war.

Aber das Harz konnte nicht so rasch verarbeitet werden, und der Forstadjunkt war ungemein schlau im Entdecken von Harzlagern inner- und außerhalb der Hütten auf dem Kniebis.

In den Kellern und unter den Misthaufen stöberte er zentnerweise Harz auf. Manchen Sack voll des klebrigen Stoffes jagte der Seppe-Toni von Wittichen den Waldleuten auch dadurch ab, daß er ihre Gespensterfurcht benützte und Gespenst und Teufel spielte.

Traf er nachts im Walde ein- oder das anderemal einen Trupp, der auf dem Heimweg war, so verhielt er sich mäuschenstill. Er folgte den Leuten unsichtbar und warf nur von Zeit zu Zeit kleine Steinchen in die nächtlichen Wanderer. Das wurde diesen nach einiger Zeit so unheimlich, daß sie glaubten, es sei etwas Ungerades oder der leibhaftige Gottseibeiuns in der Nähe. Wenn dann der Harzwächter noch plötzlich mit einer übermächtigen Drohstimme irgend ein Geisterwort losließ, warfen die Leute ihre Säcke ab und flohen blindlings.

Ertappte er einen oder den andern an Sonntagmorgen, wo mit Vorliebe geharzt wurde, so transportierte er ihn, mit gespanntem Hahn ihm folgend, vor die Kirche drunten unterhalb des Bades, beim »Klösterle«, und da mußte er, mit seinem Harzsack beladen, stehen bleiben, bis die Leute aus dem Gottesdienst kamen und den eigenartigen Sabbatschänder sahen.

Der Harzhandel und der Bretter- und Schindeln-Export ins Unterland kamen drum zeitweilig ins Stocken.

Beliebt war so der Forstadjunkt nicht bei den Harzern und Holzdieben, und mehr denn einmal feuerten sie nächtlicherweile auf ihn und er auf sie. Aber doch taten sie an ihm Christenpflicht, als er einst auf ihrer Höhe sich zum Sterben niedergelegt hatte.

In einer Winternacht, es lag tiefer Schnee auf dem Berg, und es schneite ununterbrochen weiter, ging er am Kniebis hinauf, um ganz oben an der württembergischen Grenze, über die oft Tannenbäume weggeschleppt wurden, zu lauern.

Je höher er kam, um so tiefer ward der Schnee. Er kämpfte mit ihm, bis er erschöpft niedersank. Leise, aber mächtig fielen immer neue Flocken auf den erschöpften Mann, der sich nimmer wehrte der Todesumarmung. Da fuhr draußen auf der Landstraße der Postschlitten vorbei auf dem Weg aus dem Renchtal nach Freudenstadt. Im Schneelichte sah der Postillon etwas Menschenähnliches noch aus dem Schnee ragen. Er hält an, eilt über das Schneefeld und findet starr und leblos den Forstmann.

Er schlägt Lärm in einer Kutte, die zum Dorf Kniebis gehört, und bald sind Mannen genug da aus der Harzerkolonie, die ihren Forstwart ins Dorfwirtshaus tragen »zum krummen Schulmeister«, der, ein hinkender Mann, zugleich Wirt und Lehrer war.

Im warmen Bette erwacht der Seppe-Toni erstaunt wieder zum Leben auf. Seine Kniebiser erzählten ihm, was vorgegangen, und freuen sich, daß ihr guter Freund nicht im Schnee hat sterben müssen. Hatten die vom obersten Kniebis, die eigentlichen Kniebiser, dem Manne, der ihren Lebensfaden beschnitt, das Leben gerettet, so erwuchs dem starken Samson eine Delila bei ihren nächsten Nachbarn und Harzgenossen, bei den Holzwäldern.

Originell, wie er war und blieb, hat der zukünftige Teufelsteiner sich auch sein Weib gesucht.

Geht er da eines Tages, bald nach seiner Ankunft in Rippoldsau, vom Klösterle dem Bade zu. Unterwegs begegnen ihm die Schulkinder von der Holzwälderhöhe, um ins Klösterle hinab in die Schule zu wandern, Buben und Meidle untereinander.

Na, so erzählte er siebzig Jahre später selbst, faßte er ein großes, starkes Meidle ins Aug', etwa dreizehnjährig. In einer Zwillichtasche trug es seine Schulsachen auf dem Rücken und hatte zerrissene Strümpfe an.

Er fragt das Meidle, wem es gehöre, und erfährt, es sei »'s Schochenhansen Heli« und ihr Vater der Wirt »zur Holzwälderhöhe«. Die heirat' ich, beschloß der Seppe-Toni von Wittichen, sobald sie alt genug ist. Sie ist gesund, stark und nit hoffärtig, denn sie hat Löcher in den Strümpfen.

Und er hat Wort gehalten. Als die Heli (Helene) 18 Jahre alt war, am Katharinentag des Jahres 1835, ging der Forstadjunkt in grüner Gala und mit dem Hirschfänger angetan auf die Holzwälderhöhe und zum Schochenhans und hielt um die Heli an. Der Hans, ein armer Mann, und sein Weib sagten mit Vergnügen ja und auch die Heli, der es nie geträumt hätte, einen fürstlichen Jäger zu bekommen.

Am Abend war Katharinen-Tanz im Bad, und da erschien der junge, schöne Forstadjunkt mit der Holzwälderin und stellte sie als seine Verlobte vor.

Talauf, talab, waldaus und waldein redeten die Leute davon, daß die Heli vom Holzwald den Forstadjunkten bekomme. Doch sie war auch ein bildschönes, großes, schlankes Meidle mit antik gebogener Nase, blauen Augen und dunkelblonden Haaren.

Die Harzer im Holzwald und auf dem Kniebis aber hatten fortan keine schlechten Tage; denn wenn der Wächter auf ihre Höhe kam und im Wirtshause bei der Heli saß, so waren sie sicher, daß er ihnen nicht sobald einen Besuch machen werde.

Der Samson hatte seine Delila gefunden, und die Philister auf dem Kniebutz sägten indessen Tannen ab oder gingen den Fichten ans Harz.

Der Schochenhans war, wie gesagt, ein armer Mann, aber er pflanzte doch so viele Kartoffeln und so viel Hafer, um einige Schweine zu mästen. Und das kam dem Verlobten seiner Heli sehr zu statten; denn er litt, wie er später oft erzählte, in den Tagen vor der Verlobung manchmal Hunger.

Er war dienstlich verköstigt beim Revierjäger, und der bekam vom Rentamt Hasle für die Atzung des Unterjägers und Adjunkten ganze 60 Gulden jährlich, während dieser ebensoviel für Kleidung und 40 Gulden Verlöstigungszulage erhielt. Das war alles für die vielen nächtlichen Gänge auf den Kniebutz, in den Glaswald und in den Kohlwald.

Noch im Jahre 1890 schreibt der Teufelsteiner: »Damals hatten wir Jäger mit dem Federkiel keine, mit der 2–3 Meter langen Feuersteinflinte aber viele Arbeit und kleine Löhne.«

In seiner nächsten Nachbarschaft, im Bad Rippoldsau, sah er zur Sommerszeit zwar viele reiche Leute essen und trinken und lustig sein, aber er hatte allermeist nur das Zusehen.

Bisweilen kam aber seiner Mutter Bruder, der reiche Vogtsbur Harter aus dem Kaltbrunn, welcher im Bade mit dem Großherzog und dem Fürsten von Fürstenberg verkehrte, und dann gab's Wohl auch einen guten Tag für den Adjunkten, der um sechzig Gulden in die Kost gegeben war.

Als ob die Herren in Donaueschingen Wind bekommen hätten von seinen Absichten aufs Schochenhansen Heli, versetzten sie ihn, damit er näher bei den Holzdieben sei, auf den Holzwald, gaben ihm eine Hütte unweit der Heli und 240 Gulden Gehalt.

Sie ahnten aber nicht, daß die Harzer mit dieser Einrichtung sehr zufrieden waren, mehr als vorher. Selten mag auch einem Beamten eine Versetzung so günstig gekommen sein, wie dem Forstadjunkten von Rippoldsau.

Zwei Jahre hauste er im Holzwald, und so oft der Samson bei der Delila weilte, telegraphierten sich die Harzer und gingen an ihre stille Arbeit.

Der alte Jäger war längst gestorben und ein neuer an seine Stelle getreten, ein böhmischer Junker von Hetzendorf, ein fescher, lustiger Herr, den ich in seinen alten Tagen noch gar wohl kannte. Er war ein vortrefflicher Gesellschafter und überließ zur Sommerszeit, wenn die Badegäste da waren, gerne seinem Adjunkten im Holzwald die ganze Jägerei.

Indes war des Adjunkten Vater, der Revierjäger in Wittichen, alt geworden und dem beschwerlichen Revier nicht mehr gewachsen. Er trat in den Ruhestand, der alte Seppe-Toni, aber den Wald verließ er nicht nur nicht, sondern zog in eine noch größere Einöde, als Wittichen war.

Ganz hinten im Wüstenbach hatte das Kloster einst eine Viehhütte, in deren Nähe einige Häuschen von Bergknappen lagen, welche die Silbergruben »Güte Gottes« und »David« bebauten.

»In der Berb« heißt dieses Wildtal. Dorthin zog der alte Jäger Fürst. Er kaufte die Viehhütte, baute sie wohnlich um, zog mit Weib, Kind und 200 Singvögeln in die Einöde, wo er noch lebte bis zum Jahre 1851 und dem Häuschen bis zur Stunde den Namen »das Jägerhaus« hinterließ, trotzdem es längst in andern Händen ist.

Ins Kloster Wittichen aber zog Seppe-Toni, der jüngere, vom Holzwald hierher transferiert. Die Harzer und die Tannenmörder am Kniebutz sahen den jovialen, lustigen Mann ungern scheiden, denn seit er bei ihnen im Holzwald wohnte, war er, wenn auch pflichtgetreu, so doch gezähmter.

Das Wort Voltaires, die Frauen seien dazu da, um die Männer zu zähmen, ging auch auf der Holzwalderhöhe in Erfüllung.

Noch zwei bis drei Jahrzehnte nach unseres Forstadjunkts Weggang blühte auf dem Kniebis das poetische Gewerbe der mit Lichtern in den Wald ziehenden Harzer, und dann ging es – viele arme Teufel wurden anfangs der fünfziger Jahre auch auf Staatskosten nach Amerika geliefert – mehr und mehr unter und ist heute gänzlich abhanden gekommen.

Kultur und Fortschritt haben in unserer Zeit die Lehre gegeben, daß nur das Stehlen im großen sich rentiere, Geld und Ehre bringe, im kleinen aber scharf gestraft werde und zu wenig abwerfe.

Diese Lehre ist auch ins Volk gedrungen und bis auf den Kniebis und hat hier dem Harzen ein Ende gemacht.

Sodann sind die Menschen unserer Tage bald überall zu bequem. Sie liegen zur Winterszeit lieber auf die Ofenbank und hungern, als daß sie unter nächtlichen Strapazen Harz holen und es mühsam in die Taler hinabführen und verhausieren.

Auch die Poesie schwindet mehr und mehr im Volke und so auch die von Poesie umwobene Lichterfahrt in die dunkeln Forste am und auf dem Kniebutz. Was hier noch an alten »Harzlachen« in den Fichten der Wälder existiert, haben friedliche Renchtäler heute gepachtet und harzen sie vollends zu Tod. Neue werden keine mehr aufgemacht, weil aus Amerika billigeres Harz kommt.

Ich bedaure, daß die Harzer auf dem Schwarzwald aussterben: denn der alte sächsische Forst- und Wildmeister Hans von Flemming schreibt noch anno 1749 in seinem Buch »Der vollkommene Teutsche Jäger«, daß der Schwarzwald eigentlich Harzwald heißen sollte und die *silva Hercynia* bei den Römern »Harzwald« bedeutet habe. Ich meine, weil die Soldaten des Weltreichs, als sie das erstemal von der Donau her über den Kniebis marschierten, die ersten Harzer sahen und trafen, darum tauften sie den Wald *silva Hercynia*. Und richtig übersetzt schon vor Flemming der Lexikograph Adam Kirsch das lateinische *silva Hercynia* mit Harzwald.

Also die Harzer vor, sage ich, und in Schulen und in Reisebüchern dem Schwarzwald seinen rechten Namen gegeben, der da heißt: »Harzwald!«

Ich hoffe, daß in nicht allzufernen Zeiten die Amerikaner ihre Wälder ausgewüstet haben werden und kein Harz und kein Holz mehr nach Deutschland liefern können; dann wird man auch bei uns wieder harzen, und die braven Kniebutzer und Holzwälder werden wieder mit Lichtern in die Fichten ziehen und um Harz kämpfen mit verliebten Jägern. Und die Frau, die lobesame, wunderbare, die hochedle Poesie wird wieder ihren Einzug halten in den Wäldern an den Quellen der Kinzig. Das walte der Genius der Menschheit!

Bis dahin müssen die Kniebutzer mit Holzmachen und mit Schneeschaufeln ihr hartes Brot verdienen.

Noch bis heute sollen sie den alten Humor nicht verloren haben. Wenn sie im Winter die Heerstraße vom Schnee befreien und es schneit lange nimmer, so schaufeln sie den Schnee von den Dünen wieder in die Straße zurück, um dieser dann ihre Last aufs neue abzunehmen und so ihr täglich Brot zu verdienen.

Und als vor einigen Jahren der Staat ihnen Saatkartoffeln lieferte, haben sie dieselben vor der Saatzeit ruhig verspeist.

Die Kniebutzer haben meine Sympathie auch deshalb, weil ich, über ihre Abstammung nachforschend, gefunden habe, daß unter den ersten Kolonisten auch Leute von Hasle und von Hofstetten waren, deren Geschlechtsnamen Schwendemann, Neumaier und Herr noch blühen sowohl auf dem Kniebis, als in und um Hasle.

Ihr eben erwähnter Humor deutet auch auf eine Herkunft aus der Gegend von Hasle.

In Wittichen traf der Forstadjunkt im Kloster, wo er die elterliche Wohnung bezog, nur noch eine von den Nonnen seiner Knabenzeit, die Schwester Antonie Schmid, eine Kaltbrunnerin und die letzte ihrer Versammlung.

Sie übte noch, wie die Witticher Klosterfrauen von altersher, um Gottes Lohn das Amt eines Apothekers und bereitete alle Medizinen zu, welche die Ärzte der Gegend verschrieben. Und das Volk ringsum sah in ihr noch eine letzte Säule des Gotteshauses, das Jahrhunderte lang der Segen der Gegend war, auch in leiblicher Hinsicht.

Das Kloster hatte eigene Güter im Schwabenland, von wo alljährlich fruchtbeladene Wagen in die Einöde von Wittichen kamen und Brot brachten für alle, die Hunger hatten.

Die bald achtzigjährige Schwester Antonie, der Pfarrer Thoma, ein Schwarzwälder von Löffingen, seine Käuferin und der lebensfrohe Forstadjunkt waren Ende der dreißiger Jahre die einzigen Bewohner des Klosters, und einsam hallten die Schritte derselben durch die Gänge, und ungehört verhallten die Töne, die der Seppe-Toni an stillen Abenden seinem Waldhorn entlockte. Und niemand lauschte, wenn er voll Heimweh sang:

> Über'm Berg, sagt er, steht der Mond, sagt er.
> Und zur Hütten, sagt er, scheint er 'nein.
> In der Hütten, sagt er, sitzt a Meidle, sagt er,
> Möcht' so gern, sagt er, bei ihm sein!

Der Jäger hätte gerne, um dieser untröstlichen Einsamkeit zu entgehen, seine Heli heimgeführt, denn er hielt treu zu ihr trotz ihrer Armut. Doch er sollte eine Kaution stellen, die zwar nur 1000 Gulden betrug, aber weder von ihm, noch vom Schochenhans im Holzwald aufgebracht werden konnte.

Er hatte eine Besoldung von 300 Gulden und vier Klafter Holz nebst freiem Quartier; aber auf dieses Einkommen lieh ihm kein Mensch Geld, und er wollte so auch keines, denn auf einen Schuldschein hin heiraten zu können, widerstrebte ihm.

Die Schwester Antonie hielt sich in strenger Klausur, so daß der Pfarrer und der Forstadjunkt auf sich angewiesen waren und sehr bald sich anfreundeten.

Manchen Abend, wenn der Jäger aus dem Walde kam, saßen beide dem Kloster gegenüber in der ehemaligen »Schaffnei«, in welcher ein Bierwirt sich etabliert hatte, und schmiedeten Pläne für die Verheiratung des Jägers ohne Kaution.

Der Pfarrer hätte sie ihm gerne gestellt, nachdem er den Biedern erkannt hatte, aber ein Leutpriester von Wittichen war zu allen Zeiten ein armer Herr, der kaum etwas mehr hatte als sein grüner Nachbar.

Eines Abends meinte der Pastor, er habe jetzt einen Plan, den er aber dem Jäger nur teilweise verraten könne. Der Seppe-Toni, so riet er, möge die Heli einstweilen als Hauserin zu sich nehmen, er, der

Pfarrer, habe ja auch eine solche, und es werde drum nicht auffallen. Für das übrige, was noch fehle zum Heiraten, wolle er dann schon sorgen.

Das war dem Jägersmann gleich recht und der Heli auch. Sie kam vom Holzwald herüber und hauste mit ihrem Seppe-Toni in des Klosters düstern Hallen.

Ahnungslos ging sie nach einiger Zeit eines schönen Sonntags im Frühjahr hinüber in die Kirche in ihrer rotbebänderten Spitzenkappe, dem grünen Fürtuch und dem schwarzen »Schobe«, an ihrer Seite in Jägeruniform ihr Bräutigam.

Nach der Predigt beginnt der Pfarrer der Gemeinde zu verkünden, für welche Toten in der kommenden Woche die heilige Messe gelesen werde, und dann fuhr er fort: »Zum heiligen Sakrament der Ehe – die Gläubigen machten wie üblich eine Kniebeugung als Zeichen der Hochachtung vor diesem Sakrament – haben sich entschlossen: »Der ledige Forstadjunkt Josef Anton Fürst von hier und die ledige Helene Schmid von Rippoldsau.«

Alle Wibervölker schauten die Heli an, die rot ward wie Zinnober, und alle Mannsleute den grünen Mann, der neben dem Bürgermeister von Kaltbrunn in dem vordersten Stuhl stund. Alles staunte, denn das ging gegen alle Bäckerregeln, daß zwei in der Kirche sind, wenn man sie von der Kanzel »herabwirft«. Der Seppe-Toni war auch peinlich berührt, aber es fuhr ihm der Gedanke durch den Kopf, der Streich, den der Pfarrer ihm eben gespielt, könne nur aus Freundschaft gefallen sein. Dem Vetter Bürgermeister aber flüsterte er ins Ohr: »Der Pfarrer macht heute Musik vor der Kirchweih und will mir einen Streich spielen.«

Als der Pastor aus der Kirche ins Kloster zurückkehrte, kam ihm der Forstadjunkt schon entgegen und rief: »Was habt Ihr mir für Geschichten gemacht? Die Heli sitzt in der Küche und heult und briegt,² daß sie und ich heute in der Kirche in Spott und Schand' gekommen seien.«

»Das hab' ich zu eurem Heile getan«, lachte der Kirchherr von Wittichen. »Jäger, kommt nur mit zur Heli!« Unter der Türe der Küche stehend, in welcher weinend die Heli auf einem alten Stuhle saß, fuhr der Pfarrer fort: »Seit Jahr und Tag wollt ihr zwei heiraten

---

2   Briegen und heulen bedeuten beide schwächeres oder stärkeres Weinen.

und könnt nicht, weil die Kaution fehlt. Ich helfe euch jetzt dazu, ohne Geld. Drum hab' ich euch heute ausgerufen, und morgen schreibt der Adjunkt nach Donaueschingen, was der Pfarrer ohne sein Wissen und Willen getan habe, und daß er, der Jäger, jetzt nicht mehr ledig bleiben könne, wenn er nicht ins Gespött kommen wolle. Und ich schreibe auch hinauf, daß ich so hätte tun müssen, weil ich als Seelsorger unmöglich einen jungen Jäger und ein so junges Mädchen aus dem Holzwald länger unverheiratet in der Pfarrei dulden könne.«

»Und dann hab' ich noch einen persönlichen Grund, warum ich will, daß es zur Hochzeit komme. Ich werde auf den ersten Mai versetzt, möchte aber noch bei eurer Hochzeit sein und euer junges Glück sehen.«

Der Seppe-Toni strahlte bei diesen Worten, und die Heli hatte zu weinen aufgehört und schaute versöhnt den Pfarrer an, besonders als er hinzufügte: »Wenn mein Plan nicht obsiegt, so mache ich Schulden und leg' euch die Kaution geschenkt auf den Tisch. So gewiß bin ich meiner Sache!«

Jetzt nahm der Jäger den Hut vom Kopf, schwang ihn in die Höhe und tanzte in der Küche, und die Heli lächelte.

Es ward dem Plane des Pfarrers gemäß gehandelt, und bald kam vom Oberforstrat von Koller der Bescheid, »weil mancher auch mit Wenigem bei Genügsamkeit sein Lebensglück finden könne, werde dem Forstadjunkten Fürst von und zu Wittichen der erbetene Heiratskonsens in Gnaden bewilligt.«

Jetzt kehrte Freude ein im stillen Klösterlein. Der Jäger aber sang auf seinen Waldgängen, daß es schallte, und seinem Waldhorn entlockte er die schmetterndsten Jubeltöne. Er sang auch jenes alte Lied:

    Es wollte vor Zeiten ein Jäger frei'n
    Und zog in den grünen Wald hinein.
    Trara, trara!
    Er lockt' das hohe und niedere Wild,
    Die Männchen und Weibchen im grünen Gefild:
    »Ihr lieben Gesellen, ach, ratet mir fein.
    Wie muß mein Betragen im Ehestand sein?«

    Der Jäger trieb auch einen Dachs aus dem Bau:
    »Wie leb' ich zufrieden mit meiner Frau?«

Da gähnte der Dachs und strich sich den Wanst:
»Ach, schlafe, so lang' und so fest du kannst.
Denn nur, wenn man weder hört noch sieht.
Hat man vor Weibern Ruh' und Fried'.«
Trara, trara, hallo, hallo!

Am 22. April 1839 ward Hochzeit gehalten im Waldkirchlein zu Wittichen und draußen im Vortal in der Linde. Der angesehenste Gast beim Mahle war damals wohl der Onkel des Jägers, der Vogtsbur und Bürgermeister Harter von Kaltbrunn, dessen Leben ich ein andermal erzählen will und der damals auf der Höhe seiner Bauerngröße stund.

Bald nach der Hochzeit wurde der Adjunkt zum Beiförster ernannt und mit 400 Gulden Besoldung begnadigt. Er hatte bisher das Revier seines Vaters verwaltet und gehofft, Revierjäger zu werden. Zur Begründung dieser Hoffnung hatte er nach Donaueschingen berichtet, »er sei des Dafürhaltens, daß die Bäume unter ihm gerade so gut wachsen würden, wie unter einem Revierförster. Er gebe überhaupt nicht viel auf studierte Leute.«

Als diese Hoffnung zu Schanden wurde, war er aber nichts weniger als unglücklich, denn er glaubte, mit 400 Gulden, freiem Quartier und Holz flott leben zu können. Es sollte aber anders kommen, wie fast jedesmal, so oft Menschen sich eine goldene Zukunft träumen.

Tagsüber im Wald, abends in der Schaffnei beim Pfarrer, so gingen in ländlicher Urstille dem Jäger zwei Jahre nach der Hochzeit vorüber. Da ward der Forstsitz von Wittichen verlegt und mit ihm der Beiförster in eine menschenleere Einöde versetzt, eine starke Stunde vom Kloster weg auf einsame Höhe.

Hier wurde unser Seppe-Toni zum Fürsten vom Teufelstein, und hier hat er während mehr als eines halben Jahrhunderts jene wunderbare Originalität entwickelt, um derentwillen er nicht unbeschrieen versinken darf in die herkömmliche Vergessenheit.

3.

Westlich von Wittichen liegt ein kleines Wildtal, tief, eng, felsig und von hohen, waldigen Bergwänden eingeengt. Heubach heißt es, im Volksmund Heuwich, und wird von einem kleinen Bergwasser eilig durchzogen. Bis vor wenig Jahren führte nur ein Saumpfad neben dem Wasser her in dies Tälchen hinein, in welchem zerstreut in düsteren Gründen einzelne Taglöhnerhütten stehen, während die Bauernhöfe, unsichtbar, ganz oben auf dem Hochplateau liegen.

Etwa in der Mitte des Tälchens finden wir einsam das Wirtshaus zum »Auerhahn«, das seine Entstehung Jägern und den Bergknappen verdankt, die hier in der Grube »St. Anton« einst mächtige Stollen in den Berg trieben, um Silber zu Tag zu fördern.

Nördlich vom »Auerhahn«, auf der andern Seite des Wildbachs, ist der »Abrahamsbühl«, der aber frischweg den Namen Berg verdient. Auf seinem höchsten Punkte lag, als der Forstadjunkt Fürst in Wittichen amtete, ein rauher Waldhof, der Heuwich-Andresenhof.

Sein Besitzer, einer vom reichen Stamme der Harter vom Roßberg, der Heuwich-Andres genannt und der gleiche Andres, welcher als Bursche einst den jungen Seppe-Toni nach Waldhausen geführt hatte, bekam von der fürstlich fürstenbergischen Standesherrschaft für seinen Hof auf dem Abrahamsbühl 89000 Gulden. Viel Geld für einen Bur vor sechzig Jahren.

Der Andres kaufte zunächst einen andern Hof im Kaltbrunn, den Bernethof, wo sein Weib daheim war. Es blieb ihm aber noch so viel Geld, daß er üppig wurde.

Drunten im Auerhahn im Heuwich, im Ochsen im Schapbacher Tal und z'Wolfe im Salmen warf der Andres manchmal das Geld handvollweise zum Fenster hinaus und schaute vergnüglich zu, wenn die Leute sich darum stritten.

Weil er stets viel Geld mit sich führte, wurde ihm auch oft aufgepaßt. Und der Schieden-Landolin aus der Gemeinde Kinzigtal erschlug in einer Nacht im Langenbacher Tal den »Schosmarti«, einen Schafhändler, weil er ihn für den reichen Heuwich-Andres hielt.

Als dieser kein Geld mehr zum Hinauswerfen hatte, verkaufte er den Bernethof, um wieder zu Geld zu kommen. Und da alles draußen und er blutarm war, schlug er sich mit Besen- und Strohschuhmachen ehrlich durch bis zu seinem Tod.

Ich möcht' dem Heuwich-Andres kein zu strenges Urteil fällen, denn der Mann war fröhlich mit den Fröhlichen und später zufrieden und arm bei den Armen.

Auf den Hof des Andres auf dem Abrahamsbühl setzte die fürstenbergische Domänenkanzlei anno 1841 den Beiförster von Wittichen, ihn selbst aber unter den fürstlichen Forstverwalter in Wolfe.

Rings ums Haus bekam er für wenig Geld ein großes Stück Land, um Korn, Hafer, Kartoffeln und Gras pflanzen und Kühe, Schweine und, was längst sein Ideal war, ein Pferd ernähren und halten zu können.

Vergnügt zog er drum mit seiner Heli und zwei kleinen Kindern auf die einsame Höhe. Das erste, was er hier bei einem Gang in die Nachbarschaft entdeckte, war sein zukünftiger Ehrentitel.

Unweit vom Abrahamsbühl, durch Wald verdeckt, liegt das Bergkirchlein von St. Roman, die Pfarrkirche für die Heubacher, wunderbar in grüner Waldeinsamkeit.

Von dem neuen Forsthaus weg führt der Weg dahin am »Teufelstein« vorüber. Diesen roten Steinblock trug, so erzählt sich das Volk, der Teufel über die Wälder daher, als ein frommer Einsiedelmann für sich und die Buren der waldigen Einöden ringsum dem heiligen Romanus ein Kirchlein gebaut hatte. Mit dem Steine wollte der Böse das Gotteshäuschen zerschmettern. So gibt er einem Bäuerlein an, das den Gottseibeiuns mit der Steinlast im Walde antrifft, da er sie eben abgelegt hat, um auszuruhen.

Das Bäuerlein ruft Gott und alle Heiligen an, und siehe da, als der Feind Gottes die Last wieder heben will, um sie auf das unserne Kirchlein fallen zu lassen, ist sie zu Brei verwandelt. Empört stampft der schwarze Geselle seinen Pferdefuß in die weiche Masse und geht – zum Teufel.

Das Kirchlein ist gerettet. Der Stein wird wieder hart und die Buren fürchten mit der Zeit das Höllengestein nimmer; sie spalten ihm Stücke ab zu Bausteinen, und er wäre längst verschwunden, wenn die fürstliche Standesherrschaft ihn nicht gerettet und das Steinholen verboten hätte.

Fromme Wallfahrer, die Völker aus dem mittleren und oberen Kinzigtal, so am ersten Sonntag im August dem St. Roman zu Ehren mühsam nach dem Kirchlein wallen, besuchen in der Regel auch den Teufelstein.

Dieser war der allernächste Nachbar des Beiförsters auf dem Abrahamsbühl; darum nannte und schrieb er sich fortan »Josef Anton Fürst vom oder am Teufelstein«. Und so hieß ihn bald auch der Volksmund.

Der Teufel, so meinte der Fürst, passe für einen Jäger und müsse ein Freund dieser Leute sein, weil er sich mit Vorliebe als Jäger verkleide.

Sein Vater, der alte Revierjäger, hatte mehr als einmal den grünen Weidmann in dem Waldrevier um Wittichen getroffen, namentlich wenn er an Sonntagen jagte.

Drum hat er schließlich das Jagen an diesen Tagen ganz aufgegeben, der Witticher Nimrod, weil er oft den grünen Mann sah an solchen Jagdtagen, und weil einmal ein Hase, auf den er am Sonntagmorgen geschossen, da es eben Wandlung läutete in der Kirche drunten, sitzen blieb und ihm mit dem rechten Lauf einen »Finger machte«.

Der Fürst vom Teufelstein fürchtete seinen Adelspatron nicht, denn seine Heli war gar fromm und betete ihm alle Teufel von Haus und Wald weg, und er selbst, der Seppe-Toni, ging jeden Sonntag in grüner Jägeruniform hinaus in das kleine, dunkle Kirchlein von St. Roman.

Hatten die Donaueschinger Waldregenten den Beiförster von Wittichen schon als offenen Mann kennen gelernt, der auf studierte Leute nichts hielt und es ihnen auch schrieb, so sollten sie ihn, da er auf dem Abrahamsbühl und in der Nähe des Teufelsteins residierte, auch als einen praktischen Bittsteller kennen lernen.

Das Bauernhaus, welches er bezog, war ein Holzhaus, auch innen völlig getäfelt. Hinter dem Getäfel aber hatten im Lauf der Zeit Wanzen ihre Herberge aufgeschlagen und ganze Gemeinden gegründet.

Der Fürst vom Teufelstein beschloß daher, in Donaueschingen den Antrag zu stellen, die Bretterwände wegnehmen und die Zimmer und Kammern weißeln zu lassen.

Getan! Die Antwort blieb aber aus. Da moniert er und legt als Beweisstücke 12 lebendige Wanzen bei. Abermals Schweigen droben in der Bar. Vier Wochen später schickt er 24 Stück jener unbeliebten Tierchen und bemerkt dazu, weil die Wanzen sich so sehr vermehrten, müsse er eine Kolonie davon in Donaueschingen anlegen.

Jetzt fürchten die Herren, alle Wanzen vom Abrahamsbühl zu bekommen, und sie willfahren dem Teufelsteiner – ohne Rüffel.

Da räsoniert man über die Bureaukraten der alten Zeit, und doch haben sie hier gezeigt, daß sie Humor verstanden und keine Tyrannen waren.

Ich möchte es in unserer blasierten und pomadisierten Zeit keinem Beiförster raten, Wanzen nach Karlsruhe oder nach Donaueschingen zu senden. Das wäre ein Majestätsverbrechen gegen die hohen Vorgesetzten, und der Warenlieferant käme mit einem Federstrich um sein Brot.

Drum lob' ich mir eben stets die alte Zeit, die in alleweg besser war, bei den Bauern wie bei den Herren.

Nachdem der Mann am Teufelstein sich im Hause Ruhe verschafft, begann er den ehemaligen Hof mit Wald anzupflanzen und ließ nur das Land ums Forsthaus herum kultiviert. Nach wenig Jahren war er rings von Wald umgeben, und heute liegt die Residenz des Teufelsteiners mitten im Hochwald, den er gepflanzt und gepflegt hat, der unter ihm groß geworden und zwischen dem er selbst alt geworden und gestorben ist.

Und er hat diesen Wald und die Wälder ringsum geliebt wie seine Kinder.

Aber *er* hat sich auch eine Waldresidenz geschaffen, einsam, heimelig, immergrün, weltfern und von wunderbarer Poesie umwoben.

Und daß die große Naturseele des Beiförsters am Teufelstein diese Poesie empfunden hat, werden wir gleich und noch oft sehen.

Bald hatte er entdeckt, daß sein Waldhorn drüben am Wald von St. Anton ein herrliches Echo hervorrief, und morgens in der Frühe, ehe er auszog in des Waldes düstere Gründe, und am Abend spät, wenn er heimgekehrt war, stund er vor seiner Hütte und rief mit seinem Horn im Walde jenseits des Tales Nachklänge wach, die wie Harfenton durch seine Seele zogen.

Sah er einen einsamen Wanderer an der gegenüberliegenden Bergwand, den Weg suchend oder seines Weges gehend, so nahm er sein Waldhorn, gab ihm ein Signal oder sandte ihm einen Gruß vom Fürsten vom Teufelstein.

Aber es gab am Abend noch manche einsame Stunde auf dem Abrahamsbühl. Auch die wußte sich der Mann vom Teufelstein zu ergötzen. Neben seinem Waldhorn schaffte er sich zeitig eine Drehorgel an, die er in trüben und heiteren Stunden fortan ein halbes Jahrhundert lang spielte und an deren einfachen Weisen er sich immer wieder erfreute.

Daß er fünf Jahrzehnte hindurch nicht genug bekam, seine Drehorgel zu hören, spricht auch für die Naturseele des Mannes auf dem Abrahamsbühl und ist keiner der geringsten Momente, derentwegen ich meine Freude an ihm habe.

Mir selbst ist – so ungebildet und bürisch das auch klingen mag in den Ohren unserer Hyperkulturmenschen – Drehorgelmusik lieber als eine Symphonie von Beethoven. Und ein armer Drehorgelmann, der etwas entfernt von mir seine Volksweisen spielt, kann mich zu Tränen rühren.

Des Monats einmal sattelte der Fürst vom Teufelstein sein Rößlein und ritt als stolzer Jägersmann mit Hirschfänger und im grünen Rock das enge Sulzbachtälchen hinab und gen Wolfe, wo er seine 33 Gulden Gehalt holte und seinem Revierförster Meldung machte.

Dieser war anfangs sein einstiger Chef in Rippoldsau, von Hetzendorf, mit dem er die gleiche Vorliebe, die er übrigens von seinem Vater ererbt hatte, teilte, Singvögel aller Art zu halten.

Ich erinnere mich noch aus meiner Knabenzeit, daß selbst in Hasle in unserem Bubenkreise viel gesprochen wurde von den zahllosen Vögeln des Herrn von Hetzendorf. Er war frühzeitig pensioniert worden und hatte ein Gütchen gekauft oben an der Kinzig im Hagenbuch. Er starb, ziemlich arm, in den siebziger Jahren und verlangte ausdrücklich, wie ein armer Mann begraben zu werden.

Der Dienst auf dem Abrahamsbühl war nicht beschwerlich und noch weniger gefährlich. Die Leute im Heubach und in und um Wittichen waren nicht so harz- und holzgelüstig, wie die armen Menschen auf dem Kniebutz. Die Bauern im Gebiet von Wittichen und St. Roman haben selbst große Wälder, und wenn ein armer Teufel einmal einen »Dürrständer« holte, so war der Fürst vom Teufelstein gnädig, wie's recht und billig ist.

Er pflegte auf seinen Waldgängen als fröhlicher Mann stets zu pfeifen oder zu singen. Und wenn er trotzdem auf einen Frevler stieß, so fuhr er ihn an: »Hast mich denn nicht pfeifen hören, warum hast dich erwischen lassen?« Und dann schrieb er den dummen Dieb in sein Anzeigebuch.

Ich weiß nicht, wer das unschöne Wort erfunden hat: Forstfrevel und Forstfrevler. Es war ein harter Mann, der's erfand, daß er das Holen von Reisig und Brennholz, was nur arme Menschen tun, um sich zu wärmen und ihr kärgliches Mahl zu kochen – einen Frevel taufte, ein Wort, das heute noch blüht in der Justiz.

Ich meine, es wird am Volke, an seinem Glauben, an seinen Sitten und Gebräuchen, an seinem Wohlstand in unserer Zeit viel gefrevelt, was ein wahrhaftiger Frevel ist, gegen den das unberechtigte Holen von Holz im Wald mir als ein reines Kinderspiel erscheint.

Unser Teufelsteiner war, nicht bloß ob seines biedern, heiteren Wesens und nicht nur ob seiner Waldhornsignale und -grüße und weil er den Leuten, die in sein Haus kamen, Drehorgel spielte, beliebt auf allen Bergen, in allen Tälern und in allen Gründen vom Hirschgrund bis zum Ochsengrund – sondern auch wegen seines Pfeifens und Singens, womit er den harmlosen Frevlern seine Ankunft signalisierte.

Als deshalb einige Jahre nach seiner Niederlassung am Teufelstein die Revolution losbrach und bis in die Wälder und Einöden von Kaltbrunn und Wittichen drang, als seine vier Brüder in den Kampf gezogen waren für Freiheit, Gleichheit und Brüderlichkeit, da sprachen die Buren zum Teufelsteiner: »Wenn wir jetzt die fürstlichen Wälder bekommen, so müßt Ihr unser Oberförster werden.« Und als die Nachricht in die Berge kam, drunten in Husen hätten sie dem Fürsten von Fürstenberg schon das Versprechen »abgejagt«, auf seine Besitzungen im Tale zu verzichten – da kamen die Buren abermals und trugen dem Fürsten vom Teufelstein die Oberförsterei an.

Der schmunzelte und zwinkerte mit den Augen, stopfte nebenbei seine Pfeife und sprach: »Ihr Männer, darüber reden wir, wenn einmal alles fertig ist und die Revolution gewonnen hat. Bis dahin will ich Euch den Wald hüten, und Ihr geht hinunter ins Land und bringt mir's schriftlich vom Fürsten, daß der Wald Euch gehört.«

Sprach's und blieb – die Freiheit im Herzen, wie jeder brave Mann – mäuschenstill auf seinem Abrahamsbühl, während sie drunten im Kinzigtal in kühnen Reden die Fürsten aufhängten und ihre Güter teilten.

Es ist ein natürlicher Zug des Volkes, d. i. des Kleinbürgers, Halbbauern und des Bauern, bei Revolutionen in erster und letzter Linie nur an eine Vermehrung des Besitzstandes und an Verminderung der

Lasten zu denken. Um Freiheiten in höherem Sinn bekümmern sich diese Leute nicht: sie fühlen, daß sie ihnen doch nichts nützen würden.

Aber das fühlt er auch, der Bauer, daß eigentlich Feld und Wald denjenigen zu eigen sein sollten, die sie kultivieren, anpflanzen und bebauen. Und dieses Gefühl teile ich mit ihm.

Es wird aber trotz aller Revolutionen nie dazu kommen. Vielleicht wär's nicht einmal gut. Es könnte den Bauern zu wohl werden, und das wäre weit gefährlicher, als wenn's dem Herrenvolk zu wohl wird – weil es viel mehr Bauern gibt als Herren.

Hatte die Klugheit den Teufelsteiner glücklich durch die Klippen der Revolution gesteuert, so büßte er doch unter den Nachwehen derselben. Die Reaktion im Lande, der Mangel an Kredit infolge der Revolution und schlechte Ernten machten die ersten Jahre des fünften Jahrzehnts im 19. Jahrhundert zu einer betrübten und armseligen Zeit.

Das Hungerjahr 1847 und die Notjahre 1852 und 1853 kehrten auch im Forsthaus auf dem Abrahamsbühl ein, weil der Mann mit 33 Gulden Monatssold zehn lebendige Kinder hatte und trotzdem noch jedem Armen, der an seine Türe pochte, etwas gab.

Sein Weib, die Heli, die sonst sehr wohltätig war, mußte ihn bisweilen mahnen, da sie bald selbst nichts mehr zu essen hätten für sich und die eigenen Kinder. Doch der wackere Mann gab ihr jeweils zur Antwort: »Wir geben, so lang wir etwas haben, und wenn wir nichts mehr haben, so gehen wir auch betteln, dann haben wir wieder so viel, als die andern.« Und so tat er, und wenn die Not groß war, schrieb er seinem Fürsten nach Donaueschingen.

»Ich ringe in großer Not und Sorge, um mich und meine Familie zu erhalten, und weiß mich kaum mehr zu erwehren«, also schrieb er, wenn der Hunger im Forsthause stund und die vielen Kinder, sieben Buben und drei Meidle, nach Brot riefen.

Und jedesmal kamen 50 oder 100 Gulden, und davon gab der Mann am Teufelstein jeweils auch den Bettlern wieder, und wenn das Geld alle war, ging er selbst wieder betteln.

In sein Waldhorn aber blies er die trüben Stimmungen und seiner Drehorgel entlockte er heitere Weisen, wenn des Lebens Kummer und Sorgen ihm den Humor rauben wollten.

Doch in jenen schlimmen Zeiten erschien auf dem Lebensgang des Fürsten vom Teufelstein auch ein Mann, der ihm zum treuen Freund wurde, obwohl er sein Vorgesetzter war.

Im Jahr 1851 kam der Revierförster Bogenschütz nach Wolfe, ebenfalls eines Jägers Sohn aus dem Forsthaus Kriegertal im Hegau, der bald seine helle Freude hatte an dem biedern, geraden Mann. Tagelang durchstreiften beide fortan mehr denn ein Vierteljahrhundert die Wälder im Heuwich und in Wittichen und sangen dabei in ihren jungen Jahren, wie der Teufelsteiner in seinen alten Tagen noch erzählte, daß es über Berg und Tal schallte:

> Es jagt ein Jäger wohlgemut,
> Er jagt mit frischem, freiem Mut
> Wohl unter grünen Linden.
> Er jagt derselben Tierlein viel
> Mit seinen schnellen Winden.
>
> Er jagt über Berg' und tiefes Tal:
> Und unter Stauden überall
> Sein Hörnlein tät er blasen.
> Sein Lieb wohl auf den Jäger harrt,
> Wohl auf der grünen Straßen.
>
> Er spreit' den Mantel in das Gras,
> Bat, daß sie zu ihm niedersaß,
> Mit weißem Arm umfangen:
> »Gehab' dich wohl, mein' Trösterin,
> Nach dir steht mein Verlangen.«
>
> »Uns netzt kein Reif, uns kühlt kein Schnee,
> Es brennen noch im grünen Klee
> Zwei Röslein auf der Heiden
> In Liebesschein, in Sonnenschein,
> Nie Zwei soll man nicht scheiden.«

So und anders sangen die zwei Jägersleute und waren ein Herz und eine Seele.

An einem Sommertag waren einmal beide bei der Jagd von einem heftigen Gewitter überrascht worden. Sie nahmen Zuflucht vor den Regenmassen, welche durch die Zweige drangen, unter einer riesigen Tanne. Bald aber begannen ihre Hunde derart vor ihnen zu winseln, zu heulen und zu bellen, daß der Revierjäger meinte: »Da wollen wir fort, die Hunde ahnen was.«

Kaum hatten sie sich wenige Schritte von der Riesentanne entfernt, als ein Blitzstrahl an ihr herabfuhr, sie spaltete und die eine Hälfte zu Boden schleuderte.

»Diesmal«, meinte ruhig der eine Jäger zum andern, »haben uns die Hunde das Leben gerettet.«

Wie sehr übertrifft die Tierseele, weil sie der Natur näher steht, die menschliche Seele an Ahnungsvermögen!

Hab' ihn auch noch gar wohl gekannt, den ruhigen, stillen Förster Bogenschütz, und als Knabe in meines Vaters Auftrag manch' Klafter Holz ersteigert, das er feilbot in den fürstlichen Waldungen um Hasle.

Viel Sorge, aber auch viel Freude machte dem Teufelsteiner die Flößerei im Heubächle. All die gewaltigen Tannenbäume, welche jährlich geschlagen wurden, mußten auf dem kleinen Wildwasser hinausgeflözt werden in die Kinzig.

Die Waldeigentümer im Talgebiet des Heubachs, die Buren und der Fürst von Fürstenberg, bildeten zu dem Zweck eine »Bachgemeinde«. An ihrer Spitze stund als Unparteiischer der »Bachvogt«, welcher die Floßordnung überwachte, die Floßgebühren einzog und Streitigkeiten zwischen den Floßherren und den Flößern schlichtete.

Bachvogt war jahrzehntelang bis zum Aufhören der Flößerei der Adlerwirt von St. Roman, Matthias Maier, ein behäbiger, klugäugiger Mann, Freund unseres Helden, Vater von 24 lebendigen Kindern und trotzdem allezeit guten Mutes.

Oft saß er draußen im Forsthaus beim Jäger, der nicht gern ins Wirtshaus ging und drum den Wirt zu sich holen ließ, und spielte mit ihm Domino.

Unzählige Flöße haben die zwei auf dem durch gestaute Wasser reißend gemachten, von steil herabfallenden Felsen eingeschlossenen Heubachle hinausbefördert bis zum Hohenstein an der Kinzig.

Die Fahrt ging durch eine Felsenschlucht, die sogenannte »Hölle«, und war stets lebensgefährlich.

Ehe aber ein Floß, sei es ein Burenfloß oder ein fürstliches, abgelassen werden konnte, gab es viele, viele Arbeit.

Im Spätherbst zogen die Burschen, Flößer und Holzmacher, an dem Heubächle hin und suchten dicke Haselstauden am Wasser- und Waldrand. Dann, wenn der Winter eingebrochen war, erschien beim Floßherrn »der Wieder«, d. i. der Mann, welcher die Haselstauden zu Weiden drehte, mit denen die Floßstämme zusammengekoppelt wurden.

Was im mittleren und unteren Kinzigtal zur Winterszeit der Hechler ist, der den Hanf spinngerecht macht, war im oberen, wo kein Hanf wächst, der Wieder. Der heizte den Backofen vor dem Hof, bähte und dämpfte darin die Haselstauden und drehte sie dann an einem Holzpflock zu Wieden, welche, stark wie Draht, die gewaltigen Stämme zusammenhielten in Wogenprall und Felsendruck.

Während der Wieder unten im Tal seine hölzernen Seile flocht, stunden die Holzmacher im Schnee droben in den Wäldern am Teufelstein, bei St. Anton, am Eichberg, im blauen Loch und fällten die stolzen Waldköniginnen, indes der Rauch ihres Feuers, an denen die Holzmacher ihr Essen wärmten, langsam über die Forste hinzog.

Kam dann der Frühling in das Land, war das Eis über dem Heubächle gebrochen und der Schnee im Kirschgrund und im Ochsengrund geschmolzen, dann wurden die geputzten und entasteten Tannenbäume zu Tal »gerieft«, eine ebenso schwierige, als gefährliche Arbeit.

Tannenbäume werden von der Höhe bis hinab ins Tal so gelegt, daß sie einen Kanal bilden. In diesen Kanal werden ihre Kameraden hineingeschoben und sausen dann mit ebenso großer Gewalt als Schnelligkeit zu Tal.

Gar oft springt aber einer von ihnen über die Kollegen, die ihm den Weg weisen sollen, und trifft die Holzhauer, welche in Abständen an der »Riese« hin postiert sind, um die Ausreißer wieder ins richtige Geleise zu bringen.

Sind die Stämme alle drunten auf der Talsohle, so werden sie im Bach zu Flößen gebunden, Gestör an Gestör, bis zu einer Länge von 1500 Fuß.

Jetzt wird das Wasser oberhalb des Floßes gestaut und in einem Weiher gesammelt. Der Bachvogt erscheint und waltet seines Amtes, berechnet die Floßgebühren und hilft den Floß »vermessen«. Der

Floßherr, bei fürstlichen Flößen der Mann vom Teufelstein, ist auch zur Stelle.

Jetzt treten die Holzhauer als Flözer[3] in ihr Amt, aber nur die kräftigsten und gewandtesten unter ihnen. Es waren dies im Heuwich in den letzten Jahrzehnten vor dem Aufhören der Flößerei vorab der Pfaffengregori, der Trillensepp, der Schultoni, der Pfaffenbernhard, der Wirtsbasche und mit ihnen als ständiger Passagier – der alte Äckerbur, Hans Armbruster, der zum Vergnügen die Höllenfahrt mitmachte. Einzelne von ihnen waren Originalmenschen, alle aber Waldleute echtesten Schlags. Beschauen wir sie darum näher.

Der Pfaffengregori, ein mittelgroßer, breitschultriger, starker Mann mit dunklem Haar und breitem Gesicht, von einem Backenbart umrahmt, trägt seinen geistlichen Namen von seiner Geburts-Hütte, die einsam am Heubächle liegt. Vor vielen, vielen Jahren soll; so sagt das Volk, in dem alten Holzhäuschen ein Geisteskranker gewohnt haben, der sich für einen Pfarrer ausgab und predigte, weshalb seine Hütte den Namen bekam und behielt – »das Pfaffenhäusle«.

Der Gregori, bald Knecht, bald Holzhauer, bald Flößer, zeichnete sich von jeher aus durch ungemeine Gefälligkeit gegen jedermann. Er konnte niemanden was abschlagen. Bat ihn einer, einem Dritten eine Tracht Prügel zu geben, so tat er dem einen den Gefallen auf Kosten des andern.

In seinen jungen Jahren war er einmal Knecht beim Teufelsteiner. Dieser beklagte sich eines Tages, daß ihm ein Bauernhund aus der Nachbarschaft einen Hasen verscheucht habe, und räsonierte über die Bestie.

Andern Tags sagt der Gregori zum Jäger: »Der Hund des Nachbars verjagt Euch keinen Hasen mehr.« Auf die Frage, warum? – meint der Gregori trocken: »Ich hab' ihn diesen Morgen an einem Baum aufgehängt.«

Ein andermal möchte ein Bürger von Schilte schönes Spaltholz kaufen, findet aber keines im fürstlichen Wald. Flugs geht der Gregori hin, fällt eine der schönsten Tannen und macht dem Bürger Holz nach Wunsch. Er wird zwar für diese Gefälligkeit, die ihm nichts

---

3 Der Kinzigtäler sagt der Flözer und der Floz, nicht das Floß, weil ihm alles Gewaltige männlichen Geschlechts ist.

eintrug, eingesperrt, aber er hat seinem Nebenmenschen einen Gefallen getan, und das tröstet ihn.

Anfangs der siebziger Jahre wurden im oberen Kinzigtal Flößer für Ungarn und Siebenbürgen gesucht. Gegen 200 Mann verließen die Heimat und unter ihnen der Pfaffengregori. Viele kamen fern der Heimat in den Wald- und Bergflüssen der Karpathen ums Leben. Die Heimkehrenden bringen ein gut Stück Geld mit. Der Gregori zählt zu ihnen. Er wird aber wieder Flößer im Heubächle, und heute bezieht er als ein Siebziger Alters- und Invalidenrente und wartet bei einem Schwiegersohn im Kaltbrunn auf den Tod.

Des Pfaffengregoris Schwester, die Eichberger Agnes, war auch bekannt in und um den Heubach. Sie wohnte mit ihren alten Eltern nicht mehr im Pfaffenhäusle, sondern auf einer Waldoase nördlich vom Forsthause und galt als erfahren in Hexenkünsten, was sie nicht ungern hörte. Die Leute fürchteten ihre Hexerei und gaben ihr, was sie wollte.

Eines Tages kam ihr Vater zum Teufelsteiner herab und klagte ihm, er habe seinen letzten Gulden verloren, weil die Mäuse ihm nachts den Hosensack durchfressen hätten. Da schenkte ihm der noble Nachbar einen Gulden und eine Mausfalle, damit er die Mäuse fange. »Aber Eichberger«, fügte er schelmisch hinzu, »gebt acht, daß keine Hexe in die Falle kommt.«

Der Trillensepp, ein kleiner, schlanker Mann mit blondem Haar, schmalem, glattem Gesicht und spitzer Nase, stammt aus dem Trillenbächle, einem Miniaturtälchen unterhalb des Teufelsteins. Der Sepp war vor fünfzig Jahren Bergmann und mutete im Wolftal auf Kupfer. Später ward er Holzhauer und Heubachflößer erster Güte. Auch er war in Siebenbürgen, von wo er einen ordentlichen Durst mitgebracht hat.

Er wartet auf die Altersrente und arbeitet heute noch als Holzhauer bei den Buren.

Einsam steht zwischen dem Heubach und St. Roman auf waldiger Höhe das ehemalige Schulhaus des Kirchspiels. In ihm ist der Schultoni geboren, die Blüte der Heubachflößer und wohl aller Kinzigflößer dieses Jahrhunderts.[4]

---

[4] Das Buch erschien erstmals 1897 und auf diese Zeit beziehen sich auch alle übrigen Angaben.

Der Schultoni, ein starker Mensch mit dunklem Vollbart und blauen Augen, ist Sänger, eine Eigenschaft, die selten ist bei den Flözern. Diesen ernsten, in Gefahren und schwerer Arbeit stehenden Menschen ist es nicht besonders singerig. Sie fluchen lieber, die Flözer, aber singen gehört nicht zu ihrer Liebhaberei.

Eine seltene Ausnahme machte der Schultoni. Er war stets heiter, lustig, sangesfroh und dabei einer der geschicktesten und furchtlosesten Flößer. Sein Wahlspruch lautete: »So ist der Schultoni, immer lustig ist er, immer singen tut er, und wenn der Bettelsack an der Wand verzweifelt, singt er.« Und diesem Wahlspruch ist er allzeit treu geblieben.

Bei der großen Flößerfahrt nach Siebenbürgen brachte er es zum »Paßführer«, d. i. zum Oberkommandanten, und sein Weib, das ihm in der Fremde starb, war die Köchin der Gesellschaft.

Heimgekommen, pachtete er ein Gütle im hintern Heubach und wurde wieder Holzhauer und Flözer. Heute, da die Eisenbahnen das Flößen totgemacht haben, verlädt der Toni noch als Greis die Tannenbäume am Bahnhof in Schilte, auf den die Burgruinen der Schenken von Zelle und der Herzoge von Urslingen und von Teck so malerisch herabschauen.

Die jüngsten der letzten Heubachflößer waren der Pfaffenbernhard und der Wirtsbasche. Sie übten ihren Beruf, nachdem die Flößerei in der Heimat aufgehört hatte, in Bayern aus, wo der Bernhard noch heute ist. Der Basche (Sebastian), ein kreuzbraver Mann und Schwiegersohn des Fürsten vom Teufelstein, dessen Tochter Priska er heimgeführt, amtet jetzt noch in Schilte als Holzhauer.

Die Tage der Poesie und Gefahr sind für die Heubacher Flößer vorüber. Die Alten haben alle einen Bresten geholt beim Flözen, meist gebrochene Beine, aber sie loben die Flözerzeit heute noch und würden sie dem langweiligen Holzverladen auf den Bahnhöfen vorziehen.

Flözer nicht aus Beruf, sondern aus Lust an der Gefahr, am Ächzen der Flozwieden, am Gischt des Wassers, der zwischen den Stämmen heraufspritzt – war der alte Äckerbur, Hans Armbruster, ein kleiner, stämmiger Bur und ein Original, wie es sein soll.

Er stammte von einem reichen Burengeschlecht, das heute noch auf dem Marxenhof im Schappe sitzt, unfern vom Eingang in den Wildschapbach.

Als nachgeborener Sohn mußte er auswärts und machte sein Glück zweimal bei Witwen. Einmal heiratete er die Hinterlassene des Künstlesburen im Schappe, Genofev, und war in seiner Heimat ein tüchtiger und allgemein beliebter Bur.

Nach Jahr und Tag stirbt die Fev; er gibt den Hof seinem Stiefsohn, dem Engelbert, und heiratet die Witwe des Äckerburen im Heuwich.

Der Äckerhof, hoch oben gelegen auf waldigen Gehängen, die steil abfallen zum Heubächle, ist einer der größten Waldhöfe im oberen Kinzigtal. Der Johannes wurde ein Bauernfürst; er ließ alljährlich einen eigenen Floz den Bach hinab und begleitete, wie eben erwähnt, alle andern Flöße, die aus dem Heuwich der Kinzig zutrieben, aus Vergnügen an der Fahrt.

Dabei war er aber kein untätiger Passagier, sondern ein fleißiger, gewandter Floßknecht.

Hatte er einen eigenen Floz im Bach und war, wie er es liebte, rasch und tüchtig gearbeitet worden, und lag der Floz am rechten Ort in der Kinzig, so gab der Johannes die reichlichste Zeche. Er selbst war Liebhaber eines guten Schoppens und zahlte gerne andern, aber nie einen besondern Schoppen, sondern alle mußten aus seinem Glas trinken, das er selbst immer und immer wieder, nachdem er zuerst getrunken hatte, kredenzte mit den Worten: »Ung'fähr, i bring dir's.«

Seine besten Freunde waren nicht Buren, sondern tüchtige Holzhauer und Flößer, so der Gottfried, Obmann der fürstlichen Waldleute, und Johannes Dieterle, genannt der Ruxenmann, sein eigener Holzhauer und Schwager.

Der Ruxenmann, der im Ruxengrund unter dem Äckerhof auf seinem Gütle saß, und der Äckerbur arbeiteten wie Löwen im Wald und auf dem Floß, aber nach getaner Arbeit tranken sie auch wie Löwen.

Auf dem Äckerhof lebte ein schwachsinniger Bruder der Bure, der Äckerbartle geheißen; der tat einst einen schönen Ausspruch über den Ruxenmann und den Äckerbur.

Zu den Buren jener Gegend kam oft ein St. Romaner Kuh- und Ochsenhändler, genannt der Bärlocher. Bei einem Ochsenpaar sehen Käufer und Verkäufer darauf, daß die Tiere in Größe und Farbe gut zusammenpassen. Daran anknüpfend, redete einst der Äckerbartle laut vor sich hin: »Der Bärlocher, der Bärlocher isch a g'schickter Ochsehändler, a g'schickter Ochsehändler, aber g'schickter als unser Bur un der Ruxemann hat er's nit zemmebringe könne: 's isch von dene zwei einer so alt, als der ander, 's heißt einer, wie der ander, 's isch einer so schaffig, wie der ander, und 's kann einer suffe wie der ander.«

Also der Äckerbur war auf allen Flößen, die aus dem Heubach kamen. Begleiten wir ihn einmal.

Vor der Felsenschlucht, die Hölle genannt, tief unter dem Forsthaus, liegt der Floz im Heubächle, noch festgehalten durch eine starke Floßweide. Der Stauweiher im Ochsengrund ist geöffnet, die Wasser rauschen von ferne wie Donnergeroll aus dem »hintern Heuwich« daher.

Die Flößer nehmen ihre Plätze ein, vorn am Steuer, in der Mitte und am letzten G'stör, teils mit Äxten, teils mit langen Stangen bewaffnet. Bekleidet sind sie nur mit Hemd, Kniehose und Strümpfen, die letzteren, um sicherer zu stehen.

Der Teufelsteiner steht hoch oben am Bachrand, gibt mit seinem Hut ein Zeichen und ruft: »Zum Gebet!« Die Flößer knieen nieder auf die toten Tannen und beten ein Vaterunser um glückliche Fahrt durch die Hölle.

In neuerer Zeit ist es Mode geworden bei solchen und ähnlichen Anlässen, statt zu beten, ein Hurra auf den Kaiser auszubringen!

Das Gebet ist zu Ende. Der vom Teufelstein winkt abermals; es gilt dem Gottfried, dem Obmann, der mit der Axt an der Weide steht, die mit Kettengewalt den Floz noch festhält. Der Gottfried haut nun mit scharfem Hieb die Weide durch; das Wasser ist indes dahergerauscht, ergreift mit Macht den Floz, die Weiden ächzen, die Stämme, an die Felsen gedrückt, knirschen, das Wasser zischt zwischen ihnen herauf, und fort geht's mit elementarer Gewalt durch die Felsenschlucht der Hölle. Der Äckerbur jauchzt. Floz und Flözer verschwinden den Augen des Bachvogts, des Teufelsteiners und des Gottfried. Es ist eine Todesfahrt.

Nach einigen Minuten jauchzt von unten her der Äckerbur wieder. Die Hölle ist passiert, nur der Hut, der dem Johannes im Höllengrund vom Kopf geflogen, ist verschwunden.

Im hellen Sonnenschein, der nicht in die Hölle dringt, steuern sie jetzt ihre Tannen am Ruxenwald und an der Jehlehalde hin, bis sie nach dreiviertelstündiger Fahrt in die Kinzig einlaufen und »im Leubacher Waag« unter dem Hohenstein ihr Floß verankern.

Das Heubächle ist so steil, daß es unmöglich ist, die Flöße, einmal losgelassen, durch Sperren zu verlangsamen. So kam es, daß sie manchmal schneller gingen, als das Schwellwasser, welches sie treiben sollte.

Um nun nicht mit dem Floß vor das Wasser zu kommen, mußte dasselbe mehreremal während der kurzen Fahrt »gefangen« werden. Das war das Geschäft der Flößer in der Mitte, die deshalb Fänger hießen.

Auf dem vierten G'stör von vornen war ein starkes Floßseil befestigt. Kam nun der Floz vor das Wasser, was sehr gerne bei »trockenem Bach« geschah, so mußten die Fänger mit dem losen Ende des Seiles an das Land springen, dasselbe um einen Baum schlingen und den Floz festhalten, bis das Wasser wieder nachkam.

Jetzt galt es, das Seil rasch loszumachen und ebenso rasch auf das Floß zurück zu springen, was eine Kunst war.

Um während der Fahrt bessere Übersicht über das ganze Floß zu haben und besonders um das rechtzeitige Ablassen des gefangenen Floßes anzuordnen, mußte ein kundiger Flözer während der ganzen Fahrt auf dem Lande nebenher springen, und dies war ein Dauerlauf erster Güte.

Nach der Festlegung des Floßes in der Kinzig ging's hinauf nach dem Städtchen Schille, wo »im Engel« die Flözerzeche gehalten wurde. Sie hatte zu bestehen aus: Nudelsuppe, Rindfleisch mit Meerrettig und Rahnen (Rotrüben), Schinken und Schweinebraten mit Sauerkraut, Saueressen und Küchle, eingemachtem Kalbfleisch mit Gugelhopf, Kalbsbraten und Salat.

Ernst, wie an einem Totenmahle, saßen sie da, die Mannen, die eben aus der Hölle kamen und dessen noch bewußt waren. Kein Lied ertönte, selbst der Schultoni sang bei diesen Zechen nicht. Es rauschten nur die Gabeln und Messer, und es ertönte nur immer und immer wieder der Ruf des Äckerburs: »Ung'fähr, i bring dir's!«

Spät am Abend, die Äxte auf den Schultern, wanderten weinfröhliche Leute im Frühlingswehen den Heuwich hinauf. Der Schultoni sang:

Kein' bess're Lust in dieser Zeit,
Als durch den Wald zu dringen,

Wo Drossel singt und Habicht schreit.
Wo Hirsch und Rehe springen.

O saß mein Lieb im Wipfel grün.
Tat wie 'ne Drossel schlagen!
O sprang' es wie ein Reh dahin,
Daß ich es könnte jagen!

Droben »im Auerhahn« ward »das letzte G'stör gehalten, und bis nach Mitternacht erging der Schlachtruf des Äckerburs: »Ung'fähr, i bring dir's!« Dann erhob sich das weinfeuchte, nasse Flößergespann. Die Flößer wankten ihren Hütten, der Johannes aber durch steile Waldwege bergan seinem Hof zu. Es wollte manchmal schon Tag werden, wenn er heimkam von einer Pläsierfahrt durch die Hölle.

Der Äckerbur und sein Freund, der Ruxenmann, sind seit Jahrzehnten unter den Toten: tot ist auch die Höllenfahrt auf dem Heubächle. Seine Wasser fallen melancholisch zu Tal, und an den alten Erlen flüstert es leise. Die Wellen und die Erlenzweige erzählen sich von den vergangenen Zeiten, da die Wasser rauschten und da mächtige Tannenleichen daherfuhren, zu Grab getragen von todesmutigen Männern.

Und die Flößer von ehedem, der Schultoni, der Trillensepp und der Wirtsbasche, sitzen heute traurig auf den Holzladeplätzen im Tal draußen und verzehren, auf einen Tannenbaum gekauert, ihr kärgliches Mahl ohne Wein und gedenken mit Wehmut der stolzen Flözerzeiten und des ewigen Mahnrufes vom Äckerbur: »Ung'fähr, i bring dir's!«

Warum dieses Trauern an den Erlen im Heubach, und woher die Wehmut der alten Flößer? Die Lokomotive pfiff ins waldige Kinzigtal hinein, sie rief eine Straße wach im Tälchen des Heubachs, und die Flößer sind verschwunden. Die Göttin Poesie verhüllte ihr Antlitz. Die Kultur hielt ihren Einzug, und alles ist kalt und öde geworden.

4.

Flößerzechen machte der vom Teufelstein nie mit, Einmal waren sie ihm zu weit weg vom Walde, den er nie gern verließ, und dann war er im Essen und Trinken äußerst mäßig und hätte in die Flößergesellschaft nicht gut gepaßt. Er begnügte sich, die Pfeife im Mund, ihnen, wenn sie aus der Hölle gefahren, ein Glückauf zuzuwinken, und dann schritt er den Wald hinauf seinem Forsthause zu. Seine Freude war's, die Höllenfahrt kommandiert zu haben. Selten ging er hinüber zum Bachvogt nach St. Roman, noch seltener hinab in den Heuwich zum Auerhahn. Wo er gerne einkehrte, wenn seine Waldgänge ihn dahin führten, das war in Wittichen, seiner Vaterstadt. Dort trank er, aus den Wäldern herankommend, am Abend gerne sein Bier entweder in der Schaffnei oder in der später entstandenen »Schmutzküche«, einem Bierhäuschen außerhalb des Klostertores.

Hier saß er bisweilen beim Spiel bis tief in die Nacht hinein, und bei ihm seine zwei Leibjäger, des Roßburen Isidor und der Schreinerlorenz.

Der Teufelsteiner hatte das Jagdrecht in allen fürstlichen Waldungen ringsum, und die Genannten waren seine Gastschützen. Sie hatten vom Jagdherrn das Privilegium, zu jeder Zeit nach Belieben jagen zu dürfen, sollten ihm aber die Beute abliefern. Das letztere vergaßen sie sehr oft, was er ihnen jedoch nie übel nahm.

Wenn er dann selbst jagte, mußten sie ihm als Treiber dienen.

Beide waren arme Teufel, der Isidor ein Holzhauer und der Lorenz Besitzer eines kleinen Gütchens und später Maulwurffänger.

So oft der Oberjäger ein Schwein schlachtete, lud er seine Unterjäger zur Metzelsuppe ein, ebenso seine Holzhauer und Flößer. Denn wenn und so lange der Teufelsteiner etwas Gutes hatte, mußten seine Untergebenen auch davon haben.

Zur Metzelsuppe spielte er ihnen dann auf der Drehorgel die Tafelmusik.

Einst ließ er seinen zwei Jagdkollegen sagen, sie sollten zur Metzelsuppe kommen und könnten dann, da seine Schweineställe jetzt leer seien, auch bei ihm übernachten, da er im Hause seiner sieben Kinder halber keinen Platz hatte.

Am Nachmittag trabten sie an, jeder ein Bündel Stroh auf dem Rücken. Als der Teufelsteiner sie fragte, was sie da hätten, meinten sie: Unser Bett, wenn wir im Stall übernachten sollen.

So verstanden diese Waldleute Humor mit Humor heimzuzahlen.

Kam er bisweilen lange nicht heim von Wittichen, der Teufelsteiner, und seine Heli wollte ihm eine Predigt halten, so spekulierte er auf die Leichtgläubigkeit seines braven Weibes. Er entschuldigte sich mit allerlei Gespenstern, die ihm unterwegs begegnet seien. Einmal war das Gespenst ein Lichtlein, das ihn begleitet und irregeführt hatte, ein andermal war eine Herde geheimnisvoller Schweine ihm in den Weg gelaufen, oder die Felsen hatten sich in Jungfrauen verwandelt oder Haselstauden, die er früher nie gesehen, ihm mitten im Weg das Gehen erschwert.

Düster genug war sein Heimweg, und darum konnte einem allerlei passieren.

Das Tälchen des Böckelsbachs hinauf führt der Weg in Wald und bleibt 1½ Stunden lang bergauf, bergab im Tannengrün. Durch das »Rabinerloch« führt er zunächst zum »Schlößle«, wo einst der Ritter hauste, der einen Rabiner im Wald getötet. Vom Schlößle geht's zur Bergwand, Meiers Helge[5] genannt, wo an einer Tanne ein Bild der Dreifaltigkeit hängt, von da steil hinab ins Tal des Heubachs – und von dem wieder durch den Wald hinauf zum Forsthaus.

Und doch hätte der Teufelsteiner mehr denn einmal jede Wette eingegangen, mit verbundenen Augen den Weg von Wittichen nach seinem Heim zu machen. Es wettete aber niemand mit ihm, weil man es für unmöglich hielt.

In Wittichen war es auch, wo sie in den siebziger Jahren einmal ein unehelich Kind von den Bergen herabbrachten, dem niemand Pate sein wollte. Da saß in der Schmutzküche der Teufelsteiner, und den sprach der Pfarrer um die Patenstelle an. Er sagte zu, wollte aber nicht in dem alten Waldkittel, den er eben anhatte, der heiligen Handlung beiwohnen; darum zog er einen langen, schwarzen Rock des Pfarrers an und hob das Kind über die Taufe.

Der Täufling, eine »Sie«, lebt heute im Waldstein bei Hasle, und als 1893 die Kunde kam, der Pate am Teufelstein sei gestorben,

---

5 Helge bedeutet Heiliger, Heiligenbild.

machte sie den weiten Weg nach St. Roman und ging ihm aus Dankbarkeit »mit der Leich'«.

Im Witticher Tal wohnte in jenen Tagen auch einsam am Weg ein durstiger Schuhmacher, und der hätte den Förster manchmal gerne begleitet, wenn dieser zur Sommerszeit aus dem Wald an seiner Hütte vorbeikam und vor der Heimkehr in Wittichen noch sein Bier trinken wollte.

Aber wenn des Schusters Weib daheim war, ging es nicht, und wenn dieses draußen an der Berghalde gegen das Kloster hin Kartoffeln hackte, ging es auch nicht, weil sie unten den Weg passieren mußten, über dem das Weib an der Halde stund.

Für den letzteren Fall wußte der Teufelsteiner Rat. Er riet dem Meister Knieriem, die Kleider seines Weibes anzuziehen und als »Wible« mit ihm gen Wittichen zu wandern. Ein Weibsbild sei um Wittichen 'rum gekleidet wie das andere, und niemand werde von der Halde herunter in den Weiberröcken den Schuhmacher vermuten, selbst sein eigenes Weib nicht.

Es geschah, und der Schuster kam zu seinem Bier, bis es die Schusterin wunder nahm, was für ein Weiblein so oft mit dem Förster unten vorbeiwandle und dann wieder allein zurückkehre. Sie ging deshalb eines Tages beiden nach bis in die Schmutzküche und erkannte dann in dem Häs der Schusterin ihren eigenen Schuster.

Dieser, ein kleiner Mann, lustig und lebensfroh, kam bald darauf elendiglich ums Leben. Er hatte mit seiner Ehehälfte an einem Sonntag einen Ausflug gemacht hinab ins Städtle Schiltach. Hier trank er beim »Jaköbele« einige Schöpple und machte sich dann munter und fidel Schenkenzell und der Heimat zu.

Hinter dem Dorf Schenkenzell fließt aus dem Eselsgrund ein kleines Wasser in den Talbach. Seine Mündung heißt das Eselswehr. In dieses fiel das lustig tanzende Schuhmächerle. Sein Weib sprang ihm nach, konnte ihn aber nicht herausfischen; sie hielt ihm den Kopf über Wasser und schrie aus Leibeskräften um Hilfe.

Es kamen Leute; die retteten das Schusterspaar aus dem Eselswehr, legten aber den Bewußtlosen in den nassen Kleidern beim Eselsschreiner in eine kalte Kammer. Am Morgen war der lustige Schuhmacher ein toter Mann. Der Fürst vom Teufelstein aber erwies ihm die letzte Ehre.

Dieser kam nie aus seinem Waldrevier, außer wenn er amtlich nach Wolfe mußte. Es gefiel ihm eben auch nirgends, als in seinem Walde. Nie ging er deshalb auch nur nach Hasle zu seinem Bruder, dem Wagner Fürst, meinem Nachbar, der mir, dem Knaben, oft vom Förster im Heubach sprach. Ja nicht einmal hinab nach dem nahen Schilte oder hinauf nach Alpirsbach zog er zu einem der vielen Jahrmärkte.

Eine Ausnahme machte er bisweilen an des Großherzogs Geburtstag, 9. September; da ritt er in Gala und mit dem Hirschfänger hinab nach Wolfe, wobei einmal beim Heimritt sein Rößlein so üppig wurde, daß es mit seinem Reiter in den Brunnentrog des Stadtbrunnens setzte.

Sein Waldfreund, der Forstverwalter Bogenschütz, dessen Frau von Offenburg war, drang, als die Eisenbahn im Jahr 1866 bis Hausach ging, in den Teufelsteiner, mit ihm nach Offenburg zu fahren, um die Eisenbahn und auch einmal eine größere Stadt zu sehen.

Ungern gab der Waldmann endlich nach und stellte sich am bestimmten Tage im grünen Rock mit Pfeife und Hirschfänger in Wolfe ein. Mit dem Omnibus ging's bis Hufen und von dort mit der Bahn talab. Je weiter sich diese aber von den Bergen und Wäldern des oberen Kinzigtals entfernte, um so kleinlauter und melancholischer wurde unser Beiförster.

In Offenburg angekommen, verabschiedete er sich alsbald von seinem Freunde unter dem Vorwand, ein wenig in der Stadt sich umzusehen. Kaum war er aber dem Forstverwalter aus den Augen, so eilte er dem Bahnhof zu und fragte nach dem Abgang des nächsten Zuges ins Kinzigtal.

Die Zeit bis zur Abfahrt benützte er, um seinem Freund Bogenschütz folgenden Brief zu schreiben, den er ihm per Eilboten in die Brauerei Schuhmacher zuschickte, wo dieser, als dem Geburtshaus seiner Frau, logierte:

»Lieber Herr Forstverwalter! Verzeihen Sie mir, daß ich Sie itzt schon wieder verlassen habe; ich halte, es aber vor Heimweh nach meinem Walde nicht mehr aus. Seien Sie für mich außer Sorgen, denn ich bin mit dem nächsten Zuge wieder heimgereist und will diese Nacht noch am Teufelstein sein.«

So ungern der brave Mann in die Welt ging, ebenso begierig war er auf das, was in derselben vorging. Er hielt darum, als seine Kinder größer geworden waren, und ihr Brot teilweise selbst verdienen konnten, stets einige Zeitungen. Es waren dies abwechselnd die Berliner Morgenzeitung, die Konstanzer Zeitung, der Schwarzwälder Bote, die Badische Presse, das Mannheimer Journal, der Anzeiger für Stadt und Land, das Donaueschinger Wochenblatt, der Kinzigtäler, der Vetter aus Schwaben und das landwirtschaftliche Wochenblatt.

Auch ein großer Liebhaber von Lotterielosen war er, gewann aber nur einmal – zwölf Paar Kinderstrümpfe. Trotzdem nahm er alljährlich zehn Lose der Donaueschinger Pferdelotterie und schrieb dann jedesmal dem Verkäufer derselben, er möge die gewonnenen Pferde in Empfang nehmen und ihm alsbald übersenden.

Seine ganze, aber ungestillte Sehnsucht war ein schönes, kostbares Pferd. Er mußte sich stets mit den allerbilligsten begnügen und kaufte in der Regel die elendesten Klepper. Sie waren bei ihm aber so geschont und so gut gepflegt, daß sie fett wurden.

Hatte er dann eines gemästet, so erschien im Schwarzwälder Boten oder im Kinzigtäler die folgende Notiz: »Ein schönes Pferd, zwölf Zentner schwer, zum Wursten geeignet, zum Reiten gut, zum Fahren ausgezeichnet, hat zu verkaufen oder gegen einen alten, mageren Klepper mit guten Knochen zu verhandeln – der fürstlich fürstenbergische Förster Fürst am Teufelstein.«

Ähnlich hieß es ein andermal: »Einen himmelblauen Wagen und eine hartfette Kuh hat abzugeben der Fürst vom Teufelstein.«

Pferde- und Kuhhandel war eine Lieblingsbeschäftigung des alten Jägers, und die Metzger von Wolfe und Schilte, die Juden von Schmieheim und der Viehhändler Bärlocher von St. Roman waren gern gesehene Leute im Forsthaus. Doch als der letztere ihm einmal für gutes Geld eine Kuh verkaufte, die nichts taugte, ließ er alsbald im Kinzigtäler also sich vernehmen: »Wenn jemand eine teuere Kuh kaufen will, die nicht trägt, keine Milch gibt und sonst nichts ist, der soll sich vertrauensvoll an den Bärlocher wenden. Fürst vom Teufelstein.«

Der Bärlocher war auch ein Original. Er war ein nachgeborener Sohn des Klausenburs von St. Roman und hatte »im Bärloch« ein Gütchen, daher sein Name.

Sonst hieß er Klaus Dieterle und war der schlauste christliche Viehhändler im oberen Kinzigtal. Mit seinen Konkurrenten, den Juden, teilte er auch die Sparsamkeit und Genügsamkeit. Mit einigen gekochten Kartoffeln in der Tasche zog er über Berg und Tal.

Ein großer, schlanker, magerer Mann mit schmalem, bartlosem Gesicht und spitziger, gebogener Nase kam er auf alle Höfe im Obertal und war trotz seiner Schlauheit bei allen Buren beliebt, weil er stets bar bezahlte. Beim Fürsten am Teufelstein galt er viel, obwohl er ihm beim Handel manchen Streich spielte.

Er lebt heute noch, der Bärlocher, ein Achtziger, auf seinem einsamen Gütchen.

Bei seinem Handel mit Pferden oder Kühen hatte der Teufelsteiner selten besonderes Glück, weil er eine zu offene und zu ehrliche Natur war und unter den Viehhändlern bekanntlich die geriebensten Kunden sich finden.

Schlauer war sein Freund, der Bachvogt und Adlerwirt von St. Roman. Der bot eines Tages einem Juden ein Paar Stiere billig an mit der Bedingung, daß derselbe jedem Kind des Verkäufers einen Kronentaler zu geben habe.

Der Israelite schlug ein, erschrak aber nicht wenig, als ihm der Bachvogt 24 Kinder als die seinen präsentierte.

Beliebt im Forsthaus am Teufelstein waren auch alle Pfarrer von St. Roman, deren keine kleine Zahl in dem einsamen Bergkirchlein funktionierte in den 52 Jahren, da unser Förster in der Nähe hauste.

In St. Roman bleiben in der Regel die geistlichen Herren nur so lange, als sie müssen. Es ist den meisten zu einsam und zu weltfern. Jeder war darum froh, in der Nähe am Fürst vom Teufelstein einen braven, heitern Mann zu haben, den man in einsamen Stunden aufsuchte, und der allerlei zu erzählen wußte und nebenbei Waldhorn blies und die Drehorgel spielte.

Mein Rastatter Studienfreund, Christian Walk, jetzt längst Privatgeistlicher und Bankier, war einst einige Jahre in St. Roman. Fast täglich besuchte er den Förster. An Samstagen trug er ihm seine Predigt vor, die er am Sonntag halten wollte. Am Sonntag Abend brachte der Christian bisweilen seine Staatspapiere mit und breitete sie vor den Augen des armen Mannes auf Tisch und Bett aus, und an Werktagen begleitete er diesen in den Wald und zeigte bei den Holzmachern, mit der Axt hantierend, seine Kraft.

Heute noch erzählen die Leute von Christians Staatspapieren und von seinen Axthieben im Walde.

Im Herbst 1896 traf ich den Christian nach Jahren wieder einmal auf der Straße zu Freiburg und erinnerte ihn an den Fürst vom Teufelstein. Obwohl stets ernst und in Gedanken an das Steigen und Fallen der Papiere, fing der Christian an zu strahlen und den Teufelsteiner zu loben ob seiner Biederkeit und Offenheit und ob der vielen Stunden, die er dem vom Mammon geplagten Christian versüßt habe. Er erzählte: »Als ich ihn das erstemal, ehe ich ihn kannte, in der Kirche sah, den Teufelsteiner, in seiner grünen Uniform, seinen hellen Augen, seiner gebogenen Nase und dem grauen Schnurrbart, da glaubte ich, ein vornehmer Edelmann möchte wohl in der Nähe wohnen und zur Kirche gekommen sein.«

Gerne neckte der Förster seine geistlichen Freunde mit ihrem kleinen, dunkeln Kirchlein, in dem er nicht so gut beten könne, wie in seinem Waldrevier »zum blauen Loch«. Dort ständen die Tannen wie die Säulen des Himmels, und wenn er an ihnen hinaufschaue, so werde er gottesfürchtiger, als wenn er eine Predigt von ihnen höre.

Auch meinte er oft zu den Pfarrherren, er brauche nicht so viel zu beten, sein Wible bete dafür um so mehr.

Und in der Tat war die Heli vom Holzwald ein wahres Muster einer frommen, gottesfürchtigen Hausfrau und Mutter und dabei immer lustig und heiter in Ehren. Sie war allzeit fröhlich mit den Fröhlichen und traurig mit den Trauernden.

Sie gebar dreizehn Kinder und zog zwölfe davon groß. Den Armen gab sie, so lange sie selbst hatte; die Kranken in den abgelegenen Hütten besuchte sie, und den Sterbenden stund sie in ihrem letzten Kampfe bei mit lautem Gebet.

Aber sie konnte auch lustig sein und bei Hochzeiten tanzen wie eine junge. Ihr Haupttänzer war Johannes, der Äckerbur und Pläsierflözer aus dem Heubach.

In der Erziehung der Kindes war der Mann am Teufelstein ebenso originell, als streng und praktisch. Die Überwachung der kleinen Herde hatte tagsüber die Mutter, da der Vater stets und bei jedem Wetter im Wald und über Mittag nur kurze Zeit daheim war. Aber jeden Abend mußte ihm sein Wible Bericht erstatten über das Verhalten der Buben und Meidle den Tag über.

Er hatte ein eigenes Büchlein, in welches täglich das Betragen der Kinder verzeichnet wurde. Wer brav war, bekam am Abend einen Tupfen (Punkt) hinter seinen Namen, wer unartig, einen Strich.

Für jeden Punkt vergütete der Vater am Ende des Monats einen Kreuzer und tat die Summe in eine Sparkasse. Für den Strich wurde die Strafe gleich ausgesprochen: Der Delinquent mußte alsbald ins Bett und durfte nicht zum Vater »zu Licht gehen«.

Wenn er nämlich heimgekommen war, so begab er sich nach dem Nachtessen in seine Schreibstube und machte seine schriftlichen Arbeiten. Da durften dann die bräveren Kinder den lieben Vater besuchen und noch einige Zeit vor dem Zubettegehen bei ihm bleiben. Alle empfanden es als eine harte Strafe, wenn dem einen oder dem andern dieses Vergnügen entzogen wurde.

Strengere Strafen bestanden darin, daß das Kind am andern Morgen auf die Stiege oder unter den Tisch sitzen mußte, bis der Vater aus dem Walde heimkam.

Wie sehr die Kinder das Notenbüchle des Vaters fürchteten, geht aus folgenden tapfern Worten eines seiner Knaben hervor. Dieser hatte drunten im Tale bei der Heubachmühle seinen Fuß gebrochen.

Der Arzt von Schiltach wurde in die Mühle geholt, den Buben einzuschindeln. Während der Operation weinte und jammerte der Knabe, weil er jetzt vom Vater einen Strich bekomme. Dieser Strich tat ihm weher, als der gebrochene Fuß.

Auch die Mutter war strenge und schlug, wenn der Vater nicht da war und sie sich des Mutwillens der Kinder nicht mehr erwehren konnte, tüchtig zu.

Und doch hingen die Kinder alle mit großer Liebe an ihren Eltern, besonders an der Mutter. Die Tochter Kreszenz schreibt mir noch in ihren alten Tagen: »Wenn ich in der Schule war, hatte ich als so lange Zeit (Sehnsucht) nach der Mutter, daß ich es manchmal nicht erwarten konnte, bis ich sie wieder sah.«

Die Kinder hatten nur zwanzig Minuten in die Schule von St. Roman und doch Heimweh, wenn sie dort waren. Sobald sie aber aus der Schule heimkamen, mußten sie der Mutter helfen in Haus und Feld. An Wintertagen lehrte diese die Mädchen zeitig das Blumenmachen, eine Kunst, die sie selbst zu Wittichen von der letzten Klosterfrau erlernt hatte und die den Mädchen bald manchen Pfennig eintrug.

Sie machten die Sträuße für die Hochzeiten ringsum, denn es ist im ganzen Kinzigtal Sitte, daß nicht bloß die Hochzeitsleute, sondern auch die Gäste mit künstlichen Sträußen geziert werden.

So herrschte im Forsthaus auf dem Abrahamsbühl Ordnung, Disziplin, Friede und Liebe, und der Fürst am Teufelstein hat es keine

Stunde bereut, die arme Heli vom Holzwald als Lebensgefährtin genommen zu haben.

Aber auch in seinem Dienste war der Teufelsteiner der Liebling seiner Vorgesetzten und seiner Untergebenen und der Berater der Buren.

Manchen Bur, der in schlechten Zeiten zum Förster kam, um ihm seinen Hof für die fürstliche Standesherrschaft anzubieten, hat er vom Verkauf abgehalten.

»Der Fürst von Fürstenberg hat zu leben, wenn er euren Hof auch nicht hat; aber ihr werdet arme Teufel und verkauft euren Kindern das Brot aus der Tischlade«, so sagte er ihnen. Dann ging er mit den Buren in ihre Wälder, taxierte ihnen dieselben und schickte die Leute zum großen Holzhändler Trick nach Alpirsbach, der ihnen daraufhin Geld gab oder Kredit eröffnete.

Es sind heute noch stolze Höfe im ehemaligen Revier des Teufelsteiners in den Händen der Nachkommen jener Buren, deren Söhne jetzt zu den vermöglichsten Leuten zählen: sie wissen aber kaum, daß sie ihren Besitz dem armen Beiförster im Heubach zu verdanken haben.

Seinen Holzmachern und Flößern war er ein väterlicher Freund. Wenn einer oder der andere ein Stück Holz aus dem Wald wünschte, um sich einen Schlitten oder einen Karren zu machen, da vertröstete er sie auf das Kommen des Forstverwalters. Kam dann sein Freund Bogenschütz, so führte er ihn in den Wald, wo die Leute an der Arbeit waren, trug ihm die Bitte derselben vor und schloß mit den Worten: »Geben Sie, Herr Forstverwalter, den Holzmachern die Stämmchen, denn sie holen sie doch, wenn Sie nein sagen!«

Hauptsächlich viel hielt der Teufelsteiner auf gute Waldwege. Fand er in einem Weg herabgerollte Steine oder Felsstücke, die der Wegwart übersehen, so gab er dem Mann am hellen Tag eine Laterne in die Hand und sprach: »Geh' hinüber auf die Bockseck' und zünd um, 's liegt was im Weg!«

In seiner Saatschule, die unweit vom Forsthaus lag, traf er eine eigene Einrichtung, wenn in derselben frisch ausgesät war und die Vögel des Waldes kamen, um den Fichten- und Tannensamen zu verspeisen.

Er baute eine Hütte in die Saatschule und setzte ein altes, armes Wibervolk in dieselbe. Dieses mußte an einer Glocke ziehen, wenn

Vögel einfielen, und sie so verscheuchen. Es hieß Kätteile und bekam von diesem Amt seinen Taglohn und den Namen »das Hüttenkätterle«.

Von seiner Wohnung aus konnte der Förster mit einem Perspektiv in die Hütte sehen, in der das Kätterle saß und strickte, bis Vögel kamen: dann hatte es zu läuten. Aber manchmal sollte es für seine Geißen Futter holen und entfernte sich von seinem Posten. Wenn der Mann mit dem Perspektiv dies bemerkte, ging er hinunter und entfernte die Glocke; hierauf versteckte er sich und wartete den Schrecken des Weibleins ab, da es, zurückgekehrt, läuten wollte und die Glocke fort war.

»Kätterle«, sprach er dann, aus seinem Versteck hervortretend, »ein Kreuzvogel hat dir die Glocke gestohlen, als er sah, daß du fortgingst. Sie war aber zu schwer, und der Vogel hat sie wieder fallen lassen, und ich hab' sie im Wald gefunden. Also bleib' auf deinem Posten, Kätterle, sonst gibt der Fürst von Fürstenberg das Geld umsonst aus.«

Oft hatte er auch selbst Taglöhner im Dienst für seine Felder und die eigene Landwirtschaft. Wann gab er das Zeichen zum Mittagessen und zum Feierabend vom Forsthaus aus entweder mit einem weißen Tischtuch oder mit einem Signal aus seinem Waldhorn.

Wenn sie daraufhin zum Essen kamen, so war der Tisch mit Lasten von Speisen bedeckt, und er sprach den Leuten zu: »Eßt, sonst bricht der Tisch, mein Wible hat ihn überladen.« Dann machte er mit der Drehorgel die Tafelmusik.

So wußte der brave Mann mit seinem Humor rings um sich Freude zu bereiten, und alles diente ihm gern und alles hatte ihn gern.

Je mehr aber seine äußeren Verhältnisse sich besserten, um so mehr ließ er seinem originellen Wesen den Lauf.

5.

Nachdem der Mann am Teufelstein dreißig Jahre treu und redlich gedient hatte in strengem Waldesdienst, war sein Gehalt auf 1600 Mark gestiegen. Zu gleicher Zeit waren seine Kinder groß geworden und konnten ihr Brot selber verdienen, wenn auch meist ein hartes Brot.

Er hatte einen, den Otto, in das Seminar zu Ettlingen gebracht und zum Lehrer ausbilden lassen. Kaum Lehrer geworden, wird er Soldat, kommt eines Tages in Urlaub und stirbt bei den Eltern.

Die andern Buben alle mußten zum Handwerk herabsteigen, und die Jäger-Ahnen-Reihe schloß mit dem Vater. Der Oswald wurde Buchbinder und zog frühzeitig nach Amerika. Der Pius ward ein Schlosser und ging auch übers Wasser. Der Karl wurde nacheinander Wagner, Bierbrauer, Zimmermann, Metzger und schließlich Kaufmann; als solcher betrieb er einen Kramladen in Schapbach und starb in jungen Jahren. Der August ging zur Schusterei über, wanderte jahrelang als solcher in der Schweiz, heiratete nach Oberwolfe und schusterte, bis ein Bruder seines Weibes ihm schrieb, er solle nach Brasilien kommen. Dort lebt er heute als Plantagenbesitzer und baut Kaffee.

Der Wilhelm nahm seine Zuflucht ebenfalls zum Schusterstuhl, schusterte als Meister bei den Eltern, bis er das Tannengrund-Kätterle heiratete und in Scheukenzell sich niederließ, wo er jung starb.

Der Leonhard griff zum Kochlöffel und wurde Koch im Bad Rippoldsau, dann Hofkoch in Donaueschingen, Soldat und Restaurateur. Als solcher verkracht, diente er seinem Vater als Hausknecht, bis sein Bruder August ihn nach Brasilien rief, wo er heute Plantagen- und Herdenbesitzer sein soll und nebenher Jäger und Fischer.

Fast alle Buben des Teufelsteiners waren Soldaten, ehe sie die Heimat oder das Leben verließen.

Und die Meidle? Sie waren, wie die Buben, heiter, lustig und lebensfroh und sind es geblieben. Die Stefanie, die älteste, blieb als Stütze der Mutter daheim, bis sie in den Heuwich hinabkam als Wirtin zum Auerhahn, wo wir sie aufsuchen werden.

Die Priska ward Köchin und diente als solche bald oben, bald unten im Lande, bis sie den wackeren Flößer, den Wirtsbasche, heiratete und jetzt in Schilte bei ihm gute Tage verlebt.

Die Priska ist, wie mir scheint, die lustigste. Von ihrer heiteren Laune nur ein Beispiel: Als einmal die Brüder zur Weihnachtszeit alle aus der Fremde daheim waren, um die Eltern zu besuchen, und auch die Schwestern beisammen, da gingen sie am Abend hinab in den Auerhahn zur Stefanie und ergötzten sich mit Singen und Tanzen. Die Priska fehlte. Sie komme, so hieß es, wenn Vater und Mutter zu Bett gegangen wären.

Während die Fürstenkinder sich so vergnügten, kam ein Handwerksbursche ins einsame Wirtshaus und bat um ein Nachtquartier. Die Wirtin verlangt ihm, wie üblich, damit er nicht durchbrenne am Morgen, das Wanderbuch ab, ohne hineinzusehen.

Sie und ihr Stiefsohn begleiten den Fremdling mit einer Laterne in seine Kammer, wo er wegen der großen Kälte noch ein doppeltes Deckbett bekommt und ihm die Laterne als Nachtlicht zurückgelassen wird.

Am andern Morgen ist der Handwerksbursche fort und sein Bett unberührt. Es war die Priska gewesen, die mit dem Wanderbuch eines ihrer Brüder so trefflich den Handwerksburschen gespielt hatte.

Die Kreszenz und die Helena waren Zwillinge und wurden beide Köchinnen. Die erstere wurde eine Märthrin. Treu und redlich diente sie viele Jahre beim Chef des Hauses Benziger, Adelrich, in Einsiedeln. Schwer krank geworden, unterzog sie sich einer Operation in Zürich und kam siech und elend heim. Kaum hat sie sich erholt, so zieht sie zu ihren Brüdern nach Brasilien, wo sie halbtot ankommt, aber das Klima nicht ertragen kann. Sie muß zurück nach Europa und liegt krank und bewußtlos auf dem Schiff bis Hamburg, hier wird sie dem Leben zurückgegeben, und eines Tages kehrt sie, an einem Stocke schwankend, heim ins Forsthaus auf dem Abrahamsbühl, wo die Mutter indes gestorben war. In rührender Art hat sie mir selbst ihre Reise beschrieben.

Die Helene war die Amazone unter den Mädchen des Teufelsteiners. Schon als Kind ging sie oft verbotener Weise als Bub verkleidet in die Schule. Kaum erwachsen, machte sie den Fuhr- und Pferdeknecht des Hauses und zeichnete sich aus im Führen der größten Holz- und Steinlasten. Sie war eine kühne Reiterin, und wenn der Fürst von Fürstenberg, wovon wir gleich erzählen, auf die Jagd ins Forsthaus kam, war ihr größtes Vergnügen, eines seiner Reitpferde zu besteigen und einen Ritt über Stock und Stein zu tun.

So ward sie des alten Jägers Liebling, der ihr auch die Leidenschaft zum Rauchen, als von ihm ererbt, nachsah.

Köchin geworden, um ihr Brot zu gewinnen, rauchte sie jeden Abend, wenn sie dienstfrei war, auf ihrer Stube, oft die ganze Nacht hindurch. Im »Freiburger Hof« zu Freiburg und im Renchtalbad Freiersbach kochte und rauchte sie, bis sie krank heimkehrte und ihr junges Leben bei ihren Eltern aushauchte.

Als die Kinder sich so selbst ernähren konnten und sein Gehalt gewachsen war, durfte der Mann am Teufelstein sich eher ein Vergnügen gestatten als früher.

Wie für Drehorgel und Waldhorn, hatte er eine große Vorliebe für Uhren aller Art, die er nach und nach im ganzen Hause anbrachte, vorab aber in seiner Schreibstube. Je mehr die Uhren beim Gehen und Schlagen mit Rufen, Spielen, Trommeln und Trompeten Spektakel machten, um so lieber war es dem alten Jägersmann.

Auch seinen Viehstand vergrößerte er und hatte schließlich neben seinem Pferd 12 Stück Rindvieh. Jetzt konnte er handeln und verhandeln nach Herzenslust.

Seine Gastfreundschaft wurde nun außerordentlich. Man konnte ihm, wer es auch sein mochte, keine größere Freude bereiten, als wenn man bei ihm ankehrte und ihn besuchte. »Trag uns, Wible, was der Tisch tragt!« rief er dann seiner Heli zu. Schinken, Speck, Bier, Wein, Küchle und Kaffee mußten möglichst rasch beigebracht werden. Dann spielte er die Drehorgel und forderte zum Tanz auf. Seine Frau und die Töchter, die da waren, mußten mittanzen.

Je lustiger es herging, desto freudiger strahlte sein heiteres Angesicht.

Kein Handwerksbursche und kein Stromer ging leer aus, und zu jeder Zeit des Tages mußte sein Wible Feuer unter dem Herd haben, um den Wandersleuten »ein warmes Süpple« kochen zu können.

Die Glorie seiner Freude erlebte er, wenn sein oberster Dienstherr, der Fürst Egon von Fürstenberg, zu ihm kam und er diesem und seinen Kavalieren auf der Drehorgel vorspielen konnte.

Alljährlich von 1873 an ritt der Fürst von Fürstenberg auf das Forsthaus am Teufelstein, um auf Auerhähne zu jagen, die in der April- und Maienzeit in den Wäldern über dem Forsthaus, in denen auch Haselhühner vorkommen, balzen.

Wenn der Jäger am Teufelstein sie »verhört« hatte, schrieb er an den Fürsten: »Gehorsamster Balzbericht des fürstlich fürstenbergischen Beiförsters Fürst am Teufelstein. Die Auerhahnen balzen gut und warten schon lange mit Schmerzen auf den Tod durch Ihre durchlauchtigste Flinte.«

Daraufhin kam der Fürst ins Wolftal herab und schlug im Bad Rippoldsau sein Standquartier auf, da auch auf dem Kniebis gejagt wurde. An einem schönen Abend nun ritt er mit seinem Leibjäger und einigen Kavalieren in die Berge und hinüber zum Teufelsteiner.

Wenn sie den Wald heraufkamen, begrüßte sie schon von weitem der Alte mit seinem Waldhorn in freudeschmetternden Tönen und geleitete sie zu seinem Jägerhaus. Den Imbiß brachte der Fürst selbst mit, aber die Tafelmusik mit der Drehorgel lieferte der Fürst vom Teufelstein. Und daß der echte Fürst bisweilen jauchzend seinen Hut schwenkte, wenn sein alter Jäger orgelte oder das Echo am Wald von St. Anton mit dem Horn wachrief, das war diesem eine überschwengliche Freude.

Nach kurzer Nachtruhe wurden die Herren vom Förster geweckt und lautlos den Wald hinaufgeführt unter die Tannen des Eichbergs, auf denen die Auerhähne ihr Liebesspiel trieben. Sie waren so gut verhört vom Teufelsteiner, daß »die durchlauchtigste Flinte« stets zu Schuß kam.

Nach dem Frühstück, das unter Orgelton eingenommen wurde, verließen die Reiter den einsamen Jäger wieder, und sein Waldhorn klang ihnen noch lange nach unter den Tannen hin.

Beim Fürsten Egon, der so jedes Frühjahr zweimal kam, galt der originelle, brave Mann sehr viel, und nie verließ er dessen lustiges Waldhaus, ohne eine klingende Belohnung und eine Partie guter Zigarren zurückzulassen; denn der Teufelsteiner rauchte ums Leben gern vom frühen Morgen bis zum späten Abend, wo er in der Regel die letzten Züge aus seiner Pfeife im Bette tat.

Pfeifen hatte er so viele als Uhren, und den Tabak und die Zigarren bezog er stets in größeren Quantitäten. Aber seine Pfeifen zündete er nur nach guter, alter Art mit Zunder und Feuerstein an.

Weil er sehr viel rauchte und ein sparsamer Mann war, kam er auf den Gedanken, seinen Bedarf an Tabak selbst zu bauen auf seiner Waldoase. Er ließ sich deshalb Samen kommen und eine Anleitung zum Tabakbau. Es gelang. Die Pflanze gedieh, wuchs, wurde reif, geerntet und auf der Bühne getrocknet und dann ohne jede Fermentation geraucht.

Der Teufelsteiner hatte eine Riesengesundheit und vertrug auch diesen Tabak. Als aber eines Tages Reinhard, der Murer von Wittichen, das Dach am Forsthaus umdeckte, warnte ihn der alte Raucher, ihm nicht an seinen Tabak zu gehen, der unter dem Dache hänge. Der Murer konnte dem Gelüste nicht widerstehen, versuchte ihn und fiel in Ohnmacht. Den Bewußtlosen fand der Förster auf der Bühne liegen. Als er ihn wieder zu sich gebracht hatte, fragte er ihn: »Du hast gewiß von meinem selbstgepflanzten Tabak geraucht, der da hängt?« Der Murer bekannte wehmütigen Herzens sein Attentat. »Ja«, meinte der alte Jäger, »den kann nur der Fürst vom Teufelstein rauchen!«

Der Reinhard aber war einen Tag arbeitsunfähig, weil er »Teufelsteiner« geraucht hatte.

Auch Kaffee versuchte der Waldmann, welcher ein ebenso großer Freund von Kaffee war, wie von Tabak, zwischen seinen Tannenwäldern zu pflanzen. Er brachte die Pflanze richtig bis zum Produzieren von Bohnen. Diese schrumpften aber beim Rösten sehr zusammen, und nach dem Genusse dieses einheimischen Kaffees wurde es den sämtlichen Familiengliedern so elend zu Mute, daß der Hausherr darauf verzichtete, auf dem Abrahamsbühl im Schwarzwald eine Kaffeeplantage anzulegen.

In den 52 Jahren, da der Fürst auf dem Abrahamsbühl wohnte, war er vor seinem Tod nur dreimal krank und berichtete darüber dienstlich sehr originell an seinen Forstverwalter nach Wolfe. So anno 1843 im Februar: »Ich liege an der sogenannten Kopf- oder Hirnwut krank darnieder und doktere bei Dr. Trautwein in Schiltach.«

Im Juni 1850: »Ich habe vielen Durst und keinen Appetit. Die vielerlei und vielen Medikamente haben mich schier umgebracht und namentlich eine Portion Blutegel mir mein Blut stark abgezapft, hier und in der Umgegend sind viele Leute mit dieser Krankheit behaftet und können die Dokter, wie es scheint, hiervon nicht kurieren, sonst wären ich und jene schon lange hergestellt.«

Im Februar 1887: »Ich bin krank, aber einen Arzt habe ich nicht zu Hilfe gezogen, denn die 25 Mark Ganggebühren und mein Leben sind mir lieber als ein Plätzchen neben meiner jüngst verstorbenen Tochter Helene auf dem Kirchhof zu St. Roman. Ich habe den Arzt aus meinem großen Kräuterbuch selbst gemacht und auch die Medikamente zubereitet.«

Als Hausmittel hielt der alte Jäger viel auf Glaubersalz, das er stets in großen Quantitäten vorrätig hatte; ebenso auf Kräuter, die sein Wible, ein Buch mit Beschreibung und Abbildungen in der Hand, im Walde zusammensuchen mußte.

Ein großer Freund der Jagd, kannte er alle Eigenheiten der Tiere, und zur Winterszeit schoß er Rehe, Hasen und Füchse von seinem Hause aus. Seine erwachsenen Mädchen mußten nachts abwechselnd wachen und ihn dann wecken, wenn ein Stück Wild in der Nähe war. Fürs Wachen bekamen die Mädle je eine Bratwurst.

Einen schweren Ritt tat er im Sommer 1878, als sein Freund, Jagd- und Waldgenosse, der Forstverwalter Bogenschütz, drunten in Wolfe zu Grabe getragen werden sollte.

Traurig bestieg er am Morgen sein Rößlein; das Pfeifchen wollte nicht schmecken, da er an einem Junitag talab ritt, um seinem lieben Gönner, an dem er mit der ganzen Treuherzigkeit seines Wesens gehangen war, die letzte Ehre zu erweisen.

Des Toten Nachfolger war ein Bayer, der Oberförster Gayer, Sprosse einer uralten Jägerfamilie, deren Gründer, der »obriste Forstknecht« Bartolme Gayer in der Markgrafschaft Burgau, schon in einer Urkunde Kaiser Rudolfs II. erscheint.

Auch Gayer hatte gar bald seine helle Freude an dem biederen Beiförster am Teufelstein, konnte diesem aber den an Alter und durch Freundschaft ihm viel näher gestandenen Bogenschütz nicht ersetzen, mit dem er so manches Jahr in des Waldes düsteren Gründen gesungen und gejagt hatte.

Oft rief er in jenen Tagen, da sein Freund von dieser Welt geschieden war, mit dem Waldhorn das Echo von St. Anton wach in schmelzerfüllten Tönen.

Hatte er schon dem einen und dem andern seiner Kinder und vielen Freunden ins Grab geschaut, am wehesten tat ihm doch der Tod seiner Lieblingstochter Helene, die am meisten vom Vater hatte und ein so schönes, kräftiges Mädchen gewesen war. Und als ihr Leichenzug durch den Wald zog am Teufelstein vorbei zum Kirchlein von St. Roman, und sie dort seinen Liebling, noch nicht dreißig Jahre alt, begruben, da wünschte er, der lebensfrohe Mann, bald auch ein Ruheplätzchen neben ihr.

Immer einsamer ward's um den braven Vater, seine Kinder in alle Welt zerstreut und nur eines der Mädchen in der Regel im Forsthaus. Die Mutter war die letzten 25 Jahre kränklich und lag viel zu Bett. In dieser Lage waren sein Wald, seine Pfeifen, seine Uhren, seine Drehorgel, sein Waldhorn und sein Pferd seine ganze Unterhaltung.

Selbst nach Wolfe ritt er selten mehr im grünen Jägerkleid und mit dem Hirschfänger angetan.

Wie sehr er mit der Natur in steter Verbindung war, geht auch daraus hervor, daß er alle seine Uhren stets nur nach der Sonnenuhr richtete, die er an seinem Hause angebracht hatte, und daß er viele, viele Jahre lang täglich die Witterung kontrollierte. Dies geschah dreimal: morgens, mittags und abends. In zierlicher, gewandter Schrift und äußerst sorgfältig schrieb er seine Bemerkungen nieder und daneben die Angaben des Barometers und des Hygrometers am gleichen Tag und zur gleichen Zeit.

Aber viel interessanter und seinen Geist von einer neuen Seite illustrierend sind seine genau geführten Haushaltungsbücher über Einnahmen und Ausgaben. Die von 1869 bis 1888 habe ich durchgesehen.

Der brave, arme Mann schließt sein Budget am 31. Dezember 1869 ab mit einem Kassenvorrat von 2 Gulden und 30 Kreuzern.

Am 2. Januar des folgenden Jahres erscheinen durch den Wald her die Kirchensänger von St. Roman, singen dem Fürsten vom Teufelstein »das neue Jahr an« und erhalten von dem wenigen Geld fast die Hälfte, einen Gulden.

Die schöne Sitte, andern Leuten mit Weihnachtsliedern das neue Jahr anzusingen, ist mehr und mehr abgekommen.

In Hasle war es zu meiner Knabenzeit auch das Vorrecht der Chorknaben, mit dem Sternen den Leuten Dreikönigslieder zu singen. Andere arme Buben im Städtle gingen hinaus aufs Land und sangen auf einsamen Höfen »das Neujahr an« und kamen mit ganzen Ladungen von Lebensmitteln aller Art heim zu ihren Eltern.

Und als ich noch Pfarrer am Bodensee war, erschienen zwischen Weihnachten und Dreikönig arme Knaben vom Binnenland, weiße Hemden über die Kleider und eine Laterne in der Hand, und sangen am hellen Tag das Neujahr an, mir immer zur Freude.

Die Kultur und die Polizei haben – Hasle ausgenommen – jetzt fast überall mit diesen »Betteleien« aufgeräumt und auch mit der stillen Poesie, die darin lag.

Die Sänger von St. Roman erhielten vom alten Jäger ihren Tribut in glänzender Art. Aber auch der Dorfschullehrer, der neben dem Kirchlein auf der luftigen Höhe sitzt und des Teufelsteiners Kindern die Elemente des Wissens beibringt, bekam das übliche Neujahrsgeschenk in Form einer großen Brezel, die 36 Kreuzer gekostet und die eines der Kinder drunten in Schilte, im Städtle, geholt hatte.

Im ganzen Kinzigtal ist es üblich, am Neujahr dem Götti und der Göttle, d. i. den Taufpaten, je eine große Brezel zu bringen; der Mann am Teufelstein zählte wie billig den Lehrer auch zu den Paten seiner vielen Kinder und versüßte ihm sein mühevolles Amt alljährlich durch eine Brezel, so lange eines derselben in die Schule ging.

Seine Noblesse zeigte der Fürst ganz besonders auch den Rekruten in Berg und Tal, die nach altem Herkommen vor dem Einrücken fechten gehen.

In all seinen Büchern erscheinen jedes Jahr eine Anzahl Gaben an diese angehenden Krieger, die je nach ihrer Bedürftigkeit mit einer Gabe von einem Gulden oder zwei Mark bis zu zwanzig Pfennig herab beschenkt wurden.

Auch eine andere Sorte von Leuten, bereit, in den Krieg zu ziehen, d. i. zu heiraten, suchten den freigebigen Mann am Teufelstein auf; meist sind es arme Meidle, die ihn zu ihrer Hochzeit laden und dafür eine Gabe erwarten.

Von überall her, vorab aber vom Holzwald und Kniebis drüben, kamen diese Hochzeiterinnen nach dem Forsthaus auf dem Abrahamsbühl und holten ihren Beitrag zum Heiraten. Immer und immer kehrt dieser Posten wieder in den Aufzeichnungen des Jägers.

Auch was der »Metziger« erhielt, der ihm seine fetten »Chinesersäu« schlachtete, erfahren wir, nämlich 18 Kreuzer alten, 60 Pfennig neuen Geldes. Sein Gottekind, das Meidle, welches er in Wittichen gelegentlich aus der Taufe gehoben, erscheint alljährlich mit einer Geldgabe im Konto.

Postboten, Gelegenheitsboten, Stromer und Fechtbrüder figurieren mit ihren Trinkgeldern fast täglich in dem Budget des braven Mannes, der nichts ungelohnt ließ und jeden Pfennig aufschrieb.

Seine Buben, die am Palmsonntag den fürs Haus bestimmten Palmen in die Kirche trugen, erhielten sechs Kreuzer Gang- und Traggebühr.

Für jede Maus, die in seinen Feldern vor dem Haus oder in diesem selbst gefangen wurde, vergütete er dem Fänger, meist einer seiner Buben, fünf Pfennig, während die Mädchen für das Füttern seiner Jagdhunde belohnt wurden.

In dem Kriege von 1870 gab der Fürst wiederholt guldenweise Beitrage für die verwundeten deutschen Krieger.

Auch für die Heidenkinder, für die Franziskanerväter am heiligen Grabe, für den Papst finden sich alljährlich Opfergelder verzeichnet.

Jedem Leichenboten und jeder Leichensagerin, welche Todesfälle anzeigten und zur Beerdigung einluden, ward des alten Jägers Scherflein.

Am Romanusfest bekam jedes der Kinder sechs Kreuzer, um sich draußen bei der Kirche einen Wecken oder einen Lebkuchen kaufen zu können.

Jeden Schoppen, den er nach seinen Waldgängen in Wittichen getrunken, jeden Pfennig, den er dort verspielte, notierte er in seinem Ausgabebuch.

Auslagen der Frau für Kaffee, Zichorie, für Nadeln, und Faden und ihr karges Zehrgeld bei Hochzeiten oder Leichenbegängnissen verrechnete er immer mit der Bezeichnung: »Die Frau im Haus oder die Frau Fürstin«.

Eine große Freude muß er jeweils gehabt haben, wenn fahrende Musikanten kamen, vor seinem Waldhaus spielten und das Echo von St. Anton belebten. Sie stehen einmal mit dem Titel »bayerische Musikanten«, aber immer mit ein bis zwei Mark im Buche.

Jeder Hausierer und jede Hausiererin fand bei dem Mann auf der einsamen Waldhöhe einen Abnehmer. Selbst einer »bayerischen Bettlerin« kaufte er einmal einen Hasen ab um 15 Pfennig.

Gerne sah er auch hausierende Bilderhändler, besonders wenn sie Bilder führten, wie des Jägers Hochzeit, sein Leichenzug, sein Grab.

Tabakspfeifen mit solchen Bildern kaufte er mit Vorliebe und immer wieder neue.

Zigarren bezog er in enormen Quantitäten, manchmal bis zu 4 und 5000, aber nicht bloß für sich, sondern auch für andere Sterbliche, besonders für die Pfarrherrn von St. Roman und Wittichen. Jeder Taglöhner bekam nach jeder Mahlzeit seine Zigarre, ebenso jeder Stromer und Fechtbruder und nicht weniger die Holz- und Wegmacher und die Flößer im Heuwich.

Einer seiner Lieferanten war der meinen Lesern wohlbekannte Graf Magga in Zell.

Mannigfache Belastung des kleinen Einnahmebudgets verursachten auch die Uhren. Ihre Reparaturen stehen alljährlich öfters im Buch.

Mit Hochgenuß hat er aber sicher die 33 Mark verzeichnet, welche er anno 1885 für eine »neue Drehorgel, 120 Stück spielend«, ausgab. Als er außer Dienst war, hatte er viel mehr Zeit zum Drehorgeln, und er kaufte 1889 noch eine zweite »mit 16 Notenblättern, sechs gelben und zehn weißen, um 45 Mark.«

Interessant war mir, daß der helle Mann am Teufelstein, wohl unter dem Einfluß der Fürstin, einige Male Ausgaben verzeichnet für Volksärzte, Wunderdokter und »Sympathisten«, wie er sie nennt. Auch ein »Sympathiebuch« kaufte er einmal.

Der berühmteste Volksarzt im Kinzigtal, mein Freund, der Hättichsbur im Reichstal Harmersbach, figuriert auch in des Teufelsteiners Tagebuch. Mich hat's gefreut. Neben dem Hättichsbur wurde auch der Sympathist Finkenbeiner in Baiersbronn im unfernen Murgtal beraten, und zu dem kranken Vieh auf dem Abrahamsbühl kam der Wolber aus dem Kaltbrunn.

Der Wolber war ein Krummholz (Wagner) und wohnte am Gallenbächle. Ein großer, hagerer Mann mit vollständigem Glatzkopfe, auf seiner großen Nase eine schwere Hornbrille, imponierte er schon äußerlich, so lange er stand. Wenn er aber schlottrigen Ganges, die Zehen nach innen, die Fersen nach außen gerichtet, daher lief, fürchtete man ihn.

Er hatte nur ein Mittel, der Krummholz am Gallenbächle, für Menschen und Vieh; es waren dies mit Geißbutter bestrichene kleine Brötchen, welche der Patient verzehren mußte, während der Sympathist sein Sprüchlein tat.

Rotlauf, Fieber, Blutvergiftungen, sagen die Buren alle heute noch, konnte der Krummholz unfehlbar heilen, ebenso die Schmerzen und den Brand nehmen.

Aus dem fernen Renchtal stiegen die Leute über den Holzwald und Kniebis herauf und kamen hilfesuchend zum alten Wolber, der täglich, wie's einem frommen Sympathiemann geziemt, in das Kirchlein nach Wittichen wanderte, aber auch täglich seinen Schoppen trank in der Linde im Vortal.

Der Wolber verteilt schon mehr denn 20 Jahre keine Butterbrötchen mehr; er ist längst tot.

Gerne bezog der Mann am Teufelstein Sachen auf Zeitungsannoncen hin, so auch einmal ein »Perspektiv aus Berlin für drei Mark«, ein andermal Hemden aus dem Elsaß, dem er beim Eintrag in sein Ausgabebuch einen famosen Namen gab, indem er es »Deutsch-Frankreich« nannte.

Seine milde Hand tat sich auch gerne auf für vom Feuer Beschädigte. Öfters steht ein großer Betrag eingetragen »für abgebrannte Leute«. Auch arme Weibsleute, die gerne nach Einsiedeln gewallfahrtet wären, aber kein Geld hatten, erfreuten sich des braven Mannes Unterstützung.

Das Einnahmebudget war so klein, daß man staunen muß, wie er das Ganze im Gleichgewicht zu erhalten mochte.

Jedes Vierteljahr 350–400 Mark Besoldung, bisweilen Verkauf von Wild und Fischen, von Kühen und Kälbern, das war die Einnahme.

Das Wild, namentlich Rehe und Haselhühner, lieferte er oft nach Wolfe an Theodor, den Seifensieder, und nahm dafür Seife und Lichter für seinen Hausbedarf.

Forellen aus dem Heubach, die ihm seine Buben oder arbeitslose Leute fangen mußten, bekamen die Bad-Wirte im Renchtal drüben.

Beim Verkauf von Vieh war er äußerst hochherzig. Kaufte es ein armer Mann und die Summe ging über 100 Mark, so hieß es im Tagebuch: »Zahlbar in zwei Jahren ohne Zins.«

Kühe, die er kaufte, bekamen alle den Namen entweder vom Ort, aus dem sie herstammten, oder von ihrem früheren Besitzer. Sie figurieren im Budget als Kniebiskuh, St. Romanerkuh, Schiltacherkuh, Schultoniskalb.

Ein eigenes Ausgabebüchlein führte der Teufelsteiner für den Bedarf von Rind- und Kalbfleisch, das er vom »Metziger« Philipp Wolber von Schiltach bezog. Diesem schrieb er nach jeder Sendung die Note derselben ins »Fleischbüchle«, so daß der Metzger bei der nächsten Fleischbestellung stets lesen konnte, wie das letzte Fleisch am Teufelstein aufgenommen worden war.

Wir lesen da: »Schlecht, sehr schlecht, viel Bein, sehr schön und gut, gut und fett, altes, zähes, schlechtes Zeug, nicht lind zu bringen, fett, lauter Bein, schwammig und nicht zu essen.«

Der Metzger Wolber aber muß ein kreuzbraver Mann gewesen sein, denn er las ruhig all die schlechten Noten, lieferte unverdrossen weiter und quittierte am Ende des Jahres, wo abgerechnet wurde, stets mit »herzlichstem Dank«.

Wie sparsam aber die Familie des Fürsten im Essen von »grünem Fleisch« war, geht daraus hervor, daß die Jahresrechnung nur zwischen 75 und 90 Mark betrug.

So geben uns seine Aufzeichnungen das Bild eines originellen Mannes, dessen wohlwollender, gerader und biederer Geist überall durchleuchtet, selbst da, wo andere Menschen nur trocken ihr Soll und Haben niederschreiben.

Begleiten wir ihn jetzt in seine Ruhetage, wo er volle Muße findet, seinen originellen Liebhabereien nachzukommen, bis der Tod einkehrt auf dem Abrahamsbühl, um den Fürsten, der diesseits des Teufelsteins so viele Jahre verlebt, jenseits desselben ausruhen zu lassen von den Mühen eines langen Lebens.

6.

Noch am Neujahr 1888, an welchem der Mann am Teufelstein in sein achtzigstes Lebensjahr eintrat, hatte er von der Gnade seines Fürsten auf Antrag des Oberförsters einen 100 Mark-Schein erhalten als Zeichen des Wohlwollens und der Zufriedenheit mit seinen Leistungen.

Gleichwohl fand er die Zeit gekommen, seinen Walddienst niederzulegen. So wehe ihm das auch tat, es ging nimmer. Die Füße versagten tagelangen Waldgängen den Dienst, und nur halben Dienst zu leisten, widerstrebte dem braven Mann.

Nur um eines bat er in seinem Pensionierungsgesuch: »im Forsthaus am Teufelstein bleiben und sein Leben beschließen zu dürfen, da es ihm unmöglich sei, seinen lieben Wald zu verlassen und unter so vielen Menschen in dem Städtchen Wolfach oder Schiltach zu leben.«

Gerne willfahrte Fürst Egon dem Wunsche des getreuen Dieners und ließ ihn mit 1200 Mark Ruhegehalt in seinem Forsthaus auf dem Abrahamsbühl.

Jetzt war der Alte selig.

An seine Stelle trat ein junger Waldhüter, dem er ein Zimmer im Forsthaus einräumte, und den er für 20 Mark monatlich mit sich essen ließ.

Auch in der Zeit seines Ruhestandes blieb er ein Original. In den Wald konnte und wollte er nimmer, es tat ihm zu wehe; aber im Wald noch zu wohnen, vom Fenster aus noch das Echo von St. Anton wecken zu können und am Morgen die Sonne über das »Theißenköpfle« heraufsteigen zu sehen, war ihm hohe Befriedigung.

Nie konnte man ihm den Glauben beibringen, daß die Erde sich um die Sonne drehe; das Umgekehrte, meinte er, sei der Fall, denn seit fünfzig Jahren sehe er jeden Morgen die Sonne am Theißenköpfle heraufkommen und hinter dem Staufenkopf hinunter gehen. Sie spaziere also, die Erde aber stehe still.

Ins Forsthaus gebannt, mußte hier für Beschäftigung gesorgt werden, und die machte er sich in seiner eigenen Art.

War er in der Frühe aufgestanden, so ging's an den laufenden Brunnen in der Küche, um sich zu waschen.

Indes mußte sein Wible oder die Tochter Priska den Kaffee machen, wobei er nicht aus der Küche ging, bis sein Mokka fertig war, weil er den Weibsleuten nicht traute und fürchtete, sie täten ihm Zichorie in sein Lieblingsgetränk.

Zum Kaffee ward die erste Zigarre angezündet. Dann wurden sämtliche Uhren aufgezogen und diejenige Pfeife gestopft, welche an der Tagesordnung war.

Er besaß 18 Pfeifen, von denen je eine einen Tag Dienst hatte. War sie ausgeraucht, so wurde wieder eine Zigarre angesteckt, bis die Tagespfeife kalt war und aufs neue gefüllt werden konnte.

Rauchend ging er dann in seinen drei Stuben in der Front des Hauses auf und ab. Nebenbei schaute er seinem Pferde, das er sich immer noch hielt, zu, wie es vor dem Hause weidete, oder er nahm sein Perspektiv und lugte nach den Taglöhnern in der Saatschule oder in seinen Feldern, ob sie arbeiteten.

Gen Mittag kam der Briefbote das Tal herauf und brachte ihm die Zeitungen, erzählte die Neuigkeiten aus der Welt drunten und gab ihm die Stunde an, wenn seine Sonnenuhr nicht funktionierte.

Punkt zwölf, während er eine neue Pfeife stopfte, stund er unter seinen Uhren und horchte lächelnd und aufmerksam auf ihr Schlagen, Trompeten, Kuckucken und Blasen. Kam eine zu spät, so erhielt sie alsbald eine Standrede.

Nach dem einfachen Mittagessen, zu dessen Auftragen ein Wecker in der Küche die Weibsleute mahnte, las er, immer rauchend, die Zeitungen und zwar stets zuerst den »Vetter aus Schwaben«.

Fand er in den Blättern irgend eine billige Neuigkeit aus dem Gebiete der Industrie angezeigt, so wurde sie alsbald bestellt.

Gleich nach dem Essen öffnete er zur warmen Jahreszeit die Fenster, um Fliegen anzulocken. War eine ordentliche Zahl, vom Speisengeruch angezogen, eingefallen, so ging der alte Jäger auf die Jagd.

Nur mit Hemd und Unterhosen bekleidet, nahm er seinen »Muckentatscher«, einen an einen Stecken gebundenen ledernen Lappen, und fing an, die Fliegen zu töten, bis keine mehr im Zimmer war. Die Zahl der Getöteten wurde alsbald in ein Schußregister eingeschrieben, dann die Fenster wieder geöffnet und nach einiger Zeit die Jagd aufs neue aufgenommen. Im Winter, wo keine Fliegenjagd möglich war, wurde zum Zeitvertreib die Drehorgel gespielt.

Dreimal des Tags fütterte er auch mit Vorliebe vom Fenster aus seine Hühner.

Kamen Hausierer, was ihm stets angenehm war, so entließ er keinen, ohne das oder jenes gekauft und mit dem Manne sich einige Zeit unterhalten zu haben.

Wurde es Abend, so schaute er in den Wald hinaus, wie die Sonne die Tannen vergoldete, und dann rief er, wie zum Nachtgebet, das Echo von St. Anton.

Einnahmen und Ausgaben des Tages wurden noch notiert, mit dem Wible zunacht gebetet und die letzte Pfeife im Bett vollends ausgeraucht.

Am liebsten war er, so beschäftigt, des Tags über allein. Seinem Nachfolger sagte er gleich: »Ich bin in meinem ganzen Leben am liebsten allein gewesen: wenn Sie also nichts bei mir zu tun haben, so lassen Sie mich in Ruhe.«

Aber einmal täglich mußte er doch kommen, da der alte Forstmann stets wissen wollte, was in seinen lieben Wäldern gearbeitet wurde.

So oft er seine Pensionsrate erhalten sollte, mußte er, wie üblich, ein Lebenszeugnis einsenden, das er sich stets selbst ausstellte und zwar in abwechselnden, originellen Ausdrücken.

Im Jahre 1889 schreibt er an das Rentamt in Wolfe: »Das Ab- oder Fortleben des fürstlichen Beiförsters a. D. in Heubach betreffend. Obwohl ich das achtzigste Lebensjahr hinter mir habe, fällt es mir im Traum nicht ein, itzt schon ableben zu wollen oder zu sollen. Früher, wo schwere und beschwerliche Dienstgeschäfte zu verrichten oder Not und Mangel im Hause waren, hätte es eher der Fall sein können; erinnere mich aber dessen nicht. Seit ich nun in den Ruhestand versetzt bin, denke ich an gar kein Ableben und hoffe wenigstens noch

20 Jahre gesund und robust auszuhalten, denn itzt hab' ich das beste Leben, habe nichts zu arbeiten, nur zu essen und zu trinken, nachher mein Pfeifchen zu rauchen und Geld zu zahlen, wenn da ist.«

»Das Standesamt Kinzigtal wird und kann, wenn aufgefordert, mein Leben bestätigen, da demselben, so viel mir bekannt, vom hiesigen Totengräber bis dato noch kein Totenschein über mich zugestellt wurde.«

Im folgenden Jahre meldet er im gleichen Betreff: »Hiemit wird mit eigenhändiger Handschrift recht gerne bestätigt, daß der Unterzeichnete trotz seiner Geburt am 2. März 1809 bis dato noch im Dasein ist und ihm zur Zeit nicht im entferntesten einfällt, sein immer noch robustes Leben itzt schon durch den erwünschten Tod auszuhauchen.«

Im Jahre 1889 feierte er mit seiner Heli die goldene Hochzeit, aber im stillen, weil sein Wible krank war und er nicht ins Wirtshaus wollte nach dem Kirchgang. Aber sein Fürst sandte ihm einen klingenden Gruß, und Freunde und Bekannte gratulierten dem greisen Ehepaar, das auf all diese Dinge nicht gerechnet und auch niemanden etwas von der Feier gesagt hatte.

»Goldene Hochzeiten sind keine grünen«, meinte die Frau Helene, die den Festtag, mit Atemnot ringend, im Bette verbrachte, während der Hochzeitsvater zu Ehren des Tages eins aufspielte auf seiner Drehorgel.

Denn ohne Musik verging ihm kein Tag; machten ihm seine Uhren nicht genug in Tönen, so half er nach mit seiner Orgel oder mit dem Waldhorn.

Lag seine Heli, was in den letzten Jahren oft vorkam, tage- und wochenlang im Bett und es kamen Leute auf den Abrahamsbühl und zum Teufelsteiner, so führte er sie unter die Türe der Krankenstube und sprach im Spaß: »Helft mir doch mein Wible umkehren, sie liegt immer auf einer Seite, und sterben will sie auch nit, damit ich eine junge bekomme. Aber alte Wiber sterben nit leicht, die sind nicht umzubringen.«

Als Antwort flog dann ein alter Schuh oder ein Pantoffel unter die Türe, die der Gatte lachend wieder verließ.

Doch die gute Heli, die brave Mutter, ging eher heim, als der Fürst vom Teufelstein geahnt hatte. Am 3. April 1891 haben sie die treue Gefährtin am Teufelstein vorbei auf den winterlichen Kirchhof von

St. Roman zu Grab getragen. Nur zwei von ihren vielen Kindern waren bei der Mutter im Sterben, die andern alle fern der Heimat oder im Tode ihr vorangegangen. Sie starb so fromm, wie sie gelebt hatte.

Bald, nachdem sie die Mutter begraben, wankte eines Tages mühsam an einem Stock eine bleiche, abgehärmte Frauensperson durch den Wald dem Forsthaus zu. Es war die Tochter Kreszenz, heimgekehrt nach furchtbaren Leiden aus Brasilien.

Merkwürdig, der Mann und die Frau, welche nie aus der nächsten Umgebung ihres Waldheims herauswollten, hatten Kinder, in denen ein starker Wandertrieb herrschte.

Als die Kreszenz sich erholt, heiratete die Priska ihren Sebastian, den Flößer, und der alte Jäger lebte mit der einzig freien Tochter seine letzten Tage in dem Haus, das einst wimmelte von Kindern.

Aber ans Sterben dachte er nicht, es war ihm auch nicht darnach. Ein Jahr nach dem Tod seiner Heli meldet er sein Leben wieder also an:

»Nun ist die Zeit wieder da, wo Pensionäre ein Lebenszeichen von sich zu geben haben, um nicht zu den Verschollenen notiert zu werden. Deshalb berichte ich, daß ich noch lebe und zwar seit dem 2. März 1809 und – Dank dem Himmel – recht gesund und munter bin und mein Leben itzt noch nicht mit dem unwiderstehlichen Tod vertauschen möchte.«

»Sollte aber durch einen Federstrich meine Unterschrift gegen die frühere bezweifelt werden, so wolle man den Totengräber Anton Hauer in St. Roman um Aufschluß angehen, welcher mein Leben gewissenhaft bestätigen dürfte, da ich meines Wissens noch lebe.«

Ja, er war in diesem Jahr 1892 noch so lebenslustig, daß er der Domänenkanzlei in Donaueschingen mit dem heiraten drohte.

Praktisch, wie er war, wollte er für seine kranke Tochter sorgen und kam daher auf den zweifellos vernünftigen Gedanken, seiner Kreszenz die Pension zu verschaffen, welche seiner Frau, wenn sie ihn überlebt hätte, zugefallen wäre. Er schrieb daher dienstlich den folgenden köstlichen Bericht: »Wie bekannt, bin ich seit 1. April vorigen Jahres Witwer, aber trotz meiner 83 Jahre noch heiratsfähig, verzichte aber auf Wiederheiraten, wenn hohe Domänenkanzlei meiner kranken Tochter Kreszenzia nach meinem Tod die Pension gewähren würde, welche sonst meiner überlebenden Frau zukäme. Andernfalls werde ich mich mit einem knapp der Schule entlassenen Mädchen verehelichen. Ein altes Reibeisen zu heiraten, fällt mir nicht ein. Minderjährige Kinder habe ich zur Zeit keine mehr, wenn ich aber wieder heirate, sind solche nicht ausgeschlossen.«

»Ich bin 57 Jahre im aktiven Dienst gewesen und habe einen großen Betrag in die Witwenkasse eingezahlt, hoffe also auf Gewährung meiner Bitte.«

Domänenkanzleien haben in der Regel keine Anlagen zum Verständnis von Humor und können sie der Folgen wegen auch nicht haben. Die Bitte des Teufelsteiners wurde abschläglich verbeschieden, aber der junge Fürst Karl Egon sorgte, wie wir sehen werden, für die Kreszenz und beruhigte so den Alten, seine Drohung, wieder zu heiraten, nicht auszuführen.

Immer einsamer wurde des braven Mannes Leben, Er verließ in den letzten Jahren selten auch nur das Haus. In seinen Stuben spielte sich sein Leben ab mit Rauchen, Jagen, Orgeln, Uhrenaufziehen und Zeitunglesen.

Obwohl er Spaziergänge in den Wald, der ihn rings umgab, noch leicht hätte machen können, tat er es doch nicht.

Er wollte seine Kinder und Freunde, die jungen und die alten Tannen, nicht mehr besuchen als ein Forstmann, der nichts mehr mit ihnen zu tun hatte. Seinem Herzen hätte es wehe getan, wie ein Fremdling unter ihnen zu wandeln.

Diese Abgeschlossenheit und diese freiwillige Gefangenschaft waren zweifellos für einen Mann, der mehr als ein halbes Jahrhundert den ganzen Tag im Walde zugebracht hatte, gesundheitlich von schädlicher Wirkung.

Drum klopfte der Tod bei ihm eher an, als er erwartet hatte.

Ahnungen von diesem Ereignis zogen durch seine Seele. Eines Tages, als der Oberförster Gayer ihn besuchte, stellte er an diesen die Frage, ob er nicht, wenn der Tod einmal käme, im Walde begraben werden könnte. Er gehe so ungern aus seinem lieben Wald, und unter seinen Tannen möchte er den letzten Schlaf schlafen.

Der Oberförster bezweifelte, ob dieser Wunsch erfüllt werden könnte.

»Wenn das nicht sein kann«, sprach nun der alte Jäger, »so bitte ich Sie, Herr Oberförster, mein Begräbnis also zu ordnen: Mein Sarg soll, mit Tannenreisig verziert und von Waldleuten und von Holzmachern begleitet, von meinem Rößlein auf einem Wagen recht langsam bis zum Saum des Waldes beim Teufelstein gezogen werden. Von da aus sollen sie mich tragen bis zum Friedhof von St. Roman. Sobald sie aber mit meiner Leiche aus dem Wald herausschreiten, sollen drei Böllerschüsse losgelassen werden, daß es in den Bergen widerhallt und alle Tannen erfahren, daß der Fürst vom Teufelstein von ihnen ewigen Abschied nimmt.«

Gerührt versprach ihm der Oberförster, seinen Wunsch pünktlich zu erfüllen, meinte aber, es sei noch lange Zeit bis dahin. »Und ich mein's auch«, lächelte der Alte, »aber man weiß es eben nicht. Aber wenn's sein muß, geh' ich halt und bin jetzt getröstet, daß meine Leiche beerdigt wird, wie ich's wünsche.«

Im Winter 1892 auf 93 saß er am Abend, oft noch lange sein Pfeifchen schmauchend, bei seiner Kreszenz in einsamer Stube, während draußen in kalten Nächten die Füchse bellten und der Mond die schneebestreuten Tannen beglänzte, und erzählte aus seinem langen Leben. Oft sprach er aber auch davon, wie gut er's jetzt habe in seinen alten Tagen und wie gerne er noch ein paar Jahre leben möchte.

Es sollte nicht sein. Als der Frühling ins Land kam, der Schnee von den Bergwänden schmolz und die Tannen ihre Winterlast abschüttelten im Wehen lauer Winde, als die Bergfinken und die Drosseln wieder zu schlagen anfingen und des Jägers Rößlein lustig vor dem Forsthaus sich tummelte – da kam der Sensenmann zum Fürsten vom Teufelstein.

Er klopft erst leise an. Das Rauchen will nicht mehr so schmecken, wird aber unentwegt fortgesetzt in alter Art. Die Beine wollen ihren Mann nicht mehr tragen, während er rauchend durch seine Stuben promeniert. Bisweilen entschlüpft ihm das Wort: »Wie armselig wird doch der Mensch im Alter!«

Da es nicht besser werden will, besteht die Kreszenz darauf, den Doktor in Wolfe zu holen. Dagegen sträubte er sich wegen der großen Kosten und schickte die Tochter zum Dr. Moser, um von diesem mündlichen Rat zu holen.

Sie kam vom weiten Marsch zurück mit dem Bericht, der Arzt meine, er sollte den Patienten einmal selbst sehen. Darauf wollte dieser aber nicht gleich eingehen und machte den Vorschlag, dem Doktor eine Photographie zu schicken, welche ein vagabundierender Künstler einst vom Teufelsteiner aufgenommen hatte. »Dann sieht der Doktor, wie ich aussehe, in mich hinein kann er doch nit schauen«, sprach der Alte.

Schließlich gab er aber doch nach, und der Arzt erschien. Mit lächelnder Miene äußerte der Jäger, sein Pfeifchen im Munde und im Bette liegend: »Was meinen Sie, Herr Doktor, bringen Sie mich noch einmal 'rum? Ich hab' dieser Tag' in der Zeitung gelesen, im Österreichischen sei ein Wibervolk 130 Jahre alt geworden, und wenn das ein Wibervolk z'weg bringt, so wird's bigoscht der Fürst vom Teufelstein au z'weg bringen.«

Er wehrte sich gegen den Tod mit aller Energie. Täglich stand er noch vom Lager auf und versuchte mit der Pfeife seinen gewohnten Zimmerspaziergang zu machen. Täglich ging's aber auch schlechter.

Als er endlich sah, daß es nicht mehr wollte, ließ er den Pfarrer von St. Roman rufen und machte seine Rechnung mit dem Himmel. Seine Kreszenz hatte ihn, da sie in Einsiedeln diente, in die Bruderschaft von unserer lieben Frau zur immerwährenden Hilfe aufnehmen lassen.

Die Beipflichtung eines Mitglieds dieser Bruderschaft besteht in dem täglichen Beten von drei Ave Maria.

Dieses Gebet, das er zu verrichten nie vergessen hatte, betete er jetzt angesichts des Todes immer und immer wieder und, wie mir die Kreszenz schrieb, in einem so flehentlichen und innigen Ton, daß es »ihr durch Mark und Bein ging.«

Dazwischen rief er wieder laut und langsam: »O Jesus, dir lebe ich; o Jesus, dir sterbe ich; o Jesus, dein will ich sein im Leben und im Tode!«

Am Morgen seines Todestages kam vom jungen Fürsten von Fürstenberg eine Sendung, ein eingepackter Stock, im Forsthaus an. Der Alte freute sich und meinte: »Jetzt kommt der Fürst auf die Auerhahnjagd und übernachtet bei mir.« Am Mittag erschien der Waldhüter, sein Nachfolger, mit der Kunde, es komme am Abend ein Herr zur Hahnenjagd. »Das ist der Fürst selbst«, meinte der alte Jäger, »er hat diesen Morgen schon seinen Spazierstock geschickt, und ich hab' ihn in das herrschaftliche Zimmer bringen lassen.«

Gegen Abend kam der Waldhüter mit dem erwarteten Jäger ins Forsthaus. Es war nicht der Fürst, sondern ein Baron von Reischach, Hofmarschall der Kaiserin Friedrich.

Beide fanden den braven Förster als einen toten Mann. Eben, als am 27. April 1893 die Sonne zwischen dem Käppeleswald und dem Staufenkopf unterging, war er verschieden.

Der Baron hatte dem getreuen Diener Grüße des Fürsten und in der Sendung vom Morgen den Spazierstock seines verstorbenen Vaters als Andenken bringen sollen mit dem Wunsche, den Stock noch lange zu gebrauchen.

Der fürstliche Spazierstock war des alten Jägers Wanderstab in die Ewigkeit, in welche der fürstliche Spender ihm heute bereits auch nachgefolgt ist.

Am 29. April 1893 regte es sich in allen Tälern und in allen Wäldern des oberen Kinzigtales. Überall hin hatten die Leichenbitterinnen den Tod des Fürsten am Teufelstein gemeldet auf alle Höfe in Kaltbrunn, Bergzell, Wittichen, St. Roman, Lehengericht, Schapbach, Rippoldsau, auf dem Kniebis und im Holzwald und hinab in die Städtchen Wolfe und Schilte.

Und von überall her aus diesen Waldgebieten waren Buren und Bürinnen aufgebrochen, dem braven Mann am Teufelstein die letzte Ehre zu erweisen. Die einen kannten ihn, die andern hatten viel von ihm gehört – alle achteten ihn, den Waldmann und Bauernfreund.

Sein Oberförster hatte die Feier in die Hand genommen, durch Rundschreiben alle Waldhüter und Holzhauer aus den fürstlichen Forsten dazu geladen, für die Böller gesorgt und für die Tannenkränze auf dem Totenbaum.

Des Toten Rößlein zog den Sarg bis über den Teufelstein hinaus. Und als der Zug den Wald verließ, krachten die Geschütze, und es rauschte in den Tannen am Eichberg und im blauen Loch, in der Trillen und am Teufelstein. Und von St. Anton herüber gab es Widerhall. Das Echo, das er so oft gerufen mit seinem Waldhorn, es gab heute die Trauersalven zurück wie dumpfes Wehklagen.

Und die Völker in malerischer Tracht hinter dem Sarg beteten feierlich und ernst immer und immer wieder: »Herr, gib ihm die ewige Ruhe, und das ewige Licht leuchte ihm!« – bis die Waldhüter, welche den Toten vom Wald weg getragen, ihn niederstellten am offenen Grab neben dem altehrwürdigen Bergkirchlein von St. Roman.

Und als die Feier zu Ende war, sammelten sich die Leute in der großen, großen Stube des Adlerwirts und Bachvogts zur »Leidschenke«, und mit ernsten Mienen sprachen sie von dem braven, lustigen Mann, den sie heute begraben.

Wenige Tage nach der Beerdigung des Vaters kamen die Priska und ihr Mann, der Basche, nach Wolfe und überbrachten dem Oberförster als letztes Vermächtnis des Toten seinen Hirschfänger.

Schon nach der Pensionierung des alten Jägers hatte der Oberförster den alten, mit Jagdstücken verzierten Hirschfänger – ein uraltes Familienstück – vom Teufelsteiner käuflich zu erwerben gesucht. Der aber hatte damals geantwortet: »Ich kann itzt, solange ich lebe, mich unmöglich von meinem alten, lieben Hirschfänger trennen, aber ich will, daß er nach meinem Tod in die Hände eines Jägers komme, und Sie sollen ihn haben.«

Er hat Wort gehalten und das Versprechen selbst im Sterben nicht vergessen. Die Uhren aber, welche so manche Stunde dem alten Jäger das Leben erfreut, wurden samt dem Waldhorn versteigert und tönen und schlagen und trompeten und kuckucken jetzt einzeln auf den Waldhöfen der Umgegend. Die Drehorgeln nahmen seine zwei Töchter, die Priska und die Wirtin zum Auerhahn an sich. Und sie spielten darauf in Erinnerung an den Vater.

Sein letztes Rößlein kam um 20 Mark weg, so wenig hatte es noch an Wert.

Die kranke Kreszenz nahm der Fürst von Fürstenberg in sein Spital zu Hüfingen auf, wo es ihr Wohl gefällt, und von wo sie mir vieles schrieb aus des Vaters und aus ihrem Leben.

Sie verrät in ihrer Erzählung überall den gesunden Humor des Fürsten, trotzdem sie fast beständig zu leiden hat. Ihre Freude sind die Erinnerungen an das Elternhaus, an Vater und Mutter, an Wald und Heide drunten im Tale.

7.

Es war ein regnerischer Herbsttag, der 28. September des Jahres 1896, als ich mit Oberförster Gayer von Schiltach her in das Heubachtal einfuhr. Ich war von meinem Herbstaufenthalt in Hofstetten hergekommen, und der Oberförster, der sich sehr dafür interessierte, daß der Fürst vom Teufelstein nicht ganz vergessen werde, hatte sich freundlich erboten, mich zum Teufelstein zu begleiten.

Wir hatten beim Ochsenwirt in Schilte, einem grundgescheiten Manne, den ich von lange her kenne, Mittag gemacht.

Ich bin schon öfters in Schilte gewesen und habe meine Freude gehabt an seinen alten, hohen Holzhäusern und an dem wunderbaren Blick von der Ruine der Burg aus, auf welcher einst die Herzoge von Urslingen und von Teck saßen, Freunde der Grafen von Fürstenberg-Haslach.

Und jedesmal bin ich beim Ochsenwirt eingekehrt, der ein Freund war meines Vetters, des Kastenvogts zu Hasle, und mich noch als Student gesehen hat.

Der Ochsenwirt stellte uns ein flottes Gefährt zu der Gebirgstour, und unter strömendem Regen fuhren wir gleich unterhalb Schilte nördlich in den Heuwich ein. Je weiter wir das Tälchen hinauf kamen, um so wilder und romantischer wurde es.

Der Regen ließ etwas nach, und wir konnten den Wagen öffnen. Wohin ich schaute, liebliche Schwarzwaldbilder: Felsen, Tannen, Wasser, Hütten so malerisch und so grotesk gruppiert, daß ich mich schämte, wenige Stunden unterhalb des Heubacher Tälchens daheim zu sein und es heute das erstemal zu betreten.

Wie muß das alles erst dreinschauen, sagte ich mir, wenn der Sonnenschein durch die Tannen fällt und auf die Felsen und Hütten, da mich schon bei Regenwetter der Heuwich so entzückt!

In der Mitte des Tälchens, zwischen dem Abrahamsbühl und dem Walde von St. Anton, liegt einsam, vom Weg etwas entfernt, an einer Halde die Wirtschaft zum Auerhahn.

Hier tranken die alten Flößer noch eins, ehe sie abfuhren durch die Hölle und ehe sie heimkehrten von der Fahrt; hier sangen die Bergknappen der nahen Grube St. Anton einst ihre Lieder, und hier erfrischen sich jetzt noch zur Sommers- und Winterszeit die Holzhauer aus den Wäldern ringsum.

Und ich hatte Glück. Alle Sorten dieser jetzigen und einstigen Gäste traf ich heute im Auerhahn: Von den Flößern den Wirtsbasche, einen stattlichen, kräftigen Mann mit schwarzem Vollbart, von den Bergknappen den Obersteiger Cyprian Breitsch, von den Holzmachern den Schmied-Andres und den Harter-Lorenz aus dem Kaltbrunn, einen Vetter des Teufelsteiners.

Auch die Tochter Priska war da. Heiterkeit und Lebenslust spricht aus ihren Zügen, obwohl sie das Schwabenalter hinter sich hat. Sie und ihre älteste Schwester, die Wirtin, bekunden, da die Mädle in der Regel dem Vater gleichen, in Gestalt und Gesichtszügen, daß der Fürst vom Teufelstein ein schöner, stattlicher Mann gewesen sein muß.

Alle redeten vom toten Förster und Vater, und aus allen sprach das Heimweh nach dem Mann, der mehr als ein halbes Jahrhundert lang der Wälder ringsum wartete und sie pflegte wie seine Kinder, und der seinen Flößern und Holzmachern allzeit ein guter Freund und heiterer Gesellschafter gewesen war.

Vom Cyprian, dem Obersteiger, einem schönen, großgewachsenen Greisen mit glattrasiertem, jugendlich frischem Gesicht und denkenden Mienen, erfuhr ich zwei Bergmannslieder, die er heute noch bisweilen singt mit seinem Freund, dem Schultoni.

Mehr denn ein halbes Jahrtausend wurden die Berge des untern und obern Kinzigtals auf Kupfer, Silber und Gold abgebaut. Der Cyprian, der in den sechziger Jahren noch auf Silber mutete in St. Anton im Heubach, dürfte des Bergbaus letzter Vertreter in diesem Tälchen sein.

Er ist wohl auch der letzte Bergknappe, der die alten Lieder der Gewerkschaften singt im Auerhahn – und die Geister der Knappen weckt, die in diesen langen Jahrhunderten ihr Wesen getrieben haben in diesen waldigen Einöden.

Der Cyprian aber singt:

> Wenn ich betrachte das bergmänn'sche Leben,
> So möcht' sich ein jeder der Gewerkschaft ergeben.
> Ich liebe und lobe die Zweischlegeleinsgesellen,
> Im Berge zu bauen, tut mir am meisten gefallen.
>
> Die bergmänn'schen Regeln sein silberreiche Wort';
> Sie lassen sich hören bald hier und bald dort.
> Früh morgens, spät abends bei Mondscheins-Glückauf
> Versammeln wir uns alle nach bergmänn'schem Brauch.
>
> Und sollt' ich mein Leben so ängstlich aufgeben,
> Auf immer und ewig als Bergmann zu leben?
> Als Bergmann zu leben ist Lust mir und Lab,
> Die allerletzte Grube soll sein dann mein Grab.

Frisch auf ins Feld, der Bergmann kunnt,[6]
Denn er hat sein helles Licht bei der Nacht,
Sein helles Licht schon angezund't.

Schon angezund't, es gibt sein' Schein,
Damit man fahren kann bei der Nacht,
Damit man fahren kann ins Bergwerk hinein.

Die Bergwerksleut' sind hübsch und fein,
Denn sie graben das Silber und das Gold bei der Nacht,
Das Silber und das Gold aus Felsen und Stein.

Aus Felsen und Stein graben sie Silber und Gold,
Den schwarzbraunen Mädchen bei der Nacht,
Den schwarzbraunen Mädchen sind sie hold.

Herr Wirt, schenkt ein ein gutes Glas Wein,
Bringt's meiner Herzliebsten zu bei der Nacht
Bringt's meiner Herzliebsten zu, ihr soll es sein.

Aber der Cyprian erzählte auch von seiner Bergmannszeit. Als Knabe schon war er mit seinem Vater vom Wildschapbach jeden Montag heraufgewandert in den Heuwich und am Samstag wieder heim. Denn sein Vater war in den dreißiger Jahren Obersteiger in der Silbergrube St. Anton, die dem badischen Bergwerksverein gehörte – an dessen Spitze der bekannte Bankier Louis Haber stand, der auch noch in den Gruben Bernhard im Huserbach und Wenzel im Frohnbach auf Silber bauen ließ.

Den Namen St. Anton bekam die Grube, in welcher der Cyprian und sein Vater arbeiteten, von einem Tiroler, Anton Mantel, der als Knappe zuerst auf eine Silberader traf. In fleischfarbigem Schwerspate fanden sie Kobalt und gediegenes Silber. Stücke von 10, 25, 50 Pfund gediegenen Erzes schlossen die Bergleute auf; und der Bergwerksverein ließ Kronentaler daraus machen mit der Inschrift: »Glück auf! Segen des badischen Bergbaues.«

---

6 Sagt man im Kinzigtal statt kommt.

Schon 1846 war der Cyprian Breitsch Obersteiger. Wasser zwang die Gesellschaft, die Grube an Engländer zu verkaufen, die mehr Geld hatten, um das Wasser zu schöpfen. Jetzt kamen auch englische Bergknappen, und bis 1860 ward die Grube unter großen Kosten mit 180 Knappen betrieben, ging aber ein, weil sie sich nicht mehr rentierte.

Das erzählte der Cyprian mir auch noch, daß die Bergknappen für eine zwölfstündige Schicht – Tag und Nacht – 36 Kreuzer, das ist *eine* Mark, erhielten. Jeden Morgen und jeden Abend, ehe sie einfuhren, wurde das christliche Glaubensbekenntnis und das Gebet zu den fünf Wunden Christi gebetet, und war dies Gebet vorgeschrieben. Der Karlsruher Bankier Haber, ein Israelit, soll, so oft er kam, den Obersteiger gefragt haben, ob auch das angeordnete Gebet regelmäßig verrichtet werde.

Auch von der schönen Uniform der Bergknappen sprach der ehemalige Obersteiger noch: von der stolzen, schwarzen Bergmannsjuppe mit samtnen Aufschlägen, von den metallenen Knöpfen, welche die Abzeichen »Schlegel und Eisen« trugen, und von der grünen Filzkappe mit Roßschweif. Eine Fahne mit der Inschrift »Glück auf« geleitete die Bergleute, als sie anno 1843 der Kirchweihe in Schwach anwohnten und anno 1846 den Fürsten Egon von Fürstenberg in Hasle empfingen auf seiner Hochzeitsreise.

Bei kirchlichen Festlichkeiten und Prozessionen zeigten sich die Bergknappen ebenfalls in Uniform, und vier von ihnen trugen »den Himmel«.

Das waren andere Zeiten, meinte der Cyprian, als die Gruben noch blühten: St. Anton im Heuwich, Herrensegen in Schapbach und Güte Gottes in Wittichen. Jetzt aber sei alles tot, die Bergleute und ihre Gruben. Wehmütig wies er von der Wirtsstube aus hin auf den zerfallenen Eingang der Grube St. Anton am Berge drüben.

Als er des Bergmanns zwei Schlegelein niederlegen mußte, nahm der Cyprian die Axt und zog in den grünen Wald, machte Holz und baute Wege unter dem Fürsten vom Teufelstein. Bisweilen fuhr er auch als Flößer durch die Hölle.

Heute bezieht er Altersrente und ist in alleweg eine vornehme Erscheinung trotz des blauen Wollkittels, der seine Glieder umschließt.

Ehe wir einstiegen, um zum Forsthaus zu fahren, schaute ich noch in den Höllengrund am Heubächle und gedachte mit Schaudern und

Bewunderung der Zeiten, da die früher genannten Flößer durch diese Schlucht hindurchfuhren. Und doch ist in diesem Jahrhundert nur ein Mann zu Tode verunglückt in der Hölle, der Abrahamsbur, der einen Schoppen zu viel getrunken hatte, ehe er auf den Floz sprang.

Durch dichten Hochwald zieht der Weg dem Forsthaus zu, steil bergan; Wald und Wege sind Schöpfungen des toten Försters. Bald wird es licht, und in der Lichtung liegt das Forsthaus, still und einsam, wie verlassen. Und von den Tannen ringsum rieselt der Regen wie Tränenwasser um den toten Mann, der die Waldbäume gepflegt und gehütet hat.

Der Nachfolger des Teufelsteiners ist vom Auerhahn weg unser Begleiter. Er führt uns in das stille, aber stattliche Haus mit hohem Giebel und zeigt uns die drei großen Stuben des alten Försters und der Fürstin und daneben das »herrschaftliche Zimmer« des Fürsten von Fürstenberg, wenn er zur Auerhahnjagd kommt.

In einer Stube sitzen um einen Tisch friedlich die Kinder des Waldhüters. Die Wände, an denen die Uhren des Fürsten ticktackten, find schweigsam wie Kirchhofsmauern. Ich durchwandere die Kammern, werfe einen Blick aus dem Fenster auf Wald und Berge und ziehe weiter, St. Roman zu.

Kaum sind wir wieder im Walde, als zwischen Fichten der Teufelstein am Weg erscheint. Er trägt sichtbar nicht die Spuren des teuflischen Pferdefußes, sondern die der eisernen Keile, welche die Bauern ins Gestein getrieben haben, um Stücke als Bausteine abzusprengen.

Gleich hinter dem Stein lichtet sich der Wald wieder, und das Kirchlein von St. Roman erscheint, umgeben von einem Waldmeer, auf grüner Oase, in welche der Staufenkopf malerisch hereinschaut.

Einsam sitzt am »Kälberbühl« im nassen Gras bei Regenwetter ein Hirtenmädchen und betet laut den Rosenkranz, während seine Kühe friedlich in seiner Nähe weiden. Vom Pfarrer erfuhr ich nachher, daß es hier schöne Sitte sei, beim Hüten und bei leichter Arbeit laut zu beten. So beteten z. B. die Mägde während des Melkens im Stalle laut den Rosenkranz miteinander.

Beim alten, kleinen Kirchlein treffen wir den jugendlichen Pfarrherrn von St. Roman, erst seit einigen Wochen hierher versetzt. Ich gratuliere ihm zu dieser wunderbaren Waldeinsamkeit, die als ein Ort geistlicher Verbannung gilt, mir aber ungemein zusagen würde. Das Kirchlein, dem noch gotische Bauteile ein hohes Alter bezeugen, mag groß genug sein für die wenigen zerstreuten Buren und Völker, die hierher eingepfarrt sind, aber für eine Wallfahrtskirche ist es viel, viel zu klein. Doch das Hauptfest des heiligen Romanus wird ja im Hochsommer gefeiert; da wird dann eine Bergpredigt im Freien gehalten, und die Wallfahrer lagern in Gottes schöner Natur, die Tannenwälder ringsum bilden Spalier dazu, und die Menschen singen das alte, schöne Lied, das da anhebt:

Um Gnad' will ich anhalten,
O heiliger Roman!
Laß deinen Schutz obwalten,
Soll ich von hinnen gân.

Wollst meiner nicht vergessen,
Wenn Angst und Tod mich pressen,
Wenn Angst und Tod mich pressen,
O heiliger Roman!

Kaum hat auf der Höhe des Hügels, den das Kirchlein krönt, noch der kleine Kirchhof hinter demselben Platz. Auf ihm suchte ich das Grab des Fürsten vom Teufelstein. Er ruht, weil neben seiner Heli kein Grab frei war, neben seiner Lieblingstochter gleichen Namens, und ein niedriger, ziegelförmiger Stein besagt: »Hier ruht Josef Anton Fürst, Förster in Heubach, geboren 2. März 1809, gestorben den 27. April 1893. Er ruhe im Frieden.«

Hohe Grabsteine dulden Sturm und Wetter nicht auf diesem kühlen Gottesacker, um den die Winde heulen und die Tannen ächzen.

Er wollte im Wald begraben sein, der alte Jäger und Forstmann. Sein Wunsch ist erfüllt. Ringsum grüßen die Tannen seine Ruhestätte, und der Ostwind trägt ihm am Abend die Grüße zu vom Teufelstein und vom Abrahamsbühl herüber. Und ich sagte mir, da ich vom Grab aus Rundschau hielt über Wald und Weide: Hier ist es schön, schön zum Leben, schön zum Sterben und schön zum Begrabensein.

Wenn aber am Tage des Weltgerichts die Posaunen der Boten des lebendigen Gottes hier die Toten aus ihren Gräbern rufen und unter ihnen den braven Mann vom Teufelstein, und wenn er dann sich umsieht und seine Wälder wieder erkennt, wird er heimwollen ins stille Forsthaus auf dem Abrahamsbühl, und die Engel werden Mühe haben, ihn zu bringen in »Abrahams Schoß«.

Vom Grabe des Fürsten weg stiegen wir hinab zum Wirtshaus. Hier sah und sprach ich seinen Freund, den einstigen Bachvogt, einen prächtigen Alten im blauen Wamms und kurzen Hosen. Aus seinen freundlichen, bartlosen, von scharfen Linien markierten Gesichtszügen schaut ein echter, behäbiger Schwarzwälder, ein Musterkopf für einen Holzschnitt von Albrecht Dürer.

Hier verabschiedete ich mich von dem Nachfolger des Fürsten, dem Waldhüter Dieterle, der nun in dem wunderbar einsamen Forsthaus Herr und Meister ist. Ich beachtete heute den mittelgroßen Mann mit seinen braunen Augen, seiner großen Nase und seinem blonden Vollbart nicht besonders.

Den Spätherbst über trat ich aber mit ihm in Korrespondenz wegen der Geschichte des Fürsten vom Teufelstein, und nun fand ich, daß der Dieterle auch ein Original ist.

Er schreibt dermaßen klar, sachlich und überall den Nagel auf den Kopf treffend, daß ich wissen wollte, wo er her sei und wo er seine Studien gemacht.

Er stammt aus dem Hirschbach, einem Tälchen des Wildschapbachtales im Flußgebiet der Wolf, und ist der Sohn eines Holzhauers und einer Mutter, die den Namen Clothilde trug, einen Namen, den ich in den Tälern der Kinzig und Wolf nie vermutet hätte. Seine Studien machte der Dieterle in der Volksschule in Schapbach, die in den sechziger Jahren einen Lehrer von Gottes Gnaden gehabt haben muß.

Ich wollte wissen, wie derselbe geheißen, und erfuhr, daß es der alte Alois Schneider gewesen, der in den siebziger Jahren als Lehrer in meinem Paradies Hofstetten starb und den ich gar wohl kannte. Er war ein lustiger, gesellschaftlicher Mann und deshalb auch im benachbarten Hasle sehr beliebt.

Die Haslacher nannten ihn, weil er imstande war, zweimal zu Mittag zu essen, den »hohlen Alise«. In seiner Jugend war er Lehrer gewesen in dem Schweizerort Ermatingen am Bodensee, über welchem Dorf bekanntlich das Schloß Arenenberg liegt, wo damals die Hortense mit ihrem Louis, dem späteren Napoleon III., wohnte und wo der Lehrer Alise dem Louis Unterricht gab im Deutschen. Wundern wir uns also nicht über Josef Dieterles Leistungen.

Aus der Schule entlassen, half der Sepple seinem Vater im Walde, bis er selbst ein Waldarbeiter wurde. Als solcher fing er an, in freien Stunden Bücher und Zeitschriften aller Art zu studieren.

Ein angehender Zwanziger, half er dem Fürsten vom Teufelstein, der drüben im Wildschapbach Waldungen aufnahm, als Forstgehilfe und faßte dabei hohe »Achtung und Liebe« zu dem alten, heitern Waldmann.

So ward er diesem bekannt, und der Fürst willigte gerne ein, daß der Ditierle, ein Holzhauer und Waldarbeiter, mit dem bescheidenen Titel Waldhüter sein Nachfolger wurde.

Wenn ich der Fürst von Fürstenberg wäre, der Dieterle stürbe mir nicht als Waldhüter. Einstweilen aber stellte ich ihn, den ehemaligen Waldarbeiter, auch an im Walddienst. Er mußte und muß mir als Vorarbeiter dienen zu meinen Geschichten über Waldleute und Erzbauern im oberen Kinzigtal, wo ich durch ihn deren noch manche entdeckt habe.

Die Schneeballen und wilden Kirschen im mittleren Kinzigtal hab' ich nun schon alle gemacht und gebrochen: ich bin jetzt eine Station weiter gezogen und habe Waldleute im oberen Heimatgebiet gesucht und gefunden.

Mit Hilfe der Feder Dieterles, der so klar schreibt, wie die Waldquelle ihr Wasser zu Tage fördert, hoffe ich noch von manchen Originalen erzählen zu können.

So lebt denn heute auf dem Abrahamsbühl zwischen Wald und Wald abermals ein Naturmensch mit hellem Geist, und das freut mich.

Drunten aber im Heuwich im Auerhahn sitzen an kalten Winter- und an heißen Sommersonntagen die Holzmacher und die alten Flößer und reden von vergangenen Zeiten und vom Fürsten vom Teufelstein, ihrem Freund und Vater, von seiner Heiterkeit, seiner Biederkeit, von seinen Zigarren und von seinen Uhren und Drehorgeln, und der alte Bergmann Cyprian schließt, ehe sie auseinandergehen und in den Tälchen und Wäldern verschwinden: »So wie der Fürst kommt keiner mehr auf den Abrahamsbühl. Gott hab' ihn selig.«

Und durch die Tannen im Walde von St. Anton, drunten im Hirschgrund und droben im blauen Loch zieht allnächtlich ein leises Geflüster. Sie erzählen sich, die deutschen Waldkönige und -königinnen, vom greisen, toten Förster, der ein halbes Jahrhundert lang bei

Tag und Nacht unter ihnen wandelte wie ein Vater unter seinen Kindern, und unter dem sie so groß geworden sind, daß sie jetzt den Äther des Himmels küssen, während er in kühler Erde modert.

Und die älteste und gewaltigste der Tannen im blauen Loch neigt ihr Geäste herab zu ihren jüngeren Brüdern und Schwestern und flüstert: »Wir Tannenbäume sind doch andere Wesen als die Menschenkinder; wir überleben sie, und während sie im Staube modern, wiegen wir uns im Sonnenlicht.«

Aber ein kleiner Tannerich ruft ihr höhnisch zu: »Alte Tante, rühme dich nicht. Gestern hat der Oberförster Gayer von Wolfe mit seinem Hammer, ohne daß du es in deinem Himmelsblau droben merkst, dir das Todesmal unten in den Stamm geschlagen, und bald werden der Wirtsbasche und der Schultoni kommen und dich zur Erde legen zum Nimmeraufstehen. Unser Vater und Förster aber kommt wieder, denn, so sagen sie, die Menschen sind unsterblich!«

Die alte Tannenmutter schweigt, und wehmütig flüstern die Tannen alle weiter und murmeln von Vergänglichkeit, bis die Sonne aufgeht von der Bocksecke her und der Morgenwind sie aufrüttelt zu neuer Lebensfreude.

Nur die greise Tannenkönigin kann die Mahnung nicht vergessen; sie schaut ängstlich aus ihrem Geäst herab, ob nicht der Basche und der Toni kamen und sie sterben müßte.

Sie seufzt und spricht zu sich selber: »Ich hab' viel verloren am alten Förster; er hat mich geehrt und geliebt und vor dem Tode bewahrt so manches Jahr. Jetzt soll auch ich sterben. Noch, es sei, er ist ja auch tot, er, der so oft singend und pfeifend an mir vorüberzog; ich will ihm nachfolgen und auch sterben.«

Sie schüttelt, in ihr Schicksal ergeben, ihre alten Äste; die Vögel aber, die auf ihnen übernachtet, fliegen davon und singen ihr Morgenlied dem Gotte alles Lebens.

Theodor, der Seifensieder

1.

Es ist das Jahr 1833 und Sommer. In der Nähe der Stadt Kassel liegen am Eingang eines Dorfes sechs Handwerksburschen. Der eine, ein alter Knabe, meint, in diesem Dorfe sei heute Kirchweih, da müßte man fechten, es gebe »Küchle«. Der Vorschlag wird angenommen. Die Kumpane verteilen unter sich das Dorf, um, jeder für sich, ans Küchlefechten zu gehen.

Der jüngste unter ihnen, ein achtzehnjähriger, frischer Bursche, elegant und zünftig gekleidet in blauen Tuchanzug, einen Zylinder mit Wachstuch überzogen auf dem Haupt, einen mächtigen Ziegenhainer in der Rechten und ein großes ledernes Felleisen auf dem Rücken, schickte sich bebenden Herzens zum Fechten an.

Ihm waren die letzten Häuser des Dorfes zugefallen, aber er des Fechtens nicht gewohnt, weil in jener Zeit die Handwerksburschen nur in der Not fochten und ihnen überall die Zunft unterstützend zur Seite stand.

In drei Häusern bat er um Küchle, in allen dreien wurde er mit seiner Bitte abgewiesen.

So kam er an das allerletzte Haus: es schien ihm das Pfarrhaus zu sein, hier, dachte er, bekommst du gewiß Küchle. Mit diesem Gedanken ging er die steineine Treppe hinauf und im Haus der Küche zu, wo zwei weibliche Wesen hantierten, während in einer Ecke, mit einem weißen Tuch bedeckt, ein Korb stund, in dem der Fremdling sicher den Leckerbissen vermutete.

Bescheiden tat er seinen Spruch: »Ein armer Handwerksbursche bittet, da es Kirchweih ist, um ein Küchle.« »Es tut mir leid«, sagte die ältere der Köchinnen, »wir haben keine.« So ging der junge Fechter leer ab.

Unweit dieses letzten Hauses trafen alle Burschen wieder zusammen; jeder hatte etwas erfochten, Geld oder Küchle: nur der jüngste mit dem blauen Anzug hatte nichts. Vergeblich probierten jetzt die andern, in dem Pfarrhause etwas zu erfechten. Alle wurden abgewiesen.

In dem Garten beim Hause erblickten sie nun schöne Gurken und beschlossen, an diesen Rache auszuüben für die beharrliche Abweisung. Der älteste Geselle meinte, er wisse in Kassel eine Wirtschaft, wo billig zu leben sei. Dort müsse ein Gurkensalat gemacht und Rindfleisch dazu gegessen werden. Er garantiere, es koste nicht mehr als 16 Kreuzer auf den Kopf.

Auch mit diesem Vorschlag des erfahrenen Wanderers waren alle einverstanden, und der mit dem blauen Anzug sprang alsbald über den Gartenhag, füllte die Taschen mit Gurken und war im Augenblick wieder bei seinen Kameraden. Nun ging's auf und davon.

Als sie aber eine halbe Stunde gen Kassel zu marschiert warm, merkte der Gurkendieb, daß seine Tabakspfeife fehle, die ihm sein Bruder, der Xaver, geschenkt, als er in die Fremde zog.

Die liegt in des Pfarrers Gurkenbeet, dachte er, lehrte flugs um, sprang abermals über den Zaun, ergriff mit einer Hand seine Pfeife, mit der andern noch zwei Gurken und eilte dann seinen Gefährten nach.

Die Pfeife aber verwahrte er fortan so gut, daß er sie heute, 1897, da ich seine Geschichte niederschreibe, noch besitzt.

In Kassel eingerückt, suchten sie die Handwerksburschenkneipe auf, ein finsteres, unheimliches Quartier, bestellten ihr Rindfleisch und machten sich daran, die Gurken eigenhändig zu präparieren.

Während sie diesem Geschäft sich hingaben, kam ein Gendarm und nahm den Wirt geheimnisvoll in sein Nebenzimmer. Da erfaßte den jungen Gesellen im blauen Gewand die Angst, es könne sich um seine Gurken handeln.

Er sieht sich im Geiste arretiert und als Dieb per Schub in die Heimat spediert und malt sich den Schrecken der Eltern. Diese Aussichten veranlassen ihn, ehe der Gendarm wieder in die Stube zurückkommt, sein Felleisen umzuschnallen und aus Kassel hinauszustürmen, was er laufen konnte.

Er lief, lief, fortwährend von dem Donner und Blitz des auf Sinai gegebenen Gebotes: »Du sollst nicht stehlen«, verfolgt, lief bis nach Heidelberg, wo badische Grenzpfähle ihn schützten vor dem hessischen Gendarmen. Hier trifft er einige Tage darauf wieder einen der Gesellen, der ihm sagt, der Gurkensalat habe gut geschmeckt und sich kein Gendarm darum gekümmert.

Der im blauen Gewande und vom Gewissen Verfolgte war – Theodor, der Seifensieder, ein Schwarzwälder, ein Kinzigtäler und ein Waldmann.

Seine engere Heimat ist Wolfe, das Waldstädtle, zwei Stunden oberhalb Hasle, zwischen die Berge eingeengt, aus denen die Wolf und die Kinzig ihre Wasser drängen.

Seines Geschlechts ist der Theodor ein Armbruster.

Im obern Kinzigtal muß, ehe das Schießpulver erfunden war, ein kriegerischer Menschenstamm gewohnt haben, denn der dritte Mensch heißt dort heute noch Armbruster. Dieser Name aber deutet hin entweder auf Armbrustschützen oder auf Armbrustfabrikanten, welch' letztere geradezu Armbruster genannt wurden. In jedem Falle aber spricht der Name dafür, daß einst im Kinzigtal viele Leute jene kriegerische Waffe bedurften und trugen.

Theodors Vater war »Schiffer«. Schiffer in Wolfe, wo es keine Schifflein gibt und wo die Kinzig selten, auch nur eine Viertelstunde weit, schiffbar ist? Und doch war des jungen Gurkendiebs Vater ein wirklicher Schiffer und verschiffte Ladungen, die heute einem holländischen Indienfahrer zu schwer wären.

Er hieß Johann, ward aber in seiner Vaterstadt allzeit von allen Wolfachern französisch tituliert und »Schang« geheißen.

Die Wolfacher waren von jeher gebildeter als ihre demokratischen Nachbarn, die Haslacher. Sie zählten stets viele Leute unter sich, die in Paris waren und französisch redeten, und besonders die Schiffer wurden durch ihre Handelsverbindungen der welschen Sprache mächtig. Darum gab es in Wolfe nur Jacques, Jeans, Charles, Laurents etc.

Der Schang vorzugsweise aber hieß Theodors Vater, der erste und angesehenste aller Schiffer. So wurden die Mitglieder der alten, privilegierten Flößerzunft in Wolfe genannt.

Graf Wolfgang von Fürstenberg, Herr im Kinzigtal, war der Gründer dieser ehrsamen Zunft und der erste Flößer nach den Niederlanden. Kaiser Maximilian I. gestattete ihm 1504, 200 Stämme ohne Zoll »an zwein Flotzen und darauf soviel pretter, als sie in oblast zu tragen mügen, nach dem Niederland zu flötzen.«

Dieser Graf gab zur Förderung seiner Residenz Wolfach deren Bürgern das Privileg und Monopol, in seiner Herrschaft allein mit Holz handeln und es verflößen zu dürfen, und untersagte beides den

Bauern. Ähnlich tat bald darauf der Herzog Ulrich von Württemberg in seinen weiter oben an der Kinzig gelegenen Städtchen Schiltach und Alpirsbach. So entstanden in diesen drei Kinzigstädtchen Flößerzünfte, Schiffergesellschaften, die, bald allein, jeder Zünftige für sich, bald in Kompagnie das Flößergewerb betrieben. Ihre Gesellen waren die Floßknechte, welche, in Gespanne von 10–12 Mann eingeteilt, mit einem Obmann an der Spitze, im Dienste der Schifferherren stunden.

Die Bauern des Kinzigtales waren nie besonders entzückt von dem Monopol der Schifferzünfte, denen sie das Holz verkaufen und die Flöße bis in die Kinzig anliefern mußten. Doch trösteten die Schiffer die Bauern in etwas, indem sie ihnen, so oft sie nach Wolfe oder Schilte oder Alpirsbach kamen, die Zunftstuben öffneten, heizten und sie mit Essen und Trinken regalierten.

Die Schifferzunft zu Wolfe enthielt eine Summe von Poesie. Im 16. Jahrhundert war jeder Schiffer von der Herrschaft aus gezwungen, Reben anzulegen, um so dem Weinbau aufzuhelfen. Die Flößer sorgten dadurch auch für sich und ihre Knechte, da beide ein trinkbares Geschlecht waren.

Sauer muß er gewesen sein, der selbstgepflanzte Wolfacher, auf dessen Boden längst wieder Tannen stehen; aber getrunken haben sie ihn doch, die biederen Flößer und ihre Knechte, vom Morgen bis in die sinkende Nacht. Und bald mußte die Herrschaft »die schlaftrünke als ein Überfluß und unnöttige füllerei den schiffherrn und den knecht« bei ein Pfund Heller Strafe verbieten.

Der Durst aber blieb bis in unser Jahrhundert herauf, und ich kannte in meiner Knabenzeit noch manch durstigen Flößer.

Vom Frühjahr bis Martini kamen jede Woche einige »Flöze« die Kinzig herunter und an Hasle vorbei. Hab' ihnen manchmal die Logel[1] gefüllt beim Adlerwirt oder, wie die Fuhrleute und Flözer ihn nannten, »beim Frankfurterhans«, so benannt, weil er früher als Frachtfuhrmann zwischen Frankfurt und Schaffhausen verkehrt hatte.

Vor Tagesanbruch waren sie in Wolfe abgefahren, wobei sie zuerst entblößten Hauptes ein Vaterunser gebetet und das Kreuz über sich gemacht hatten.

---

1   Ein längliches, fäßchenähnliches Gebinde mit einem Röhrchen zum Trinken.

»Die Fahrt ins Land« nannten die Flözer den Weg von Wolfe beziehungsweise Schilte und Alpirsbach bis nach Willstätt unweit der Mündung der Kinzig in den Rhein. Eine von der Zunft mit Wein gefüllte Logel lag bei der Abfahrt auf dem Floß, und so oft sie unterwegs gefüllt werden mußte, ging es auf Kosten der Schifferherren.

Hatten sie Glück, so fuhren sie in zwei Tagen bis nach Willstätt; bei einer minder glücklichen Fahrt hatten sie eine Woche zu tun. Lohn, ob viel oder wenig Zeit gebraucht wurde, bekam jeder Knecht einen Kronentaler. Die Sperrflößer, welche die schweren Sperrklötze bedienten, erhielten einen Gulden Zulage als Sperrgeld.

Blieben sie an einem Orte liegen, sei es aus Wassermangel oder weil der Steuermann auffuhr, so war bei der vielen Mühe, den Flöz loszubringen, der einzige Trost die Logel, welche der jüngste Flößer füllen lassen mußte, wenn keine Buben um den Weg waren.

Wir Buben in Hasle kannten die Flößer alle am Dialekt. Die Schiltacher und die Schenkenzeller, welch letztere die Flöße der Alpirsbacher Schiffer brachten, schwäbelten weit mehr als die von Wolfe, die Schiltacher am stärksten.

Die durstigsten waren die von Wolfe, die derbsten die von Schilte. Diese waren aber auch Kraftgestalten, und ihren prächtigen, stark schwäbischen Dialekt hörte ich am liebsten, lieber als den alemannischen meiner Heimat. Einzelne Schiltacher waren Schiffer und Flößer zugleich, so der Glaser-Christof, der Glaser-Ulrich und des Salzbecken Abraham. Flözerknechte, deren Namen ich oft hörte, waren der Huber am Roa (Rain), der Roa-Wöhrle, der alt' Grenadier, 's Groschupen Kanonier und der G'west. Die letztern drei waren Soldaten aus den napoleonischen und den Befreiungskriegen. »I bin in Frankreich g'west«, sprach stolz und vornehm der Flözer Andreas Trautwein; drum hieß er »der G'west«, so lange er durch die Kinzig dem Rhein zufuhr. Zu den genannten zählten noch der Salpeter-Christi, der Lehbeckle, der Sammel-Isaak, der Duschi, der groß' Bombis und der klei' Bombis. Der Salzbeck, der Brünnelihafner, 's Nagelschmieds Hans, der Stegbeck verließen zur Floßzeit ihre Werkstätten und flözten.

Der derbste war der rot' Jos, dessen Haare schon weither leuchteten, wenn er auf dem Floß daherfuhr und wir Buben auf der Kinzigbrück zu Hasle stunden. Ihm riefen wir im Schiltacher Dialekt zu: »Rauter, hausch ou scho a Schoppe ghau heit?« Da schimpfte der Jos teufelmäßig, während er unter der Brücke durchfuhr.

Kamen Schiltacher Flözer ohne den Roten, so machten wir sie wild, indem einer von uns hinunterlief: »Flözer, wo haunt ihr den Raute glau?«[2] Sie wurden jeweils teufelswild und wetterten: »Gau hoim, dau[3] Esel dau oder dau kriegst a Stange auf dei Eselskopf nauf gschlage!« Oder: »Gau hoim und b'schau dei Muatter, des isch au a raute!«

Die Schiltacher ließen uns Buben nicht leicht mitfahren, während die von Wolfe und Schenkenzell, wenn wir die Logel füllten, gerne ein Stück weit uns mitnahmen, uns Buben ein Hochgenuß, von dem ich in meinen Erinnerungen aus der Jugendzeit gesprochen habe.

Die Schenkenzeller hatten allein noch das uralte Privileg der Flößerknechte, das darin bestund, daß abwechselnd jeder auf seine Rechnung auf dem Floß eine Partie Bretter mitführen durfte, mit denen er dann Handel trieb. Es hieß dieses Privileg »der Katzenfloz«. Wie eine Katze auf dem Tisch, so lag der kleine Floz des Knechts auf dem großen seines Herrn, daher der Name.

Zu den Schenkenzellern gehörten in meiner Knabenzeit der Flözer-Nazi, der Flözer-Xaveri, der Flözer-Karle, der Schmider am Tannensteg, der Almend-Basche, der Salesi uf'm Almend und der Bachvogt Wolber im Wolbersloch.

Von diesem Bachvogt geht heute noch ein geflügeltes Wort durchs obere Kinzigtal. Als einst ein Floß aus dem Kaltbrunn im Reinerzauer Bach lag, der bei Schenkenzell in die Kinzig mündet, und nicht in diese geschafft werden konnte, weil er »nicht laufen« wollte, kam ein anderes Floß aus dem hinteren Tal des Baches daher und konnte, da dieser zu schmal war für zwei Flöße und der erste still lag, nicht passieren.

Da erschien der Amtmann Fernbach von Wolfe mit dem Bachvogt Wolber und fragte diesen, ob man nicht den hinteren Floß über den vorderen wegfahren lassen könne. Nun legte der Vogt vor allen Flözern seinen Zeigfinger auf die Stirne, schaute den Amtmann an und sprach: »O, wie dumm, Herr Amtmann!« Seitdem, wenn einer was recht Gescheites sagt und der andere begreift's nicht, heißt's im oberen Kinzigtal: »O, wie dumm, Herr Amtmann!«

Ich sah in meiner Knabenzeit auch manch Flößergespann auf seiner Heimkehr vom Rhein herauf beim Frankfurterhans einkehren und

---

2   Wo habt ihr den Roten gelassen?

3   Gau = geh', dau = du.

trieb mich bei ihnen in der Wirtsstube herum, denn die Adlerwirtin war meine Göttle (Patin), und ich hatte deshalb freien Zutritt.

Hatten sie gute Fahrt gemacht, die Wald- und Wasserleute, so fuhren sie auf einem Leiterwagen daher: hatten sie lange Fahrt gehabt und wenig verdient, so kamen sie zu Fuß das Tal herauf, ihre gewaltigen Äxte auf der Schulter und daran die Tauringe hängend. Es waren lauter wetterharte Männer, die im Winter im Wald, im Sommer auf dem Wasser ihr Leben zubrachten.

Unter ihnen befanden sich von den Wolfachern der Turm-Sepple oder Turmpuberle, weil er auf dem Schloßturm zu Wolfe wohnte und zugleich Nachtwächter war, der vom Turm herab die Stunden pubte; dann der Grete-Hans, Hans Trier, nach seiner Frau, die Grete hieß und im Hause das Regiment führte, so benannt; der Muserle, welcher in freien Zeiten Mäuse fing; der Kohli und der Longinus. Der letztere war Obmann eines Gespanns und beim Flözen stets mit heiler Haut davon gekommen, verunglückte aber auf der Eisenbahn. Er stieg einst zu Offenburg in den Zug, um heimzufahren; da fielen ihm die Flözerstiefel aus den Händen und auf den Bahnkörper. Er will sie aufheben, als der Zug sich eben in Bewegung setzt, und wird zermalmt.

Einer der Wolfacher hieß der Birekorb und ein anderer der Russ', weil er einer der wenigen gewesen war, die, mit Napoleon nach Rußland gezogen, heimkehrten. Der Russ' hieß nach seinem Vornamen auch der »Remigi«.

Dieser, schon ein älterer Mann, kam in meiner Knabenzeit einmal bei Steinach unter das Floß. Da es lange ging, bis seine Kameraden ihn wie leblos unter demselben hervorbrachten, so hielten sie ihn für tot. Der Muserle schrie ihm noch in die Ohren: »Remigi, glaubst du an die heiligste Dreifaltigkeit?« Der Remigi schwieg, und jetzt erklärte ihn der Muserle für maustot. Sie holen im Dorfe Steinach einen Karren, legen ihn darauf und führen ihn zum Adlerwirt in dessen Hausflur. Die schweren Flößerstiefel müssen aber dem toten Remigi ausgezogen werden. Doch sie sind zu naß und halten zu fest am nassen Leib und gehen nicht. Der Birekorb meint: »Wir schneiden sie auf!« Das hört der Remigi und ruft plötzlich: »Laßt mir meine Stiefel ganz!« »Er lebt, er lebt!« schreien jubelnd die Kameraden, bringen den Russen in ein warmes Bett und am andern Tag ist er wieder kreuzfidel und hat noch manchen Flöz ins Land gefahren und manchen Schoppen getrunken beim Frankfurterhans. Aber er mußte noch oft hören: »Remigi, glaubst du an die heiligste Dreifaltigkeit?« Und wenn die Wolfacher Flößer in Hasle durchfuhren, gab es böse Buben genug, die ihnen zuriefen: »Glaubt ihr an die heiligste Dreifaltigkeit?«

Die Flözer wußten immer was zu erzählen, wenn sie zum Frankfurterhans kamen, und ich höre diesen jetzt noch lachen, und lachen konnte der dicke Hans, daß die Fenster zitterten.

Einmal war der Flößer und Seiler Oberle von Wolfe als Steuermann unterhalb Offenburg in einen Winkel des Flusses gefahren, und es hatte »Haufen« gegeben, d. h. die hinteren Gestöre waren auf die vorderen geworfen worden.

Das gab viele Arbeit, den Flöz wieder flott zu bekommen, und seine Mitflözer schimpften den Oberle, weil er so schlecht gerudert habe. Der aber, ein älteres »Male«, meinte: »Wenn alle zwölf Apostel am Ruder gestanden, wären sie in den Winkel gekommen.« Fortan hieß jene Krümmung bei den Flözern der Apostelwinkel, ein Name, den der Oberle nicht gerne hörte.

In Willstätt angekommen, wurde der Flöz den dortigen Flößern übergeben, die ihn bis Kehl führten. Die Kinzigtäler aber erhielten auf Rechnung der Schifferherren ein flottes Mahl im Adler oder in der Krone, und dann ging's wieder landaufwärts, um einen neuen Flöz »einzubinden« und abermals ins Land zu fahren.

Die schönste Fahrt alljährlich war die letzte – um Martini. Bei dieser bekam ein jeder der braven Männer, die seit Frühjahr so manche Todesfahrt gemacht, nach der Flözerzeche von der Wirtin zum Abschied einen Strauß auf den Hut, die Schifferherren ließen sie auf ihre Kosten heimführen, und an allen Stationen das Kinzigtal hinauf erhielten sie von jedem Wirt, bei dem sie während der Flößzeit eingekehrt, einen Freitrunk.

Das war eine Flözerleistung, von Willstätt bis Wolfe, 12 Wegstunden weit, sich durchzutrinken. Die Flößerknechte selbst hatten das Sprichwort: »Nach der letzten Fahrt gibt's a Strüßle und a Rüschle.«

Aber die Wackeren vergaßen an jenem Tag auch Weib und Kinder nicht; jedes bekam ein »Martini-Krämle«, wenn der Vater heimkam von der letzten Fahrt, denn Mutter und Kinder hatten, ehe sie zu Bett gingen, das Jahr über manch ein Vaterunser gebetet, auf daß der Vater glücklich heimkomme von der gefährlichen Fahrt ins Land.

Wenn dann die Nebel über die Wälder des oberen Kinzigtals hinzogen, die Meisen an die Fenster kamen und den Winter ankündigten, zogen die Flößer als Holzmacher ins Tannengrün, fällten die Bäume für die Flöze des kommenden Frühjahrs und erzählten sich beim Waldfeuer von den Flözerzechen und den guten Trünken des Sommers.

Die durstigen und lustigen Wasserleute wurden bis zum Frühjahr genügsame Waldleute, und der alte Remigi tröstete sie, wenn's recht kalt war im Walde und Eiszapfen an den Tannen hingen, mit der Schilderung seiner Strapazen auf den Eisfeldern Rußlands.

War das Poesie oder nicht? Jetzt wanken die Leute im Kinzigtal matt und blaß und krank aus den Fabriken, und die schöne Flößerzeit ist nicht bloß im Heuwich, sondern auch auf der Kinzig, wo sie noch etwas länger lebte, tot.

Selbst die derben, massiven Schiltacher Flößer haben der in ihrer Volksseele gelegenen Poesie nicht zu widerstehen gewußt und gefühlt, was sie begruben, da sie 1894 den letzten Flöz das Kinzigtal hinabführten. Drum haben sie ihn mit grünen Tannen besteckt, diese Tannen mit schwarzem Flor behangen und auch sich und ihre Stangen und Äxte mit der Farbe der Trauer umschlungen.

Wehmütig fuhren sie so den Fluß hinab, noch wehmütiger kehrten sie heim, denn auch ein Flözer ist ein Naturkind, und Naturkinder fühlen es, wenn jene Göttin irgendwo stirbt, deren Namen sie nicht einmal verstehen, deren beseligendes Wehen sie aber inne werden in ihrer Volksseele.

Heute leben die braven Flößer, diese tapferen Wald- und Wasserleute, nur noch im Sprichwort: »Grob wie ein Flözer.« Als ob Leute sein sein konnten, die keine Zahnstocher und keine Zündhölzer, sondern Tannenbäume transportierten und jahraus jahrein in Wasser und Wald in Todesgefahr standen!

Wahrlich, mir ist ein derber, grober, ehrlicher Flözer lieber, als ein hohlköpfiger, faulenzender Gigerl und Komplimentenmacher. Und ich habe deshalb immer gerne gehört, wenn vor Jahren mein Landtagskollege Hofrat Buß, auch ein Kinzigtäler, mich wegen meiner großen Gestalt, wegen meines großen Hutes und wegen meiner »derben Bauernnatur« stets nur »den Flözer« nannte.

Mir waren die Flözer von Jugend auf liebe Leut', und so oft ich in späteren Jahren noch solche die Kinzig herabfahren sah, hab' ich mich gefreut und freue mich jetzt, ihnen und ihren Schifferherren hier ein kleines Denkmal setzen zu können.

Und drum wieder zurück zum Schiffer-Schang und zu seinen großen Taten und Fahrten.

2.

Zu der Zeit, da ich als Knabe die Flößer bediente und bisweilen auch reizte, war der Schang wohl das angesehenste Haupt aller Schiffer im Kinzigtal, und wenn er nach Hasle kam und beim Frankfurterhans, seinem Schwager, vorfuhr, hatte alles Respekt, als ob ein Fürst käme. Er war aber auch ein Wald- und Holzfürst und ein kreuzbraver Mann alten Schlags.

Aus alter Schifferfamilie stammend, trat er in des Vaters Fußstapfen und wurde auch Schiffer. Aber diesen Namen mußte man bis in die letzte Zeit der Flößerei verdienen. Die Lehrzeit dauerte drei Sommer, und der zukünftige Schifferherr mußte alle Arbeiten der Flözer praktisch mitmachen und daneben noch sich üben im kaufmännischen Wesen.

Der Schang wurde ein Flözer allererster Güte, aber er hatte dazu auch die nötige Kraft und Körperstärke. Drum wurde er neben dem Namen Schang in seinen jüngeren Jahren auch »der starke Hans« genannt.

Seine Freude war es, mit seinen Flößern eine Fahrt »ins Land« zu machen. Aber er tat noch mehr. Oberschiffermeister der Schifferschaft von Wolfe geworden, fuhr er mit den Riesenflößen auch den Rhein hinunter nach Holland.

Zu Anfang des 18. Jahrhunderts waren die ersten Holländer ins Kinzigtal geritten gekommen und hatten auf große Tannen und Eichen gefahndet zu Schiffsbauten. Damit begann der Handel nach Holland, während früher die Schifferschaften vom Kinzigtal nie weiter als bis Bingen, höchstens bis Köln gefahren waren.

Die Flößergespanne des Kinzigtals gingen nur bis Willstätt, die Willstätter nur bis Kehl, die Kehler bis Steinmauern bei Rastatt, die von Steinmauern bis Mannheim und die Mannemer bis Köln, wo Holländer Steuerleute eintraten. Ein Obmann der Schifferschaft aber geleitete das Floß bis nach Holland.

Eingebunden wurden die Rheinflöße aus mehreren Kinzigflößen in Kehl, und mit einer Bemannung von 40–50 Personen ging's flußabwärts.

Ein Ober- und ein Untersteuermann kommandierten. Sollte das Floß rechts geleitet werden, so rief der Kommandierende: »Hessenland!« – sollte es links gehen: »Frankenland!«

Nachts durften diese kolossalen Flöße nicht schwimmen; an bestimmten Plätzen wurden sie verankert, und die Flözer übernachteten in einer auf dem Floß errichteten Hütte.

Als Oberschiffermeister und Kapitän begleitete der Schang von Wolfe manch einen Flöz bis hinab nach Amsterdam. Und an gefahrvollen Stellen übernahm er, der starke, gewandte Schiffer, selbst entweder das Kommando oder das vordere Steuerruder.

Gar oft erzählte er in seinem Greisenalter noch, wie er einmal im Angesicht der Bürger Kölns unter großer Gefahr durch die dortige Rheinbrücke gefahren sei.

Es war Vorschrift, daß die Flözer oberhalb der Stadt anhielten und auf einem der Kähne, die sie auf dem Floß mit sich führten, einen Mann nach Köln vorausschickten mit der Meldung, es sei ein Floß im Anzug, damit die Schiffe im Hafen sich darnach richten konnten.

Eines Abends kam unser Schang mit einem Floßungeheuer von mehr denn 2000 Fuß Länge gen Köln angefahren, um oberhalb der Stadt seine Riesenschlange übernachten zu lassen. Die Anker wurden versenkt, faßten aber keinen Grund, und der Strom trieb das Floß abwärts der Stadt zu.

Jetzt sandte Kapitän Schang alsbald einen diplomatischen Agenten ans Land in Person des *Dr.* Duttlinger, eines geborenen Wolfachers, der in seiner Vaterstadt praktischer Arzt und durch seinen Vater in die Schifferzunft gekommen war.

Er wollte auch einmal die Rheinreise mitmachen und hatte den Oberschiffermeister begleitet als Kassier. Ihn sandte nun der Schang mit der Kasse ans Land, damit diese sicher wäre und damit der Doktor mit Extrapost nach Köln fahre und Alarm schlage, daß ein durchgebranntes Floß im Anzug sei gegen die Rheinbrücke.

Die guten Kölner ließen sofort die Not- und Sturmsignale geben, als der Sohn des Äskulap mit seiner Schreckensbotschaft ankam, vergaßen aber im Schrecken nicht, dem Boten seine Flößerkasse abzunehmen als Deckung für den allenfallsigen Schaden.

Der Magistrat, eben bei einem Balle, stürzt dem Rhein zu und ihm nach die Bürgerschaft. Die Brücke und die Schiffe werden beleuchtet und mit banger Ahnung dem kommenden Kinzigtäler Ungeheuer entgegengesehen.

Der Obersteuermann, ein Mannemer, welcher das Kommando übernehmen sollte, hatte sich versteckt und war auf dem ganzen Floß nicht zu finden. Die Angst, nicht durch die Brücke zu kommen, ohne die rechts und links im Fluß liegenden Schiffe zu gefährden, hatte ihn verschwinden gemacht.

Da übernahm der Schang von Wolfe das Kommando und – Hessenland! Frankenland! rief er den Männern am Steuerruder zu und bugsierte sein gewaltiges Floß glücklich zwischen den Schiffen und den Pfeilern der Brücke durch. Ein allgemeines Bravo der Kölner, die auf der Brücke und an den Ufern standen, belohnte den wackeren Schiffer.

In Amsterdam angekommen, wurden die Riesenstämme des Floßes jeweils einzeln oder in kleinen Partien »auf den Abstreich« versteigert, was der Schang gleichfalls zu besorgen hatte.

So oft er nach Holland fuhr, blieb er 10–12 Wochen aus und dann, so erzählt heute noch sein Sohn Theodor, mußten seine Kinder, 14 an der Zahl, jeden Abend mit der Mutter einen Rosenkranz beten um glückliche Heimkehr des Vaters.

Die Kinder großer Handelsleute, welche während der Reisetouren des Vaters mit der Mutter jeden Abend zu Gott bitten, damit der Vater glücklich wiederkehre, sind heutzutag zu zählen, oder richtiger, es gibt keine mehr.

Der heutige Reisepapa ist in der Unfallversicherung für viele Tausende, und wenn ihm was passiert, ist seine Familie »fein heraus«. Wozu also beten?!

Der Tag der Heimkehr des Wolfacher Schiffers aus Holland wurde den Kindern leiblich jeweils dadurch versüßt, daß sie an diesem Tage, sonst nie, Kaffee bekamen. Die älteren Söhne aber durften mit dem Vater einen Kalbskopf essen, eine Delikatesse, die den jungen Theodor öfters zu der Frage trieb: »Gell' Vater, wenn ich einmal groß bin, bekomm' ich auch Kalbskopf?« Ein solcher kostete damals sechs Kreuzer.

So billig, so einfach und so genügsam waren die Menschen im Familienleben der guten, alten Zeit selbst an Festtagen.

War der Schang daheim von seiner weiten Reise, so kamen die kurzen Touren in alle Teile des nördlichen Schwarzwalds und in alle Wälder desselben, um wieder Flöße zu bekommen und ins Land fahren zu können: denn die Schifferschaft Wolfe fuhr damals alljährlich, schwere Kriegszeiten ausgenommen, mit etwa 100 Flößen die Kinzig hinab und dem Rhein zu, keiner unter 1500 Fuß lang.

Dabei fand der wackere Mann noch Zeit, in einem zierlich geschriebenen Tagebüchlein alle Zeitereignisse, Witterungswechsel, Preise der Lebensmittel und anderes niederzuschreiben.

In ihm erzählt er, wie er in Kehl gewesen sei, als Napoleon von Straßburg her in den russischen Feldzug abging. Die Pferde hatten, als der Kaiser in Kehl weiter fahren wollte, den Wagen nicht mehr ziehen wollen.

Leute, darunter der starke Schang, schoben den Wagen weiter, und es ging einige Zeit, bis die Pferde wieder anzogen. Das Volk sagte: »Das bedeutet Unglück. Diesmal geht es nicht gut!« »Und so war es auch«, schließt der Schiffer von Wolfe.

Auch von den Russen erzählt der Schang, wie sie in Wolfe mitten im Winter von 1813 auf 14 im Freien kampiert und im eisigen Kinzigwasser gebadet, aber auch pro Mann und Tag eine Maß Schnaps und drei Pfund Fleisch verlangt hätten.

Der Mann, welcher, unermüdlich tätig, mit Tannen handelte und den Holländern ihre Mastbäume und ihr Schiffsbauholz lieferte, handelte aber auch noch, was man nicht glauben sollte, mit Schmucksachen. Er ließ im Bunde mit einem Bürger von Wolfe und einem solchen von Waldkirch Granaten schleifen und trieb damit einen schwunghaften Handel nach Italien.

Einem braven Mann gehört auch ein braves Weib, und das hatte der Schang gefunden. Da er in jüngeren Jahren mit seinem Vater, von den Flußfahrten heimkehrend, mit der Post fuhr, sah er öfters in Husen des Posthalters Töchterlein, die Marianne. Doch nicht allzulang sah er sie, ohne sich ihr zu nähern. Als er von einer der letzten Fahrten des Jahres 1805 heimkehrte, traf er sie an einem Sonntagabend im Garten und warb frischweg um sie. Wenige Monate später, im Februar 1806, beide waren zusammen noch nicht 40 Jahre alt, hielten sie Hochzeit. Heute steht auf ihrem Grabstein auf dem einsamen Kirchhof von Wolfe: »Sie lebten in Eintracht 59 Jahre und 271 Tage.« Und ihr Sohn, der Theodor, schreibt: »Meine Eltern waren fromme, gute, gottesfürchtige Leute; nie hörten wir zwischen ihnen ein unfriedliches Wort. Sie waren wohltätig gegen Arme und Kranke.«

Es gehört eine brave Mutter dazu, sechs Buben und acht Maidle zu erziehen, wenn der Vater meist fern der Familie ist. Aber sie konnte es, die Marianne von Husen; sie hielt die Kinder an zum Arbeiten und zum Beten, und wenn sie nicht folgen wollten, da gab's, so sagt ihr Sohn Theodor, »Bumbes mit einer achtriemigen Karwatsche.«

Der Vater wurde 87 Jahre alt, die Mutter starb im achtzigsten, und sie sahen, so lange sie lebten, gute, brave, dankbare Kinder um sich.

Wie viel poetischer Sinn aber in dem starken Schiffer und Flößer Schang, der nur einmal im Leben sich übertrunken, wohnte, davon nur ein Beispiel. Als er im Jahre 1805 im Garten zu Husen um seine Frau warb, trug sie ein schönes Mieder von gelbem Damast mit eingestickten Blumen. Dieses Mieder bewahrte er zum Andenken an seinen Werbetag auf, so lange er lebte, und übergab es bei seinem Tode seinen Kindern als Familienstück.

Die Tatkraft, die Energie und die Poesie des Vaters Schang aber ging über auf den jüngsten seiner Buben, auf Theodor, den Seifensieder.

3.

Die Adlerwirtin von Hasle, welche mich aus der Taufe hob, war in den ersten Jahren ihrer ersten Ehe kinderlos. Drum erbat sie sich eines der Kinder ihrer älteren Schwester, der Frau des Schiffers Schang in Wolfe.

Diese brachte ihr eines Tages einen frischen, rotbackigen und blauäugigen Knaben von fünf Jahren. Der erste Mann meiner Taufpatin und der Tante des nach Hasle versetzten kleinen Wolfachers war ein Metzgermeister und hieß im Städtchen nach seinem Vornamen nur der Vinzenz. Derselbe trug an Sonntagen mit Vorliebe enganliegende, gelbe Hosen.

Diese Hosen imponierten dem kleinen Wolfacher so, daß er eines Tages dem Vinzenz, der arglos zum Fenster hinausschaute, in dieselben hineinbiß, so kräftig, daß derselbe laut aufschrie.

Infolge dieses Attentats mußte der kleine Menschenfresser wieder heim, da der Onkel Vinzenz keinen Buben im Hause haben wollte, der ihm in seine gelben Lieblingshosen und in sein eigen Metzger-Fleisch biß.

Kaum war der Bursche wieder daheim, so gingen seine Streiche von neuem los. Seine Patin war eine Bäckersfrau in Wolfe. Die besuchte er, ehe die Schulzeit ihn beschäftigte, öfters. Eines Tages trifft er im Hausgange eben aus dem Ofen gekommene »Spitzwecken«, auf einem Brett versammelt, um gekühlt zu werden.

Flugs macht sich der Hosenbeißer an diese Wecken und beißt jedem seinen Charakter, die beiden Spitzen, ab. Als er eben mit dem letzten fertig war, kam die »Göttle« und sah, was ihr Patenkind angerichtet.

In die Schule gekommen, zum alten Lehrer Sauter, der noch Kniehosen, weiße Strümpfe und Schnallenschuhe trug und tüchtig dreinschlug, zeigte Schangs Jüngster alsbald auch hier seine Wildheit. Wenn der Lehrer ihn auf die Kniee nahm, um ihn abzustrafen, pfetzte er den dicken Magister derart in seine weißen Strümpfe, daß er aufschrie und den jungen Bengel von sich warf.

Daß wilde Buben aber meist tüchtige Kerle sind, zeigte Schangs Theodor schon in der Schulzeit.

Er war nicht bloß der erste in Wolfe, welcher Schlittschuhe lief, die ihm sein Vater heimgebracht, und lernte es allein, da niemand es ihm vormachen konnte, er rettete auch als 12jähriger Knabe zweien seiner Schulkameraden das Leben.

Eines Tages zur Sommerszeit war er von der Schule weg an die Kinzig zum Baden gelaufen. Beim kleinen »Gießenteich« angekommen, hörte er andere Knaben rufen: »Der Sepple versauft!« Richtig lag der Sepple schon in der Tiefe des »Gumpens« leblos am Boden. Wer hinunterstürzt, den Sepple herausbringt, ihn am Ufer mit dem »Nastuch« reibt, bis er zum Leben kommt, ist Schangs Theodor.

Den Sepple lernte ich später auch kennen. Im Sommer 1864 litt ich als jugendlicher Lehramtspraktikant, noch des vielen Sprechens ungewohnt, an Heiserkeit und besuchte das damals erst entstandene Kiefernadelbad zu Wolfe. Ich wohnte im Pfarrhaus bei dem mir befreundeten Pfarrer Kuttruff. Sein Sakristan aber war der Sepple, dem Schangs Theodor das Leben gerettet, ein stiller, bescheidener Mann, seines Berufes ein Schneider.

Hatte er als Mesner nichts zu tun, so saß er am Fenster seines alten Häuschens neben der Kirche und schneiderte emsig und unverdrossen.

»Gute Morge, junger geistlicher Herr, habt Ihr ou guot g'schlofe?« Mit diesem Gruß empfing er mich jeden Tag, wenn ich in die Sakristei trat, der blasse, stille Schneidersmann, dem ein Häuflein Kinder bei seinem geringen Verdienst viele Sorgen machte.

Nach dem Gottesdienst sprach er mir bald von den vielen Fremden, die jetzt nach Wolfe kämen, um im Bad sich zu heilen und zu »verlustieren«, bald von meinem Großonkel, der in Wolfe Pfarrer gewesen war und an den er sich noch dunkel erinnerte und von dem er viel erzählen gehört. Darnach, so meinte er, sei meines Großvaters Bruder »so lustig und so gesprächig gewesen, wie ich«.

Da er einmal hörte, ich wolle am Sonntag predigen, gab er mir, bescheiden, wie er war, die Lehre, ja nicht »so wüst zu machen« auf der Kanzel, wie andere junge Herren: denn die Wolfacher schimpften sonst, und es täte ihm, dem Sakristan, leid, wenn die Leute über mich, für den er eine Vorliebe habe, räsonierten.

Seit jener Zeit hörte ich nichts mehr von dem braven Schneider und Sakristan. Da suchte ich 1895 einmal einen Privat-Korrektor unter den Korrektoren des Hauses Herder in Freiburg, und siehe da, eines Abends trat ein bescheidener, junger Mann ein und entpuppte sich nach wenig Fragen als den Sohn des alten Mesners Fehrenbach von Wolfe, Er erzählte mir, sein Vater habe schon vor zwanzig Jahren das Zeitliche gesegnet und er selbst wohne mit der Mutter und den Geschwistern seit Jahr und Tag in Freiburg.

Neben dem Sakristan strahlt mir aus jenen Tagen noch die Gestalt der Nichte des Pfarrers entgegen, der Resi, eines bildschönen Mädchens, aus dessen blauen Augen und aus dessen goldigem, lockigem Haar einem ein ganzer, heiterer, reiner Frühlingshimmel entgegenleuchtete.

Mit der Resi unterhielt ich mich vom Sakristan weg beim Kaffee und freute mich ihrer Empfindlichkeit, eine Eigenschaft, die allen weiblichen Wesen eigen ist, die wissen, daß sie schön sind.

Sie ist jetzt auch längst tot, die schöne Resi, erlöst von schweren Leiden. Ihr greiser Onkel aber, eine vornehme Natur, amtet heute noch als Pfarrer und Dekan droben im Hegau.

Am Abend ging ich damals mit ihm zum »Benjamin«, wo die Herren und die besseren Bürger von Wolfe, unter ihnen Theodor, der Seifensieder, ihr Bier tranken und kannegießerten.

Wenn ich heute an meine damalige Lebenslust denke, so kann ich's gar nicht begreifen, wie ich früher so sein konnte, so gedankenlos und überall nur Himmel und Baßgeigen sehend.

Wahrlich, wir Menschen müssen nicht bloß vierzig, nein fünfzig und sechzig Jahre alt werden, bis wir recht zu uns kommen und erkennen, was Welt und Menschenleben für armselige Dinge sind! Vorher macht sich der Geist nicht los, um seiner Kraft und des menschlichen Elends bewußt zu werden. – Des Schangs Theodor rettete nicht bloß einen zukünftigen Schneider unter eigener Lebensgefahr vom Wassertode, sondern auch einen zukünftigen Schuster, der Meinrad Moser hieß und sein Schulkamerad war.

Auch den hat der Tod jetzt schon längst geholt.

Für beide Taten wurde der wilde Theodor in der Schule öffentlich belobt, welches Lob ihn aber nicht abhielt, bald wieder einen Streich zu spielen, von dem das ganze Städtle reden sollte.

Vor dem untern Tor zu Wolfe erhebt sich der »Käpflefelsen«. Auf diesen transportierte Schangs Jüngster eines Tages mit einigen Gesinnungsgenossen einen ausgestopften Strohmann, stellte ihn auf die Spitze des Felsens und schrie nun mit den andern aus Leibeskräften, damit die Leute vom Städtle heraufschauten. Alsdann stürzte er den Strohmann vom Felsen herab, so daß die Zuschauer unten glaubten, es sei einer der Knaben hinabgestürzt worden. Von Schrecken erfaßt eilen die besorgten Leute an dem Felsen hinauf, um – einen toten Strohmann zu finden.

Kein Baum und keine Tanne war dem starken, großen Knaben zu hoch, wenn es galt, Raubvogelnester im »Siechenwald« auszunehmen, und keine Woche verging ohne einen Jugendstreich, und die Karwatsche der Mutter fand an ihm ihr häufigstes Objekt.

Aber wenn er in der Kirche als Choralbube mit seiner schönen, kräftigen Knabenstimme sang, versöhnte er jeweils wieder den Schulmeister, die fromme Mutter und die andächtigen Wolfacher.

Was mich noch aus der Knabenzeit unseres Theodor anmutet, ist sein Sammeln von altem Eisen auf den Straßen und Plätzen seiner Vaterstadt. Einige zwanzig Jahre später als er trieb ich das gleiche Metier. Jedes Stückchen altes Eisen, jeder Nagel wurde aufgehoben, bis ein Pfund beisammen war und es dann für 2–3 Kreuzer an einen Schmied oder Schlosser verkauft werden konnte. Mit Vorliebe trieben wir uns vor Schmieden herum, wo Rosse beschlagen wurden, und gruben zwischen den Pflastersteinen alte Hufnägel, von uns »Roßstumpen« genannt, aus der Erde.

So mühsam mußten sich Knaben vor sechzig und mehr Jahren ihr »Taschengeld« verdienen! Wir hatten oft monatelang zu sammeln, bis ein Pfund altes Eisen beisammen war, und dann war im besten Falle ein Groschen unsere Beute.

Während aber Schangs Theodor seinen Groschen in die Sparbüchse tat, wanderte der meinige zur alten »Zuckerbäckin« oder zu »Stubenwirts Alise« für eine Meise,

In Wolfe und der Umgegend war kein Seifensieder. Lichterzieher gab es wohl, aber keinen Seifenfabrikanten; darum beschloß der Schiffer Schang, trotzdem er ein Schifferherr und Granatenhändler war, seinen Jüngsten zum Seifensieder zu machen. Die älteren Brüder, soweit sie noch lebten, waren bereits in der Schifferschaft oder im Granaten- und Uhrenhandel untergebracht.

Der Theodor gab des Vaters Wunsch gerne nach und hat es nie bereut, obwohl die Seifensiederei ein schwerer und nicht sehr poesievoller Beruf ist. Daß die alten Seifensieder diesen ihren Beruf dennoch, wie wir bald sehen werden, poetisch zu gestalten wußten, macht ihnen alle Ehre.

Vater Schang sah sich nach einem Lehrmeister um, mußte aber, da in der Nähe keiner von der gesuchten Zunft sich fand, in die Fremde und kam bis nach Rastatt.

Hier rückte der Theodor im Frühjahr 1830 – als Seifensiederlehrling ein. Aber es ging ihm dabei viel schlechter als 22 Jahre später mir in der gleichen Stadt. Der Meister war ein Trunkenbold und die Meisterin dem Trunke hold, so daß der Wolfacher Natur- und Waldbube zwischen den täglich sich streitenden, sich prügelnden und sich betrinkenden Meistersleuten ein wahrer Märtyrer wurde und außerdem nichts lernte. Er schrieb seinem Vater, in welche Grube er seinen Sohn getan. Der Schiffer kam, untersuchte die Sache und brachte seinen Sprößling alsbald nach Karlsruhe zu einem Seifensieder, der Kiefer hieß und zugleich Stadtrat war und, wie der Theodor in seinen Memoiren beifügt, – von freisinniger Richtung beseelt, was auch keine Kleinigkeit war für einen Seifensieder jener Zeit.

Diese Richtung überkam der Lehrling auch vom Meister samt allen Kenntnissen in der Lichter- und Seifenfabrikation. Aber des Meisters Vorbild im Freisinn genügte dem Lehrjungen nicht. Er ging auch, so oft er Zeit hatte, als Zuhörer in die zweite badische Ständekammer und damit in die hohe Schule des echten, wahren Liberalismus jener Jahre, hier hörte er Männer, wie Rotteck, Itzstein, Welcker, Duttlinger, im echten Sinne des Wortes für Freiheit eintreten.

Und hier wurde Theodor, der Seifensiederlehrling, so begeistert für die liberale Sache, daß er sein ganzes Leben hindurch ihr treu blieb, selbst in jenen Tagen, da der badische Liberalismus von dem eines Rotteck und Genossen viel weiter entfernt war, als Wolfe von Karlsruhe.

Daß Schangs Theodor kein gewöhnlicher Seifensiederlehrling war, bekundete er auch dadurch, daß er, als der Winter kam, Tanzstunden nahm und Tanzkränzchen »in guter und besserer Gesellschaft besuchte«.

Heute würde ein angehender Seifensieder, der von seinem Talgkessel weg zur Tanzstunde käme, in der Residenz und in jeder größeren Stadt von der »besseren« Gesellschaft exkommuniziert werden.

Aber in jenen Tagen hatte das Handwerk noch einen goldenen Boden, und man glaubte noch nicht an die große Irrlehre, daß zu den besseren Leuten nur die Gebildeten und höchstens noch die Kaufleute gezählt werden dürfen.

Schuster-, Schneider-, Seifensieder- und Schlosserlehrlinge gehören heutzutage zum Plebs und Proletariat und sind Menschen, welche die »bessere Gesellschaft« sich vom Leibe halt.

Ich fürchte nur, es kommt die Zeit, wo die »Damen« aus besseren und besten Ständen mit den Proletariern werden tanzen *müssen*, während blutig aufgespielt wird. Wir haben schon einmal eine solch' grausige Zeit erlebt. Ich glaube, sie hieß die große französische Revolution.

Noch ließ der Schiffer Schang seinen Jüngsten in Karlsruhe auch soust noch ausbilden, indem er ihm durch den Oberlehrer Neff Stunden geben und ihn in allem unterrichten ließ, was ein künftiger Geschäftsmann wissen soll.

Nach zweijähriger Lehrzeit wurde der Theodor in üblicher seifensiederlicher Art von drei Gesellen freigesprochen. Diese poetische Feier geschah »im Ritter« zu Karlsruhe in folgender Weise: Auf dem

Tisch der Zuuftstube stand ein Kruzifix und daneben zwei brennende Talglichter, sowie der Ehrenzunftbecher.

Die drei Gesellen saßen um den Tisch, ein jeder die drei oberen Knöpfe seines blauen Tuchrockes geschlossen, vor sich den zunftüblichen Zylinderhut und darunter die Handschuhe. Der Rand des Zylinders mußte dabei mit den beiden Daumen gefaßt werden. Nun hatte jeder der drei Gesellen anzugeben, wo er zum Gesellen gemacht worden sei, welche »Kollegen« dabei waren und welchen Zunftspruch er als den seinen gewählt habe. Diese Angabe war stehend zu machen, ohne daß die Daumen vom Zylinder weggenommen werden durften.

Beim Aufstehen hatte jeder zu sagen: »Mit Gunst und Erlaubnis stehe ich auf;« beim Niedersitzen: »Mit Gunst und Erlaubnis bin ich aufgestanden, mit Gunst und Erlaubnis setze ich mich wieder.«

Dann schrieb der Altgeselle drei Sprüche auf eine Tafel, und den, welchen der angehende Geselle als den seinen wählen wollte, hatte er mit dem Finger durchzustreichen. Schangs Theodor schrieb der Altgeselle die folgenden Sprüche auf: 1. Schöne Mädchen lieb ich gern. 2. Hans guck in Kessel. 3. Schlag 7 Uhr Feierabend. Der Theodor von Wolfe strich den ersten durch, und fortan war bei der Zunft, wohin er kam, seine Parole, mit welcher er sich vorstellte: »Schöne Mädchen lieb ich gern.«

Nachdem der Leibspruch gewählt war, übergab der Altgeselle dem jungen das Zunftbüchlein mit den Zunftgebräuchen, hierauf bekam er einen Ehrentrunk aus dem Ehrenbecher der Zunft.

Alsdann reichten ihm die Gesellen, der Altgeselle voran, die Rechte mit den Worten: »Hui Seifensieder! Hui Seifensieder!«

Für all das hatte der neue Geselle Essen und Trinken zu bezahlen und jedem der drei Freisprecher, unter denen ein Altgeselle, ein Junggeselle und ein Nebengeselle war, einen Kronentaler zu schenken.

Die Zunftgebräuche beim Wandern waren ebenso sinnig, wie das Lossprechen. Kam der Geselle auf seiner Wanderschaft in die Herberge seiner Zunft, so mußte er die drei oberen Knöpfe am Rock geschlossen haben, den Hut in der Rechten, den Ziegenhainer aber in der Linken zwischen Zeigfinger und Daumen so weit in die Höhe halten, daß er den Boden nicht berührte. Am Felleisen wurde der linke Tragriemen ausgehakt.

So trat man an den Zunfttisch, der daran erkenntlich war, daß über ihm der Zunftschild hing. Saßen Handwerksburschen am Tisch, so sprach der Zureisende laut: »Seifensieder!« worauf die andern ebenfalls »Seifensieder« antworteten und dabei leise mit der Hand auf den Tisch schlugen. Alsdann reichte man sich die Hand mit dem Ausspruch: »Hui Seifensieder!«

Beim Umschauen nach Arbeit bei den Zunftmeistern war folgendes Gespräch Zunftgebrauch. Geselle: »Erlauben Sie, sind Sie der Herr Meister?« Meister: »Ich weiß nichts anderes.« Geselle: »Sie werden erlauben, meine Schuldigkeit abzulegen.« Meister: »Recht gerne.« Geselle: »Ich bringe Ihnen von den ehrlichen Herren Meistern und Gesellen aus der Stadt N. N. den freundlichen Gruß von wegen des Handwerks.« Meister: »Schön Dank von wegen des Handwerks.«

Hierauf erhielt der Geselle das herkömmliche Geschenk in Geld, und war's Abend, so kamen Nachtquartier und Essen zum Geschenk hinzu und von den Gesellen Bier.

Bei der Weiterreise sagte der Geselle: »Herr Meister, Sie werden erlauben, meine Schuldigkeit mitzunehmen von wegen des Handwerks.« Meister: »Schön Dank von wegen des Handwerks, grüße mir die ehrlichen Herren Meister und Gesellen in der nächsten Stadt.« Geselle: »Schön Dank von wegen des Handwerks und für alle mir angetane Ehre.«

Die Seifensieder-, die Rot- und Weißgerber-, die Kupferschmied-, Hutmacher-, Buchbinder- und Schönfärbergesellen hielten unter sich Kameradschaft und grüßten sich beim Zusammentreffen mit: »Hui Schwager!«

Wie sinnig finden wir hier die einfachsten Handwerker in ihren Zunftgebräuchen! Es rührt einen förmlich, wenn man sieht, wie Meister und Gesellen in früheren Jahren mit einander verkehrten, und unsere kalte Zeit damit vergleicht.

Man wird aber auch mit Ingrimm erfüllt gegen alle jene, welche von oben herunter und gegen den Willen von Meistern und Gesellen geholfen haben, die Zunft im Handwerk gänzlich zu zerschlagen und mit ihr Poesie und schöne Sitte und dadurch eine Kluft zu schaffen zwischen Meister und Gesellen, eine Kluft, in welcher heute die Sozialdemokratie ihre besten Geschäfte macht.

Ich erinnere mich noch wohl aus meiner Knabenzeit, wie elegant und zunftmäßig schön die Handwerksburschen mit ihren schmucken Felleisen auf dem Rücken, den Zylindern auf dem Kopf durchs

Städtle Hasle zogen, schon äußerlich erkennbar, wess' Handwerks sie seien, und nur bei den Meistern ihres Gewerbes umschauend.

Heute sind äußerlich und innerlich alle gleich, auf der Landstraße alle stromerhaft und alle fechtend und bettelnd, und alle Meister klagen, sie hatten keine ordentlichen Gesellen mehr. Das alles kommt daher, daß man bei den Zünften das Kind mit dem Bad ausgeschüttet hat und selbst das »Hui Seifensieder, hui Seifensieder« verstummen machte, d. h. die alten, schönen, sinnigen Zunftgebräuche totschlug und so die Menschen kalt und herzlos werden ließ.

Schangs Theodor wurde im Sommer freigesprochen, eine für die Wanderschaft des Seifensieders ungünstige Zeit, weil damals im Sommer keine Lichter gemacht wurden.

Drum ging er heim nach Wolfe, staffierte sich zunftgemäß aus und ging erst im Herbst auf die Wanderschaft.

Diese machte der junge Seifensieder in alter, ehrlicher Art der Zunftzeit ab und wanderte in der Schweiz, in Württemberg, Bayern, Österreich, Ungarn, Böhmen, Schlesien und Preußen. Gegen tausend Wegstunden hat er zu Fuß zurückgelegt und bei unzähligen Meistern sein Zunftsprüchlein gesprochen und bei vielen treu und redlich gearbeitet um einen Wochenlohn von 48 Kreuzern, das tut 1 Mark 40 Pfennig.

Auf der Heimreise aus Preußen haben wir ihn getroffen, da er bei Kassel die Gurken holte. Im Juni 1834 kehrte er erstmals zurück aus der weiten Welt, in der er mit offenen Augen alles Sehenswerte betrachtet hatte. Aber daheim im lieben Waldstädtle Wolfe machte ihm diesmal alsbald sein Seifensiedersprüchlein zu schaffen: »Schöne Mädchen lieb ich gern.« In den wenigen Wochen, da er von seinm Wanderfahrten daheim ausruhte, sah er auf der Straße und beim Kirchgang öfters das einzige Töchterlein des Sattlermeisters Roggenburger, eine feine, züchtige Maid.

Im Taufbuch stund sie unter dem Namen Johanna; aber die bekannte Art der Wolfacher, alle Namen, die französisiert werden konnten, zu verwelken, nannte des Sattlers Töchterlein Jeannette, und so hieß sie bis zu ihrem Tod.

Verliebte Mädchen wissen ihres Herzens Stimmung wohl zu verbergen, weil sich verstellen können eine weibliche Natureigenschaft ist. Mannsleute vermögen das nicht, und so wußten die Verwandten und Freunde des jungen Seifensieders bald von seiner Flamme, während diese selbst noch nichts davon ahnte, weil der Theodor zu schüchtern war, sich ihr zu offenbaren.

Doch den Wanderer trieb's von dannen, weil die Wanderzeit noch nicht um war. Im August packt der Seifensieder sein Felleisen wieder, und fort geht's ohne Geständnis und Abschied von der Jeannette zum untern Tor hinaus.

Seine Freunde begleiten ihn, wie damals üblich, bis zur »Siechenbrücke«, und einer trug des Scheidenden Felleisen. Der Weg führt an einem Acker vorüber, der Jeannettens Vater gehörte. Auf dem Acker stehen ein fruchtbeladener Apfelbaum und Rüben. Die Kameraden, das Herzweh des Handwerksburschen wohl kennend, holen einige, wenn auch unreife Äpfel und einige kleine Rüben und legen sie dem liebeskranken Freund in das Felleisen zum Andenken an die Jeannette und auf daß er kein so starkes Heimweh nach ihr bekomme.

Diese Äpfel und Rüben aber hat unser Theodor nicht nur mitgenommen und getreu auf allen Heer- und Wanderstraßen getragen, sondern sie aufbewahrt bis zur Hochzeit und noch jahrelang nach der Hochzeit, bis sie nicht mehr zu halten waren.

Möchten ob dieser kindlich naiven Sinnigkeit nicht heute noch alle meine Leserinnen dem Braven die Hand drücken und rufen: »Hui Seifensieder! Hui Seifensieder!«

Schon in Karlsruhe, 25 Stunden unterhalb Wolfe, bekam der Wanderer Arbeit beim Seifensieder Rüpple in der Herrenstraße. Hier zeichnet sich der noch nicht zwanzigjährige Wolfacher so aus, daß er bald die erste Stelle in der Werkstätte bekommt bei einem Gulden und zwanzig Kreuzern Wochenlohn.

Aber die Jeannette ließ ihm keine Ruh. Über Asche, Lauge und Talg, wenn diese brodelten im Hexenkessel der Seifensiederei, tauchte ihr Bild empor. Er schrieb darüber in seinen alten Tagen herzig und naiv also: »Ich hatte wegen meiner jetzigen Frau damals keine rechte Ruh, Es stieg mir immer vom Herzen in den Kopf, und ich faßte endlich den Mut, mich ihr mehr zu nähern. Ich kaufte ein sogenanntes Stammbuch für zwei Gulden mit dem Bild eines Fräuleins mit blauem Kleid, wie meine Frau damals eines getragen, schrieb einen hübschen Vers hinein und dazu einen schönen Brief, den ich zwar drei- bis viermal ändern mußte, bis er paßte, (es war aber auch der erste und letzte Liebesbrief, den ich in meinem ganzen Leben schrieb), und nun ging's der Post zu in der frohen Hoffnung, von ihr bald eine so heiß ersehnte Antwort zu erhalten. Es verging jedoch eine Woche um die andere, ohne daß die ersehnte Antwort eintraf; nur einmal erhielt ich einen Gruß von ihr, die Freiheit, mir zu schreiben, erlaubte sie sich nicht. Mit diesem Gruß war ich jedoch zufrieden, war er doch ein Zeichen von der Annahme meines Briefes und Geschenks, und ich war schon glücklich.«

Man sieht aus diesen schlichten Worten eines Naturmenschen und Seifensieders, welch kolossalen Einfluß weibliche Wesen ausüben auf ein männlich Gemüt und mit wie wenig, mit einem Gruß, sie die guten, kindlichen Mannsleute glücklich machen können, wenn diese einmal am großen Narrenseil der Liebe gefangen sind.

Aber es muß wohl so sein, sonst blieben die meisten Even ohne Adam.

Liebeskank und krank von seinen Anstrengungen als Altgeselle kehrte Schangs Seifensieder im folgenden Winter heim, und während in seinem Herzen das Lichtlein der Liebe zu einer Fackel sich entwickelte, machte er den Wolfachern und den Wirtsleuten auf dem Land Talglichter in seines Vaters Haus. Die brave Mutter aber besorgte den Verkauf. Sein Meisterstück hatte er vorher bei einem seiner früheren Meister, Schick in Kehl, unter vielem Trinken der Zunftgenossen gemacht.

Das Geschäft florierte, und im folgenden Jahr kaufte der Schiffer Schang seinem Theodor das alte städtische Spital in der Vorstadt. Dieser riß selber mit eigener Kraft den ganzen Innenbau des alten Gebäudes ab bis auf Seitenwände und Dachstuhl. Dann erst ließ er Handwerksleute kommen und sich seine Seifensiederei und ein dreistöckiges Wohnhaus herrichten.

Nebenbei schlug die alte Wildheit wieder durch beim jungen Seifensieder, vorab beim Neujahrsschießen in den Sylvesternächten der Jahre 35 und 36, wo er jeweils seiner Jeannette mit zahllosen Pistolenschüssen das Neujahr anschoß, verfolgt von den Gendarmen und dem Polizeidiener seiner Vaterstadt.

Drum nahm er es auch nicht übel, als zehn Jahre später in einer Sylvesternacht die jungen Leute vor seinem Haus eine Petarde losließen und ihm ein halbes Hundert Fensterscheiben zertrümmerten.

Eine Tat vollbrachte er damals auch, der Theodor, um die ich ihn nicht lobe; er brachte, von Karlsruhe her angesteckt, den ersten

Christbaum nach Wolfe und wußte in seinen alten Tagen noch den Platz im Siechenwald, wo er das Tannenbäumchen geholt.

Ich mag, wie ich anderorts schon gesagt, die Christbäume deswegen nicht, weil sie mir die »Krippele« verdrängten und die Weihnachtszeit bei vielen zu einer Flitter- und Präsentenzeit machen, wobei die Hauptsache, die Geburt des Weltheilandes, welche die Krippele so kindlich schön darstellten, meist gänzlich vergessen wird von jung und alt.

Ich hab' aber den Theodor stark im Verdacht, seinen ersten Christbaum zu Liebeszwecken verwendet zu haben. Er zündete ihn acht Tage lang jeden Abend an und gab jedermann freien Zutritt. Er selbst aber ging in das Haus des Sattlers Roggenburger und lud Mutter und Tochter ein, den ersten Christbaum auch zu beschauen. So bekam er Gelegenheit, das erstemal das Haus seiner Jeannette zu besuchen: darum vermute ich, er habe den ersten Christbaum in Wolfe in seines Herzens Not erfunden.

Der Importeur des ersten Christbaumes huldigte übrigens nebenbei einer alten Sitte, die auch zu meiner Knabenzeit noch blühte, und das war der Besuch der Spinnstuben, welche jetzt in allen Städtchen des Kinzigtals völlig eingegangen sind.

Der Seifen-Theodor, wie er bei den Wolfachern hieß, seitdem er als Meister sich in seiner Vaterstadt etabliert hatte, war in allen Spinnstuben zu finden, in denen des Roggenburgers Jeannette mit ihrem Spinnrad erschien. Und damit sie in den finsteren Winternächten den Weg nach Hause wieder fände, hat er sie jeweilig mit einer Laterne heimbegleitet.

Den Mut aber, um seine Flamme anzuhalten, machte ihm der Vater Schang, der seinem Sohn eines Tages von einer Waldreise auf dem Schwarzwald aus schrieb, er solle in sein neues Haus eine Frau suchen und um seine Jeannette anhalten.

Da nahm der Theodor den Brief, trug ihn seiner Angebeteten ins Haus, gab ihr denselben zu lesen und redete an sie klopfenden Herzens Worte, die er später selber nicht mehr wußte. Nur das vergaß er nie, daß er der glücklichste Mensch war, als sie ihm das Jawort und »einen feierlichen Kuß« gab.

Und da er dies fünfzig Jahre später niederschrieb, fügte er hinzu: »Ich war damals so glücklich, daß mir beim Schreiben von diesem Glück eine Freudenträne in die alten, kranken Augen kömmt.«

Meine Leserinnen können daraus ermessen, ein wie ausgezeichnetes weibliches Wesen und welch' ausgezeichnete Frau die Jeannette gewesen sein muß, daß ihr Mann fünfzig Jahre später noch Freudentränen vergoß über das Glück, so sie ihm gebracht.

Trotzdem damals die Bräute in Wolfe mit »Löchlestrümpfen und in leichten Schal gehüllt« zur Kirche gehen mußten, hielten die zwei Glücklichen doch am 9. Januar 1838 bei 18 Grad Kälte ihre Hochzeit.

Da bei der Temperatur kein lebendiger Soldat des Wolfacher Bürgermilitärs, dem der Bräutigam angehörte, vor dem Hochzeitshaus Wache stehen konnte, so stopften seine Kameraden einen Strohmann in die schöne Uniform der Wolfacher Bürgerwehr: weiße Hosen mit rotem Frack – setzten ihm den großen Tschako auf, hingen ihm das Lederbandelier mit dem Säbel um, gaben ihm ein Gewehr in die hölzernen Hände, ein glühendes Kohlenbecken vor die Füße und ließen ihn so vor dem Seifenladen Parade stehen.

Ich erinnere mich noch wohl der Wolfacher Nationalgarde aus den vierziger Jahren, bei welcher der Theodor Fähndrich war, eine Ehre, die bekanntlich in der Regel nur einem schönen, jungen Mann zuteil wurde. In Hasle war es in jenen Tagen ein alter, schlanker Weber, der Stines (Justinus).

Die Wolfacher rückten bisweilen auch in Hasle ein mit ihren roten Fräcken und ihrem riesigen Tambour-Major, dem Martin Oberle, einst bei der Garde zu Fuß in Karlsruhe. Die roten Fräcke leuchteten in den Straßen meiner Vaterstadt wie's Morgenrot.

Die Nationalgardisten von Wolfe waren nobler als die von Hasle, denn sie hatten als Kommandanten einen Major, der zu Pferde saß. Dieser war der im ganzen mittleren Tal viel genannte »Metzger-Louis«, ein Invalide aus den Befreiungskriegen. Als Landwehrmann war er bei einem Ausfall der Straßburger Garnison verwundet und ins Kinzigtal nach Gengenbach ins Spital transportiert worden.

Die Feldscherer wollten ihm den Arm abnehmen. Der Louis brannte aber in der Nacht aus Furcht vor dieser Operation durch und flüchtete nach Wolfe, wo ihm der Stadtchirurg Schroff die Kugel herauszog und den Arm so heilte, daß der Metzger-Louis noch Major werden konnte.

Die Kugel aber trug der brave Mann in die benachbarte Waldkapelle von St. Jakob, die schon mein »Leutnant von Hasle« besuchte.

Gewissenhaft hat der junge Seifensieder alle Geschenke verzeichnet, die ihm und seiner Jeannette am Hochzeitstage zugingen.

Wie praktisch und vernünftig die Menschen damals noch waren, geht aus der Art dieser »Hochzeitspräsente« hervor. Der »Pariserbeck« schickte zwei Sester Mehl, der Stadtmüller ebenso viel. Ein anderer gab eine Laterne, ein dritter Schuhe, eine vierte eine Kaffeemühle und eine fünfte eine Messingpfanne.

Heute, 1897, da ich dies schreibe, 59 Jahre nach dem Hochzeitstag, ist jene Kaffeemühle noch im Gebrauch im Hause Theodors, des Seifensieders.

Und er selbst sagt in seinen Lebens-Erinnerungen, die er nach der goldenen Hochzeit niederschrieb: »Während der fünfzigjährigen Ehe hatten wir viel Gutes und viel Schlimmes in Glück und Unglück mit einander zu ertragen, aber immer haben wir auf Gott vertraut, und es hat, Gott sei Dank, durch seine Gnade das Gute immer wieder die Oberhand behalten.«

Arbeiten, hausen und sparen und auf Gott vertrauen war der Wahlspruch der jungen Seifensiedersleute, ein Wahlspruch, den die heutige Zeit nicht mehr kennt.

Die Jeannette half ihrem Theodor getreulich auch beim Lichterziehen: sie schnitt die Dochte und verkaufte die Ware. Und der Theodor war unermüdlich. Das harte Geschäft des Seifensieders genügte ihm nicht, um zu etwas zu kommen.

Am liebsten hätte er mit Holz gehandelt und wäre er ein Schiffer geworden. Aber die Zunft war besetzt. Da verfiel der Seifen-Theodor auf ein Gewerbe, das nicht Monopol war und doch in den Wald führte.

Er fing einen schwunghaften Handel mit Hopfenstangen und Eichenrinde an und exportierte sie ins Elsaß und in die Pfalz.

Diesen Handel trieb er fast sechzig Jahre lang, da er ihn auch nicht aufgab, nachdem er später, wie wir sehen werden, Schifferherr geworden war.

Oft arbeitete er von Mitternacht bis Morgen in seiner Seifensiederei, und dann ging's in die Wälder des oberen Tales, um Rinde und Stangen zu kaufen. Und wo er dabei an einem Wirtshaus vorbeikam, suchte er beim Wirt seine Seife und Lichter anzubringen.

Aber über seinen eigenen Angelegenheiten vergaß Schangs Theodor schon im ersten Jahre seiner Familiengründung das allgemeine Wohl nicht.

Er hat nicht bloß die ersten Christbaumlichter leuchten lassen in Wolfe, sondern auch die erste Beleuchtung in die Straßen seiner Vaterstadt gebracht.

Diese waren bis Ende der dreißiger Jahre finster, wie die Nacht, und wer nächtlicherweile über sie hingehen mußte, trug eine Laterne mit sich.

Der Theodor stiftete die zwei ersten Straßenlaternen in die Mitte der Hauptstraße und der Vorstadt und veranstaltete eine Kollekte unter den Bürgern, um das Öl daraus zu bezahlen.

Erst im Jahre 1840 übernahm die Stadt selbst die Beleuchtung ihrer nächtlichen Gassen.

Auch um den Postverkehr bekümmerte sich der Seifen-Theodor. Die postalischen Zustände waren auch in Wolfe bis hinauf in die vierziger Jahre noch patriarchalisch, wie überall abseits der Poststraßen.

Die Wolfacher mußten ihre Post draußen in Hausach holen, eine Stunde vom Städtchen entfernt, wo die »große Post« täglich durchfuhr.

Der Postbote der Wolfacher war der alte Haftenmacher Haas in der Saugasse. Der holte die Briefe und Wertsachen und wanderte damit durchs Städtle bis hinaus in seine Hütte.

Hier breitete er in seiner finstern Stube den ganzen Kram auf seinem Tisch aus, fing an Haften zu machen und wartete, bis jemand kam und fragte: »Ist nichts für mich da?« worauf der Haftemnann antwortete: »Da liegt's, schaut selber!«

Jeder verlas nun die Postsachen, und wenn etwas für ihn dabei war, nahm er's mit, wenn nicht, ging er leer von dannen.

Die Schifferschaft mit ihrem Großhandel und der Seifen-Theodor ruhten nicht, bis anno 1848 eine zweirädrige Kapriolpost täglich von Hufe nach Wolfe fuhr.

Damals kostete ein Brief von Wolfe nach Wien 36 Kreuzer (1 Mark 3 Pfennig), heute 10 Pfennig.

Der Theodor preist die neue Zeit dafür. Ich aber meine, die Menschen waren viel zufriedener, als sie weniger lasen und weniger Briefe schrieben. Ich selbst hätte gar nichts dagegen, wenn heute noch jeder Brief nach Berlin oder Wien eine Mark kostete. Man schriebe dann viel weniger Briefe, müßte viel weniger beantworten und hätte seine

Ruhe; auch würden die Menschen weniger Gelegenheit haben, sich gegenseitig noch schriftlich anzulügen, und die armen Briefträger wären weniger geplagte Leute.

Aber außer dem Straßenlicht ließ unser Theodor als junger Bürger noch etwas leuchten – das Licht, welches Rotteck, Welcker und Itzstein in Karlsruhe in seinem Herzen angezündet – das Licht freisinnigen Bürgertums. Und diese Tat sollte er büßen, weil es weit weniger gefährlich ist, in Straßenlaternen Öl, als vor den Menschen helles, freiheitliches Licht leuchten zu lassen.

4.

In Wolfe waren die Jahre 1848 und 49 die reinsten Kinderspiele an Unschuld den Vorgängen in Hasle gegenüber.

Wie ich anderwärts schon erzählt, sind die Wulfacher von jeher Diplomaten und loyale Untertanen gewesen. Es brachten dies schon ihre Schifferherren mit sich, die als große Handelsherren aristokratisch angehaucht waren.

Dazu kam noch, daß Wolfe viel länger eine gräflich fürstenbergische Residenz war als Hasle, dessen letzter dort residierender Herr schon 1386 bei Sempach unter den Morgensternen der Schweizer fiel. Kleine Residenzen waren aber von jeher kein Boden für revolutionären Geist.

So kam es, daß die badischen Revolutionsjahre in Wolfe ein Sturm im Wasserglas waren, während im nahen Hasle ein Volksmeer tobte und brandete.

Die Wolfacher dachten im Spätherbst 1848 nicht im entferntesten daran, für den braven Freiheitsmann Robert Blum, den ein Windischgrätz am 9. November 1848 in der Brigittenau in Wien hatte erschießen lassen, eine Totenfeier zu halten, was die Freiheitsmänner von Hasle nicht nur mit großem Pomp ausführten, sondern auch noch jahrelang dem Toten zu Ehren die »Robert Blum-Hüte« trugen.

Und als anno 1849 die Revolution in Baden eine andere Tonart anschlug und die von Hasle zu 95 Prozent mit beiden Füßen in den Hexenkessel des Aufruhrs sprangen, da bildete sich in Wolfe alsbald ein »Sicherheitsausschuß« gegen jede Ausschreitung.

Und während die Haslacher an die Errichtung einer Guillotine dachten, sann dieser Ausschuß darauf, alles zu verhindern, was irgend einem wehe tun könnte.

In diesem Sicherheitskomitee zu Wolfe saßen in der Mehrzahl »Aristokraten«, und unter den wenigen Liberalen, die demselben angehörten, war auch Theodor, der Seifensieder.

Wie zahm die Revolution in Wolfe hauste, Hasle gegenüber, geht schlagend auch daraus hervor, daß dort zwei ganze freisinnige, revolutionär angehauchte Reden gehalten wurden, während in Hasle ihre Zahl Legion war.

Und trotz alledem wurde Theodor, der Seifensieder, weil er vor der Revolution im Verkehr mit seinen Mitbürgern freisinnige Reden geführt, während der Revolution aber geschwiegen und im Sicherheitsausschuß mitgewirkt hatte, ein Märtyrer der untergegangenen Freiheit.

Vergeblich war er als Mitglied des genannten Ausschusses nach Rastatt gereist, um sich zu überzeugen, wie die Sache der Freiheit stünde. Flüchtlinge waren nach Wolfe gekommen mit der Kunde, alles sei verloren, während die republikanischen Blätter das Gegenteil behaupteten.

Unser Theodor, als mutvoller Mann, ging drum als Kundschafter das Land hinab, und nachdem er dort gesehen hatte, daß alles aus sei, mahnte er im Heimweg überall, wo er durchkam, keine Freischaren mehr abrücken zu lassen, es nütze doch nichts.

Bald kam das Korps des Freischarenführers Willich, auf seiner Flucht in die Schweiz, von Hasle her nach Wolfe, Wo der Sicherheitsausschuß alsbald und das erstemal in Aktion trat, aber wegen der guten Haltung der Ankömmlinge nichts zu tun bekam.

Am 22. Juli – es war ein Sonntag – rückten die Preußen – zwei Kompagnien Infanterie und 30 Husaren – auch in Wolfe ein. Die Führer der Aristokraten waren ihnen entgegengezogen und hatten den Offizieren ein Verzeichnis der Wolfacher Demokraten, das aber winzig klein war, eingehändigt und deren Verhaftung empfohlen.

Der junge Seifensieder hatte sich eben porträtieren lassen, und das Bild war zwei Stunden vor Ankunft der Preußen fertig geworden. Der Künstler war der gleiche Ludwig Blum von Hasle, welcher fünf Jahre zuvor mich als Knaben gemalt hatte. Der Theodor machte nach der letzten Sitzung einen Gang in die Stadt und sah hier die Preußen zum untern Tor hereinrücken.

Er sah aber auch, wie jeweils ein Unteroffizier nebst zehn Mann einen Verhaftungsbefehl in die Hände bekam, und alsbald beschlich den Anhänger von Rotteck, Itzstein und Welcker eine dunkle Ahnung, es könnte auch ihm einer der Zettel gelten, welche die Korporale erhielten.

Die Ahnung sollte sich bald erfüllen. Als er nach Hause kam, waren die Häscher schon da, nahmen ihn gefangen und führten ihn, nachdem er »herzzerreißenden Abschied« von seiner Jeannette genommen, auf das Rathaus.

Der damalige Bürgermeister, Aristokrat und Serviler, dem der liberale Seifensieder ein Dorn im Auge gewesen, weil er auf liberale Gemeindeverwaltung gedrungen, hatte ihn denunziert als Revolutionär, den man einsperren müsse.

Wie den Dummköpfen nichts verhaßter ist, als ein gescheiter Mann, so haßten auch zu allen Zeiten Knechtsseelen die unabhängigen, freisinnigen Mitmenschen.

Als Kollegen fand unser Theodor auf dem Rathaus noch den Rechtsanwalt Burger und den »Pariserbeck« von Wolfe. Beide hab' ich wohl gekannt. Bürger war ein Elztäler und damals oft in Hasle, um Bauern beim Amt zu vertreten. Der Pariserbeck aber kam oft zu seinem Bruder, dem Kaufmann Lorenz Armbruster, von dem da und dort in meinen Büchern geschrieben steht als einem alten Bierhauskollegen des Ferienstudenten Hansjakob.

Der Lorenz hieß natürlich bei den Wolfachern nur der »Laurent«, während er in Kasle wegen seines ungesucht vornehmen Wesens »der Lord« hieß. Sein Bruder Bäcker, der in Paris studiert hatte, trug von dieser Weltstadt seinen Namen und überragte an seinem Auftreten alle Kaslacher Bäcker um Elefantenlänge.

Ihn und seinen Vetter Theodor, den Seifensieder, sah ich als Knabe manchmal an Sonntagen in elegantem Gefährt in Hasle einfahren und gewann die Vermutung, die Wolfacher seien viel vornehmere Leute als die Haslacher, wo kein Bäcker und kein Seifensieder zum Spazierenfahren kam.

Der Laurent aber war der einzige Kaufmann, der einen eigenen Einspänner hielt, mit dem er oft nach Wolfe fuhr, um seine Freunde zu besuchen. Vorab geschah dies am »Kuchenmärkt«, einem Hauptfest der Wolfacher, im Dezember. Wer in Wolfe war, aber nie am Kuchenmärkt, hat Rom gesehen, aber den Papst nicht.

An diesem Tage legten gute Freunde, wie der Laurent, der Theodor, der Pariserbeck u. a., eine gemeinschaftliche Kasse an und wanderten dann von Wirtshaus zu Bierhaus und umgekehrt, bis all' die vielen »Auberges und Restaurants« von Wolfe besucht waren und die Kasse leer.

Als vierter im Bunde war im Arrestlokale im Schloß z' Wolfe noch ein Hamburger, ein Kaufmann König, der in Wolfe eine Witwe geheiratet und als Sohn einer freien Stadt scharf in Freiheit gemacht hatte.

Alle hatten ein wenig mitexerziert, als die Freischaren ausgebildet wurden, und der Advokat und der Hamburger je eine Rede getan für die junge Freiheit.

Der preußische Hauptmann, dem die Arrestanten anvertraut waren, ging human mit den angeblichen Revolutionären um. Er ließ ihnen am Abend ein Fäßle Bier zukommen, und auch Frauen und Kinder durften sie besuchen. Selbst Betten und Matratzen gestattete er ihnen.

In aller Frühe fuhr am andern Morgen ein Omnibus in den Schloßhof, der die Gefangenen nebst acht Infanteristen aufnahm, und als reitende Eskorte erschien ein Leutnant mit sechs Husaren.

Der blutjunge Leutnant herrschte die Gefangenen als »Kerls« an, der Unteroffizier im Wagen aber war um so milder. Ein Jahr zuvor hatte er als Student in Berlin die flotte März-Revolution mitgemacht, jetzt war er zahmer preußischer Soldat und half die Revolution in Baden niederschlagen.

So ist der Gang der Volksrevolutionen fast zu allen Zeiten gewesen. Das Volk wird durch das Volk besiegt. Der Soldat kämpft gegen den Bürger, obwohl beide eines Volkes sind und die gleichen Interessen hätten! Wahrlich, es ist eine närrische, verkehrte Welt auf dieser Erde!

Ich erinnere mich noch gar wohl jenes Julimorgens, da der Omnibus mit Theodor, dem Seifensieder, von Husaren umritten, in Hasle einfuhr.

Es war der Morgen nach dem Tag, an dem ich die ersten Preußen gesehen und sie mich meinen Heckerhut vom Kopfe hatten reißen machen.

Ich war kaum aufgestanden und saß eben bei dem üblichen Morgenimbiß, einer Milchsuppe, im Kreise der Familie. Da sah ich die Husaren am Haus vorbeireiten. Mein Vater stand auf, trat ans Fenster, erkannte den Advokaten Burger und sprach: »Da bringen sie gefangene Wolfacher.«

Ich war alsbald hinter den Reitern her. Der Omnibus hielt beim Rathaus, und ich sah die Gefangenen, von Soldaten begleitet, aussteigen. Mir jungem Republikaner blutete das Herz, und die gefangenen Männer sah ich an wie Märtyrer und Heilige.

Es war Montag und Markttag, und bald standen viele Hunderte von Menschen vor dem Rathaus, in dem, wie es hieß, auch der Bürgermeister von Hasle und der Nagler Bührer, den wir aus den »wilden Kirschen« kennen, gefangen saßen.

Nach etwa zwei Stunden kamen die Wolfacher und Haslacher vom Rathaus herab und wurden wieder, von Infanteristen mit gespanntem Hahn und von den Husaren eskortiert, talab weiter transportiert.

Ich sah viele Leute weinen, und auch ich bekam nasse Augen, trotzdem die Gefangenen ziemlich gefaßt aussahen. Nur der Nagler, welcher am schärfsten Freiheit, Gleichheit und Brüderlichkeit gepredigt, sah ingrimmig und verschlossen drein.

Über Offenburg ging's nach Freiburg. Theodor, der Seifensieder, aber, der alsbald ein Tagebuch anlegte, das vor mir liegt, lobt die preußischen Soldaten, meist Landwehrleute, ob der Milde, mit welcher sie die Kinzigtäler Revolutionsmänner behandelt hätten.

Überall das Kinzigtal herunter wurde Halt gemacht und einige Flaschen Wein im Wagen getrunken, in Offenburg, wo sie übernachteten, im Gefängnis wieder ein Fäßchen Bier.

Die Infanteristen waren vom 24. Regiment und meist Berliner, die wohl auch vom vergangenen Jahr her wußten, was revoluzzen heißt.

Vor dem Haus des Stadtkommandanten in Freiburg, wo sie mit der Bahn angekommen waren, wurden die Männer aus dem Kinzigtal aufgestellt, bis der dort kommandierende preußische General zum Fenster heraus befahl, sie in der gegenüberliegenden Kaserne einzusperren. Ehe dies geschah, lief ihnen noch ein Freiburger Polizeidiener nach und rief: »So ist's recht mit diesen Volksbeglückern!«

Von ihrer Eskorte nahmen sie herzlichen Abschied, wurden jetzt andern Preußen überliefert und in ein abscheuliches Loch eingesperrt. Die Lust darin war zum Ersticken. Von mittags zwei Uhr bis zum andern Mittag bekamen sie nur Wasser, trotz aller Bitten aber nichts zu essen.

Noch neun andere Gefangene werden am folgenden Tage zu ihnen eingesperrt, und der Aufenthalt wird dadurch noch qualvoller. Die

Wasserkanne war bald geleert, aber vergeblich riefen sie nach mehr Wasser.

Nur einer hält's aus, der Bürgermeister Fackler von Hasle, ein gesunder, starker Mann; er schlief 44 Stunden lang auf einem Fleck auf der Pritsche.

Morgens läßt man sie zum Waschen an den Brunnen im Hof, wo sie in vollen Zügen nach Luft schnappen.

Neben ihnen liegen noch gefährlichere Leute, denen der Tod droht, unter ihnen der Zivilkommissär Neff von Lörrach.

Aus allen Teilen des Oberlandes kommen täglich neue Gefangene, und im Hof erblicken sie jeden Morgen neue Gesichter und neue Gestalten.

Im Gefängnis ist's bei der Julihitze zum Ersticken. Abwechselnd hängen sich drei Mann einige Zeit an das Gitter oben, um Luft zu bekommen.

Sie werden fromm, die Sünder. Der Kaufmann König liest ihnen aus einem neuen Testament vor, das sie zur Lektüre erhalten haben.

Am 26. Juli gelingt es ihnen, für gutes Geld Würste und Wein ins Gefängnis geschmuggelt zu bekommen. Dagegen droht die Wache zu schießen, wenn sich wieder Luftschnapper am Fenster zeigen. Doch werden fünf Mann in ein anderes Lokal abgeführt, und es wird dadurch etwas besser. Am 27. Juli dringt eine in Freiburg wohnende Schwester des Naglers von Hasle in die Zelle. Sie nimmt die Wäsche mit und in der versteckt die ersten Briefe der Verbrecher an ihre Familien.

Durch die Waschfrau läßt sich Theodor, der Seifensieder, der einzige unter den Revolutionären, jeweils Papier bringen für sein Tagebuch und gibt das Geschriebene in der »schwarzen Wäsche« wieder hinaus in Sicherheit, um es fast 50 Jahre später mich lesen zu lassen.

Es kommen bald wieder neue Kollegen, und es sind wieder 14 Mann in der Zelle, unter ihnen der Dr. Senn vun Kandern, »ein herrlicher Mann«.

Ein preußischer Offizier, der in der Nacht vom 27. auf den 28. die Gefängnisse visitiert, findet den Dunst in der Wolfach-Haslacher Klause entsetzlich und läßt am Morgen den Laden eines zweiten, verschlossenen Gitters öffnen. Jetzt haben sie frische Luft, danken Gott und dem Preußen und werden fröhlich.

Auch in dem Aufseher über ihr Gefängnis, einem preußischen Gefreiten und Landwehrmann namens Kohlhage, einem Magdeburger Kind, fanden die Kinzigtäler einen braven Mann. Er sorgte ihnen, so oft es anging, für Wein und Würste.

Doch die verbotenen Genüsse machten Durst, und es fehlte bald an Wasser. War nun der Kohlhage nicht da, so half alles Bitten und Flehen und Rufen um Wasser nichts, und die armen Freischärler litten oft entsetzlichen Durst bis zum andern Morgen.

Beim Verhör, in das abwechselnd bald der, bald jener geführt wurde, waren die preußischen Offiziere durchweg freundlich mit den badischen Freiheitsmännern. Und wer die Gefängnis-Memoiren Theodors, des Seifensieders, liest, möchte fast zur preußischen Liebenswürdigkeit bekehrt werden, eine Bekehrung, die mir nicht leicht würde.

Und doch hat unser Theodor die Preußen besser und näher kennen gelernt als ich. Meinen Ingrimm bekamen sie wegen meines heruntergerissenen Heckerhutes und weil sie mir den Nagler Bührer, den Prediger der Freiheit, Gleichheit und Brüderlichkeit und bald darauf auch die zwei klassischen Volksredner, Wunibald, den Schmied, und den Hafner hinter der Kirch', verhafteten und fortführten und die Freiheit begruben, da ich sie zum erstenmal im Leben vor mir sah.

Nur der Oberaufseher, ein Unteroffizier, war ein roher Mensch, der mit Steinen nach den Gefangenen warf, wenn sie sich etwas zu lang im Hof aufhielten. »Es wäre zum wahnsinnig werden«, schreibt unser Theodor über diese Steinwürfe, »wenn nicht die Landwehrleute und Soldaten so freundliche, mitleidsvolle Menschen wären.«

Bald schickten sich die Gefangenen in ihre Lage und trieben allerlei Scherz, um sich die Zeit zu vertreiben. Sie bildeten einen Gemeindekörper, machten den Fackler zum Bürgermeister und den Nagler von Hasle zum Gemeindediener, hielten Sitzungen, wie in einem Gemeinderat, und verurteilten sich gegenseitig.

Es waren in dem Lokale ziemlich alle Stände vertreten, die zu einer richtigen Bürger-Gemeinde gehören: zwei Bäcker, der Bürgermeister von Hasle und der Pariserbeck von Wolfe, ein Seifensieder, unser Theodor, vier Kaufleute, ein Arzt, ein Lehrer, ein Nagelschmied, ein Schreiber, ein Schreiner und zwei Bauern. Der Advokat Burger von Wolfe war, offenbar durch gute Freunde, längst in einem bessern Quartier.

Alle Hoffnungen, in ein anständigeres Gefängnis zu kommen, schienen für seine Mitrevolutionäre vergeblich, bis einer kam, der wußte, wie man mit den Menschen redet, Theodors Briefe hatten die elende Lage im Gefängnisse heimgemeldet und den alten Vater Schang, den Schiffermeister, in Bewegung gesetzt, um so mehr, als sie ihm noch einen zweiten Sohn, Jean, den Herrengärtner, nach Freiburg abgeführt hatten.

An einem schönen, heiteren Sonntag ward Theodor, der Seifensieder, in den Hof gerufen, wo er seinen Vater traf, seinen Bruder sprechen durfte und in ein besseres Quartier kam mit der Erlaubnis, das Essen vom Kasernenverwalter, dessen Frau eine gute Köchin war, beziehen zu dürfen.

Der gewandte Schiffer und Hollandfahrer hatte mit einem silbernen Schlüssel das Herz des Oberaufsehers zu öffnen gewußt, und das hatte die Veränderung für alle Wolfacher bewirkt.

Die Leidensgefährten im jetzigen lustigen Arrestlokale waren meist Oberländer und lustige Leute. Der Theodor hätte gemeint, im Himmel zu sein, wenn nicht eine andere Plage gekommen wäre, und das waren zahllose Mäuse, welche die Gefangenen nicht schlafen ließen. Jede Nacht mußten sie aufstehen und auf die Mausjagd gehen.

Doch begann jetzt für die Leute ein Herrenleben, an dem nach und nach alle Kollegen aus dem früheren Gefängnis Teil bekamen, nur der Nagler von Hasle nicht. Der hatte – kein Geld, war ein armer Mann und besaß nur ein Herz voll von Freiheit und Tyrannenhaß.

Doch dachten die anderen in besserer Lage an ihn, legten zusammen und schickten ihm Geld, damit auch er besser leben oder sich ein gutes Quartier verschaffen könnte.

In das Spielen, Lesen, Kaffee- und Weintrinken, Empfangen von Besuchen kam nur bisweilen ein Mißton, wenn die Gefangenen hörten, an dem oder jenem Morgen sei in aller Herrgottsfrühe einer oder der andere aus der Kaserne fortgeführt und erschossen worden.

Dreimal, während Theodor, der Seifensieder, in Freiburg gefangen saß, knallten die Gewehre preußischer Soldaten zum Tode, Der erste, welcher unter ihren Schüssen fiel, war ein junger Referendar aus Potsdam, namens Dortü. Landwehr-Unteroffizier im 24. Landwehr-Regiment, hatte er, während sein Regiment nach Baden zog, sich ebenfalls dahin aufgemacht, aber um in den Reihen der Republikaner zu kämpfen. Er wurde später im Oberland verhaftet und wegen »Militärverrats« zum Tode verurteilt.

Am 14. August ward er unweit des einsamen Kirchhofs der Vorstadt Wiehre erschossen. Er bekannte sich zum Atheismus und schrieb noch in seinem Abschiedsbrief an seine Eltern: »Ich sterbe mit dem Bewußtsein, daß es keinen persönlichen Gott gibt.«

Etwas schauspielermäßig forderte er die Soldaten, welche ihn erschießen sollten, auf, ihm, falls die Zeitungen anders berichteten, zu bezeugen, daß er mit Mut gestorben sei.

Seine Eltern – der Vater war Justizrat – müssen sehr an ihrem unglücklichen Sohn gehangen haben, denn sie ließen sich später neben ihm begraben auf dem stillen, kleinen, jetzt verlassenen Friedhof der Vorstadt Wiehre zu Freiburg, wo ich schon oft bei einsamen Spaziergängen an ihren Gräbern gestanden bin.

Eine kleine Grabkapelle erhebt sich über dem gemeinsamen Grab, und sie trägt die Inschrift: »Hier ruht Maximilian Dortü aus Potsdam, 23 Jahre alt, erschossen den 14. August 1849. Mit ihm vereint seine Eltern, deren einzige Freude und Hoffnung er war.«

Die Eltern machten eine Stiftung zur Unterhaltung des Grabes und für die Armen. So kommt es, daß Dortüs Grab das einzig erhaltene der in Freiburg Erschossenen ist.

Der zweite Todeskandidat unter denen, die in der Kaserne mit Theodor, dem Seifensieder, eingesperrt waren, war ein Badenser, Friedrich Neff von Rümmingen bei Lörrach. Sohn eines vermöglichen Küfermeisters, besuchte er die höhere Bürgerschule in Lörrach und wurde auf Wunsch seines Vaters Küfer. Er wanderte dann als Geselle in der Schweiz. Hier lernte er in Aarau den bekannten Pfarrer Zschokke kennen und bereitete sich bei diesem zum Universitätsstudium vor.

Er bezog alsdann die Universitäten Freiburg, Tübingen, München, Heidelberg und Basel. Zwischenhinein machte er auch eine Reise nach London.

Die französische Februar-Revolution traf ihn in Basel. Begeistert davon, machte er, als es bald darauf in Baden losging, die Freischarenzüge Heckers und Struves mit. Seinem persönlichen Mut verdankte der letztere die gewaltsame Befreiung nach seiner Gefangennahme in Säckingen.

Nach dem zweiten Struveschen Freischarenzug flüchtete Neff auf Umwegen in die Schweiz und begab sich von da nach Paris.

Hier erreichte ihn im Frühjahr 1849 die Nachricht vom dritten Aufstand in Baden. Er wurde Zivilkommissär in Lörrach und Anführer einer Freischar.

Als er, nachdem die Sache der Republik niedergeworfen war, in voller Freischaren-Uniform über die Rheinbrücke bei Breisach flüchten wollte, ward er verhaftet, nach Freiburg geführt und zum Tode verurteilt.

Unser Theodor schildert ihn als »einen schönen Mann mit deutschem, blondem Bart und langen Locken, die auf die Schultern fielen.«

Seine Mutter, Witwe, wollte ihn am Abend vor seinem Tode nochmals sehen, wurde aber nicht eingelassen.

In seiner letzten Lebensnacht vom 18. auf den 19. August schrieb er seiner Mutter noch einen Abschiedsbrief, worin er ihr unter anderm sagt: »Seid fest und standhaft, teure, heißgeliebte Mutter, wenn Ihr die Unglücksbotschaft von meiner Hinrichtung erhaltet. Was mich betrifft, so werde ich morgen so ruhig in den Tod gehen, als ich einst in unseren Garten zu gehen pflegte. Beweiset durch Standhaftigkeit, daß Ihr die Mutter eines Republikaners seid. Seid stolz darauf, daß Ihr Euren einzigen Sohn geboren habt, um ihn der Freiheit opfern zu können. Wenn ich noch zehn Leben hätte, ich würde alle zehn der Freiheit bieten.«

Er starb mutig und mit dem Rufe: »Es lebe die Freiheit, es lebe die soziale Republik!«

's ist immer was Erhebendes, wenn ein Mensch mutig für ein Ideal stirbt!

Seine Mutter ließ den Leichnam später exhumieren und nach Rümmingen verbringen. Dem Grabstein wurden die Worte eingemeißelt:

> Wer so wie du fürs Vaterland gestorben,
> Der hat sich ew'gen Ruhm erworben.

Diese Inschrift wurde aber auf polizeiliche Anordnung und auf Kosten der Mutter wieder vertilgt.

Am 19. August in aller Frühe hörten unsere Kinzigtäler die Todesschüsse für Neff, und der Theodor schrieb in sein Tagebuch: »Gott gebe ihm die ewige Ruhe!«

Ein gemeiner Soldat, Kromer aus Bombach im Breisgau, fiel als der dritte am 21. August beim Kirchhof in der Wiehre unter den preußischen Kugeln. Er hatte sich der »Treulosigkeit und Anstiftung zum Hochverrat« schuldig gemacht.

Der Mann starb, begleitet von einem Geistlichen, heiter und wie ein Held mit den Worten: »Ich war standhaft im Leben und werde auch standhaft sterben. Zielt gut!«

In der Freiburger Zeitung, welche täglich zu den Gefangenen kam, waren Todesurteil und Vollstreckung jeweils publiziert, und die Leute konnten sich die Lehre merken: »So geht's, wenn man Revolution macht und unterliegt.«

Hätte die Revolution gesiegt, waren die jetzt Erschossenen als Helden gefeiert worden: so aber ruhen sie ehrlos im Grab in einer Welt, auf der allezeit Gewalt Recht und der Erfolg König war.

Ein eigenartiger Gefangener kam am 25. August zu unseren Kinzigtälern, ein »junger Freischärler«, kaum 3½ Fuß hoch und kaum fünfzehn Jahre alt.

Er war aus Villingen und mit einer Kompagnie »des Aufgebots« als Tambour ausgerückt. Zu allen Treffen hatte er, kühn voran, die Trommel geschlagen, in passenden Momenten aber auch selbst gefeuert mit einem Karabiner, den er über dem Rücken trug.

Als die republikanische Infanterie sich nicht tapfer genug hielt, ging er zur Artillerie, wo nur gediente Soldaten stunden und wo er mehr Tapferkeit sah, und trommelte diesen zum Feuern.

Bei der Retirade war er in die Schweiz entkommen, von wo er mit Sack und Pack, mit Trommel und Karabiner über der Schulter wieder über die Grenze ging, um heimzukehren.

In Lörrach wurde er verhaftet und nach Freiburg gebracht, wo Gefangene waren, die dem Knaben bezeugten, daß er im größten Feuer tapfer ausgehalten habe.

Am Tage nach seiner Ankunft war Parade. Auf dieser ließen sich die preußischen Offiziere den jungen Helden in voller Ausrüstung vorführen. Mutig und unerschrocken gebärdete er sich dabei, so daß die Offiziere unter sich für ihn Geld sammelten, und es hieß, er solle nach Preußen in eine Erziehungsanstalt gebracht werden.

Daraus wurde aber nichts. Ich erkundigte mich nach dem ferneren Schicksal des tapferen Knaben, von welchem Theodor, der Seifensieder, außer obigem nichts weiter wußte.

Wie schnell die Menschen und selbst die Helden im kleinen vergessen werden, zeigt der kleine Freischärler. Fast niemand in Villingen wollte mehr was von dem Knaben wissen, und nur ein einziger, ein ganz alter Mann, kannte ihn noch.

Dessen Angaben nach war der Tambour der Sohn eines armen Taglöhners und hieß Jakob Schwämmle. Sein Vater soll ein origineller Mann gewesen sein, der gern große, gewählte Sprüche machte, die dann sein Sohn Jaköbele in Taten umsetzte.

Nach der Revolution und nach kurzer Gefangenschaft kam der junge Schwämmle heim, wollte aber zu keiner ernsten Arbeit mehr taugen. Die Gemeinde gab ihm darum das Reisegeld nach Amerika, wo er längst gestorben sein soll.

Abgesehen von den Hinrichtungen, welche Augenblicke der Verstimmung in die Freiheitsmänner brachten, wurden die Tage für die Gefangenen immer gemütlicher. Die braven Landwehrleute vom 24. Regiment kamen zwar fort, unter ihnen der gute Kohlhage, aber nicht der tyrannische Oberaufseher.

Sie nahmen herzlichen Abschied von den Braven, tranken am Abend noch mit den Wächtern und legten Geld zusammen zu einer Dotation für den braven Kohlhage.

Es kamen andere Wächter, auch Landwehr, und wieder gute, wackere Leute, vom Hauptmann bis hinab zum Gemeinen.

Die Gefangenen durften jetzt auch singen, und mit Singen, Lesen, Spielen und Trinken vergingen die Tage. Auch die Frauen kamen zu Besuch von Hasle und von Wolfe und wurde von den guten Landwehrleuten in die Gefängnisse gelassen.

An Essen und Trinken und selbst an Delikatessen fehlte es nicht. Aus dem Kinzigtal kamen Kirschenwasser und Rebhühner, und der Laurent von Hasle hatte bei seinem Besuch einen ganzen Kalbsschlegel gespendet. Auch aus der Stadt erfolgten von Bekannten allerlei Aufmerksamkeiten, und Theodor, der Seifensieder, weiß bald von nichts anderem mehr zu berichten, als von Lust, Scherz und Freude.

An Sonntagen hielt der gefangene, wackere protestantische Dekan Schmidt[4] von Hornberg für alle seine Leidensgefährten Gottesdienst mit Predigt und Choral.

So war für alles gesorgt, nur nicht für die Freiheit, deren Einschränkung bisweilen ein oder der andere Offizier vom Tage vorübergehend noch verschärfte.

Endlich am 2. September wurde den Wolfachern eröffnet, daß sie am 4. nach Hause kämen. Die Akten hatten so lange auf sich warten lassen, sonst wäre ihre Unschuld früher an den Tag gekommen. Der Amtmann Felleisen von Wolfe hatte den Republikanern einen Streich gespielt, damit sie etwas länger zu sitzen hätten und in Zukunft zahmer wären, wenn sie wieder herauskämen.

Den letzten Tag in der Gefangenschaft soll uns der Theodor selbst erzählen. Er schreibt unterm 3. September 1849 in sein Tagebuch: »Morgens 4 Uhr waren wir alle auf den Beinen und packten unsere sieben Sachen zusammen. Das Kirschenwasser, der Likör und Speck wurden zurückbleibenden Gefangenen gelassen. Da wir morgen nach Hause kommen, so gingen wir Wolfacher zu dem Herrn Hauptmann und fragten um die Erlaubnis, am Nachmittag mit militärischer Begleitung in der Stadt herumgehen und unsere Bekannten besuchen zu dürfen, was uns der gute Mann auf sein Risiko hin erlaubte.«

»Thüringer[5] schloß sich uns an. Zu Mittag aßen alle Gefangenen zum Abschied mitsammen. Nach dem Essen kam Apotheker Saul von Thiengen, der auch als Gefangener im vierten Stocke war, zu uns und unterhielt uns eine Stunde mit seinen komischen Streichen.«

»Wir schossen unter uns Geld zusammen für die armen Gefangenen. Obiger Saul war nur gering graviert und wurde zu zehn Jahren Zuchthaus verurteilt. Um drei Uhr gingen wir in Begleitung von zwei Mann Soldaten in die Stadt, bestellten einen großen Omnibus auf morgen zum nach Hause fahren und besuchten unsere Freunde, die uns während der Zeit unserer Gefangenschaft Gutes getan, und statteten unsern Dank dafür ab.«

»Nach diesem gingen wir in den Bären, aßen und tranken, was uns schmeckte, und sangen dazu. Die Soldaten waren ganz außer sich und hätten ihr Leben für uns gegeben – es waren Landwehrmänner.«

4 1864 gestorben als Pfarrer in Grünwettersbach bei Karlsruhe.
5 Ein Gefangener aus Oberwolfach.

»Weil der Bärenwirt für die politischen Gefangenen sehr viel getan hatte, so wollten wir bei demselben ziemlich Geld verzehren. Als wir bezahlen wollten, nahm derselbe unter keinen Bedingungen etwas von uns an.«

»Als es Nacht zu werden anfing und wir uns von den Soldaten trennten, gaben wir jedem einen Gulden und 45 Kreuzer Trinkgeld und kehrten in die Kaserne zurück, um das letztemal darin zu übernachten.«

»Des andern Tags aber mußten die zwei Soldaten, die uns begleitet, ins Verhör, weil sie im Bären mit uns gesungen hatten. Wie es diesen Männern ergangen, konnten wir nicht mehr erfahren. Der liebe Gott wolle, daß sie unsertwegen keine Strafe erleiden müssen.«

Lustig fuhren die Befreiten am andern Morgen in ihrem Omnibus durchs Elztal der Kinzig zu. Auch zwei Haslacher waren bei ihnen, mein Revolutions-Ideal, Wunibald, der Schmied, und der Hafner hinter der Kirche. Die beiden andern Haslacher wurden noch in Haft behalten.

Acht preußische Soldaten vom 24. Linien-Infanterieregiment bildeten die Eskorte der befreiten Männer von der Kinzig. Ein glücklicher Zufall wollte, daß der Unteroffizier der gleiche Berliner Student war, der die Gefangenen auch nach Freiburg begleitet hatte.

Es gab eine feuchte Fahrt durchs Elztal: überall wurde angehalten und getrunken, gesungen und gescherzt.

Am Nachmittag trafen sie in Hasle ein, und beim Frankfurterhans richtete die Tante Theodors ein feines Mittagessen. Alles stund um den Adler und begrüßte die wieder entlassenen Märtyrer der Freiheit, denen die Soldaten nicht das geringste in den Weg legten. Sie konnten in Hasle gehen, wohin sie wollten, und Freunde und Bekannte besuchen.

Ich sah alle, sah Wunibald, den Schmied, wie er, Tränen in den Augen, aus denen die alten Freiheitsgedanken sprühten, für den Willkomm dankte, und sah die Wolfacher, wie sie ihren Landsmann Laurent besuchten, und schaute an allen hinauf, wie an Helden, die für die Freiheit geduldet.

Gegen Abend fuhren die Wolfacher talaufwärts. Ihre Ankunft hatten sie signalisiert, und schon unterhalb Husen kamen ihnen Wagen entgegen mit ihren Freunden und ihren Kindern.

Oberhalb Husen, wo beim »Speckenhans« Bier getrunken worden war, im Weichbild des Heimatstädtchens, wurden die Märtyrer von ihren Frauen bewillkommt.

Sie stiegen aus und gingen mit ihren Damen per Arm bis ans Tor von Wolfe, und die braven preußischen Soldaten sagten zu allem Ja und Amen.

Am Stadttor war ganz Wolfe versammelt, um den unschuldigen Freiheitsmännern zu gratulieren.

Aber auf dem Amthaus, gleich hinter dem Tor, saß der kleine, giftige Assessor Gautier, der kurz vor der Revolution auch in Hasle amtiert hatte, und den ich wohl kannte. Ihm übergab der Unteroffizier seine Gefangenen, wie ihm vorgeschrieben worden war.

Der Knirps meinte noch ein übriges tun zu müssen und sperrte die braven Männer noch eine Nacht im Amthaus ein, weil er am Abend ihr Kommen nicht mehr protokollieren wollte.

Die Soldaten sollten nach dieses armseligen Paschas Ordre in den Häusern der Eskortierten einquartiert werden, aber alle weigerten sich. Sie wollten, so erklärten sie, lieber bei ihren Freunden bleiben und ihre Leiden teilen, als ohne sie ihre Wohnungen betreten.

Und so geschah es. Soldaten und Gefangene blieben beisammen und tranken, als die Nacht hereingebrochen war, ein Faß Bier.

Der kleine Gautier hat trotz seiner Schneidigkeit keine Karriere gemacht; er starb später als nicht sehr gesuchter Anwalt.

Am andern Morgen wurden die Wolfacher »Freischärler« gegen Kaution auf freien Fuß gesetzt. Jeder nahm zwei Soldaten mit sich in sein Haus. Und jetzt wurden diese zwei Tage lang gastiert wie Herren.

Theodor, der Seifensieder, ein Liebhaber vom Fischen und Jagen, veranstaltete den Preußen zu lieb am ersten Freiheitstage eine Fischerei in der Kinzig, und am Abend ward von ihm im Herrengarten ein Fischessen gegeben zu Ehren der preußischen Brüder.

Als unser Seifensieder am Abend dieses Tages heimkam, war sein Haus mit Blumen bekränzt, und auf einem Transparent leuchteten ihm die Worte entgegen:

>Nimmer störe Deinen Frieden
>Eine trübe Stunde hier;
>Glück sei Dir fortan beschieden.
>Für Gesundheit beten wir.

Es war der Willkomm seiner treuen Jeannette. Diese hatte außerdem treu Haus gehalten und mit einem Seifensiedergehilfen, dem wackeren Schilling aus Schramberg, der längst in Amerika verstorben ist, das ganze Geschäft allein geführt, während ihr Theodor im Gefängnisse lag.

Ich habe einige Briefe gelesen, die sie damals an ihren Gefangenen schrieb. Sie spricht darin so ergeben, so gottvertrauend und weiß so klug ihren Schmerz und ihre Not vor ihrem Manne zu verbergen, um diesem das Herz nicht noch schwerer zu machen, wie dies nur Frauen können.

Über alle Vorgänge im Geschäfte berichtet sie in ihren Briefen bis ins einzelne und verrät darin durchweg die verständige Frau, welche das weibliche Gefühl, das den Frauen in schweren Zeiten selten fehlt, immer richtig leitete.

Selig und reich beschenkt verließen die preußischen Soldaten am dritten Tag das schöne badische Waldstädtle und ihre Freunde. Theodor, der Seifensieder, aber hat die Namen der braven Vierundzwanziger seinen Erinnerungen einverleibt, und sie sollen, weil sie gegen Kinzigtäler Neunundvierziger so unpreußisch liebenswürdig waren, auch hier stehen.

Der Unteroffizier hieß Otto Schulze, die Soldaten: Weller, Rothe, Vollmer, Glörsner, Kühle, Johnske, Born und Dahms.

Sie werden wohl heute alle bei der großen Armee sein. Theodor, der Seifensieder, aber war Ende der neunziger Jahre neben dem Schmiedjörg von Husen der einzige Überlebende von allen Kinzigtäler »Kriegsgefangenen« jener Zeit.

Der Schmiedjörg, ein wackerer Mann, den ich wohl kenne, ist jedenfalls das einzige Seitenstück im deutschen Reich zu Lambert, dem Schmied von Hasle.

Der Jörg und der Lambert waren beide Schmiedmeister und beide zugleich Kapellmeister in zwei Nachbarstädtchen.

Jeder hatte eine Kapelle selbst herangebildet, und jeder hämmerte untertags auf den Ambos und musizierte am Abend.

Eines Bauern Sohn aus der Frohnau, unweit Husen über der Kinzig drüben, war der Jörg Schmied geworden, hatte in seinem vierzigsten Lebensjahr von einem fahrenden österreichischen Musikanten Unterricht bekommen und leitete dann fast vierzig Jahre lang seine selbstgegründete Kapelle.

Im März 1848 ging, wie ich in dem Büchlein »Aus meiner Jugendzeit« geschildert, in einer Nacht der Lärm durchs ganze Land, durch alle Täler und über alle Berge: »Die Franzosen kommen!«

Auch nach Husen kam ein unbekannter Reiter mit dieser Kunde gesprengt. Der Rat und die Bürger versammeln sich, und es wird beschlossen, eine »Stafette« nach Hasle zu senden und fragen zu lassen, was die Haslacher gegen die Franzosen zu tun gedächten.

Der Schmiedjörg erklärt sich dazu bereit und sprengt im Galopp Hasle zu. Hier empfängt er die Weisung, daß die Haslacher mit allen Glocken stürmen würden, sobald die Franzosen anzögen. Der Schmiedjörg möge nun alsbald am andern Kinzigufer hinaufreiten und im Bergdorf Weiler melden, man solle dort auch stürmen, wenn die Haslacher mit den Glocken Alarm schlügen.

Die Glocken von Weiler aber würden dann auch in Hufen gehört werden. Darauf hin sollten die Hausacher sich »gut bewaffnen, in Reih' und Glied antreten und nach Hasle marschieren gegen die Franzosen«.

Mit dieser Parole reitet der Schmiedjörg wieder im Galopp davon. Indes standen viele Hausacher auf dem Schloßberg und schauten talabwärts. Als sie nun den Schmiedjörg auf der andern Kinzigseite, also auf ungewöhnlichen Wegen ansprengen sahen, glaubten sie, die Franzosen hätten Hasle schon eingenommen.

Jetzt trat der Schniderbasche, ein alter Tambour, in Aktion. Er hing seine Trommel um, steckte eine Hahnenfeder auf den Hut und schlug Generalmarsch in allen Gassen von Husen und rief: »Die Franzosen kommen!«

Entsetzen und Schrecken ergreift alles. Die Frauen weinten und jammerten, die Männer aber griffen zu den Waffen, zu Sensen, Dreschflegeln und Mistgabeln. Beim »Naglerhans« wurden Kugeln gegossen, und dann ging's ohne Signal Hasle zu, wo ich die Hausacher einziehen sah.

Es war bekanntlich ein Lärm um nichts.

Im Sommer darauf taten aber die von Husen einen andern Zug. Sie hielten den Fürsten von Fürstenberg an, da er durch ihr Städtle fuhr. Es waren dies sieben tapfere Mannen, denen es nicht wie den sieben Schwaben an Mut fehlte. Sie verlangten vom Fürsten, daß er ihnen und ihren Mitbürgern die Güter wieder gebe, die er widerrechtlich am Schloßberg und Kreuzberg zu Husen besitze.

Der Fürst meinte, er wolle nichts Unrechtes. Sie sollten nach Karlsruhe kommen, wohin er auch fahre, dann wolle er die Sache schlichten.

Nicht ohne Gefahr verließ der Fürst das Städtle, weil viele arme Bürger zu Tätlichkeiten gegen ihn geneigt waren.

Die Hausacher sandten ihm eine Deputation, den Bürgermeister Waidele an der Spitze, nach. Sie kam aber zurück ohne die Güter am Schloß- und Kreuzberg.

Dafür traten aber die sieben Hausacher, unter ihnen der Schmiedjörg und der Schniderbasche, kräftig in die Revolution von 1849 ein.

Sie stürzten das aristokratische Regiment im Städtle und setzten eine provisorische Regierung ein.

Die von Husen waren denen von Hasle örtlich näher, als die von Wolfe, daher auch die größere Tatkraft.

Die sieben Mannen wanderten später alle nach Freiburg ins Gefängnis – unter ihnen außer dem Schmiedjörg der Schwertwirt Kils, der einzige von den Hausacher Revolutionsmännern, den ich damals schon kannte.

Ihm führte ich von meinem zehnten Lebensjahr an alljährlich eine »Zeine« voll Zwetschgen von meiner Großmutter zu, damit er sie dörre, denn er besaß den einzigen künstlichen Dörrofen im Tal.

Ich tat dies um so lieber, als ich der Großmutter im Winter aus ihrem »Schnitztrog« die Zwetschgen wieder stahl, die ich im Herbst dem Schwertwirt nach Husen gebracht und gedörrt heimgeführt hatte.

Der Schmiedjörg lebt heute, 1906, da das Büchlein neu erscheint, noch, ein hoher Achtziger, rüstig, wohlauf und allzeit schlagfertig in Red und Antwort. Bis vor kurzem war er, der alte Harmonielehrer, noch »Stadtbaumeister von Husen«.

Und nun wieder nach Wolfe.

Eines hatte die Haft bei dem freisinnigen Seifensieder bewirkt: es gefiel ihm anfangs nimmer im Lande Baden, und er wollte nach Amerika auswandern. Wer ihn allein zurückhielt, das war seine Jeannette, die ihm rundweg erklärte, sie ginge nicht mit, und ihm Hoffnung und Mut zusprach, in der guten Stadt Wolfe zu bleiben.

Er hat den guten Rat seines Weibes nie bereut, und alle meine Leser und ich sind der tapfern Frau heute noch dankbar, denn im grenzenlosen Lande Amerika wäre der brave Mann unbeschrieen untergegangen, und wir wüßten nichts von Theodor, dem Seifensieder, der uns jetzt erst noch manches aus seinem Leben zu erzählen weiß.

5.

Das Jahr 1847 hatte für Wolfe und Umgegend eine Heimsuchung gebracht, die mehr schadete, als die zwei Revolutionsjahre. Die alte Zunft der Schiffer war infolge von Verlusten und Unglück zusammengebrochen.

Die Schiffer hatten auch die Wutach, den wildesten Fluß des Schwarzwaldes, floßbar machen wollen und dabei viel Geld nutzlos ausgegeben. Bei 200 000 Gulden Schaden traf sie, und so ging die Schifferschaft zu Wolfe, die seit vielen Jahrhunderten geblüht hatte, unter. Armut war das Los fast aller Schiffer und vieler Bauern, die an ihnen verloren.

Auch der Schang, Theodors Vater, der Hollandfahrer, ward mit in den Fall hineingezogen. Da ergriff Theodor, der Seifensieder, nach der Revolution die alte Fahne der Zunft; er, der in unermüdlicher Arbeit sich Geld erworben, ließ die Schifferschaft und die Flößerei-Rechte auf der Kinzig nicht ehrlos untergehen.

Er griff den arm gewordenen Schifferherren wieder unter die Arme, gewann kapitalkräftige Genossen und rief die alte Schifferschaft wieder ins Leben.

Selbst eine neue Schifferordnung erstand, aber ganz im alten Zunftstile gehalten. Nur zwanzig Mitglieder darf die neue Zunft zählen, alle von Wolfe, und jeder, der eintritt, muß Lehre machen und Prüfung bestehen im Schifferwesen. Wer praktisch das nicht kann, was ein jeder Flözer kennen muß, darf – und das war vernünftig – nicht Mitglied der Zunft werden.

Unser Seifensieder griff zum Krempen und zur Axt und half Flöße einbinden an der Seite der Knechte, um ein zünftiger Schiffer werden zu können.

Die Flözergespanne von Wolfe, die seitdem brach gelegen und lebensmüde durch die Straßen geschlichen waren, jubelten wieder auf: der Turm-Sepple, der Grete-Hans, der Russ' und wie sie alle hießen, die lustigen Floßknechte. »Jetzt goht's bigott wieder ins Land, 's geit wieder Flözerzechen und die Logel wird wieder naß«, riefen sie, Theodor, den wackeren Seifensieder, preisend.

Hätten sie den alten Spruch gekannt, den wir kennen, sie hätten dem energischen Theodor die Hand geschüttelt mit einem: »Hui Seifensieder! Hui Seifensieder!«

Wem die neuen Schifferherren, bei denen sich auch der wohlhäbige Pariserbeck eingezunftet hatte, weniger imponierten, das waren die derben Flößerknechte von Schilte. Sie lebten der neuen Schifferschaft, die sie nicht für echt hielten, auf dem Wasser zu leid, wo sie konnten.

In seinen alten Tagen hat mir Theodor, der Seifensieder, mit Humor ein drastisches Beispiel davon erzählt, wie die Schiltacher mit dem Haupt der neuen Schifferschaft von Wolfe umgingen. Eines Tages hatten die von Schilte ein Floß in der Wolf liegen, gerade an deren Mündung in die Kinzig, die Wolfacher Schiffer aber ein solches hintendran im gleichen Bache.

Die letzteren wollten nun mit ihrem Flöz nebendurch fahren. Da machten die Schiltacher ein Gestör von dem ihrigen los, um den Weg zu versperren. Weil aber der Wolfacher Flöz schon im Gang war, fuhr er auf die losgelösten Stämme und strandete; seine Gestöre wurden zerrissen und viele Stämme zerbrochen.

Theodor, der Seifensieder, stand als Schiffer auf der nahen Kinzigbrücke, sah den Schaden seiner Zunft und rief dem Flößergespann von Schilte zu: »Schämt euch, uns solchen Schaden zuzufügen!«

Da ergriff der Obmann des Gespanns, der rote Jos, das Wort und schrie von seinem Floß aus dem Mann auf der Brücke zu: »Was wit denn dau, dau liederli Seifesiederle dau? Gang dau huam un mach' Suaf un Liâchter!«

Der Oberamtmann von Wolfe, dessen Wohnung im alten Schloß an den Fluß grenzt, hatte das Zwiegespräch gehört, und Theodor, der geschmähte Schiffer, meinte: »Ich werde dich verklagen, der Herr Oberamtmann ist Zeuge!«

Diese Kronzeugenschaft rührte dem Roten das Herz, und er kam am Abend noch ins Haus des Seifensieders und tat Abbitte, die alsbald angenommen wurde.

Die Hollandfahrten stellte die neue Schifferschaft ein. Sie ließ ihre Flöße nur bis Kehl gehen, wo sie an Händler, die vom Rhein heraufkamen, verkauft wurden. In Kehl in der Post war der Sammelplatz aller derer, die Tannen zu verkaufen hatten, und derer, die kaufen wollten.

Auch eine andere Neuerung führte Theodor, der Seifensieder, als Schifferherr ein, die nämlich, die Frauen der Schifferzunft bisweilen zu einer Pläsierfahrt auf den Flößen mitzunehmen und ihnen Straßburg, die wunderschöne Stadt, zu zeigen.

Es wurde dann auf dem Floß für »die Damen« aus Brettern eine Art Tribüne errichtet, in der sie nach Belieben stehen, sitzen, essen und trinken und die schöne Fahrt zu Wasser mitmachen konnten, ohne naß zu werden. Denn wenn das Floß über die Deiche schoß, sprühte das Wasser gewaltig zwischen den Tannen hervor, und die Wellen überzogen oft das ganze Floß.

Mir war es in meiner Knabenzeit das höchste Vergnügen, eine solche Floßfahrt mitmachen zu dürfen. Und heute noch auf einem Floß das ganze Kinzigtal hinabfahren zu können, müßte ein Genuß sein, den die Eisenbahn nie bieten kann.

Doch die Menschen unserer Tage haben Eile, Eile, Geld zu verdienen, um das Leben »genießen« zu können. Drum pressiert's so, und sie fahren mit der Eisenbahn.

So wie die alten Wolfacher der Schiffer- und meiner Jugendzeit den Bürgern von Hasle gegenüber die reinsten Herren und römische Senatoren waren, so stachen auch die Wibervölker von Wolfe die von Hasle weit aus an Schönheit, an Eleganz und an konventioneller Bildung. Es waren Herrenwiber und die von Hasle Burewiber.

Meine Taufpatin, die Adlerwirtin, war damals die kleinste, aber feinste und schönste Frau von Hasle, und sie war – von Wolfe. Und später, aber noch in meiner Knabenzeit, heiratete ein Neffe meiner Großmutter eine Schifferstochter von Wolfe. Die war in ihrer dunklen Schönheit und stattlichen Gestalt eine wahre Königin.

Aber es gab in Hasle auch keine Jeannetten, keine Nannetten, keine Elisen und keine Josefinen – sondern nur Johannen, Mariannen, Lisen und Seppen.

Das kam aber von »demjenigen« und war »dasjenige«, wie mein alter Hausherr, der Kaufmann Haberer in Waldshut, zu sagen pflegte, daß die Wolfacher Schiffer-, Floß- und Handelsherren, die Haslacher aber nur Bäcker, Metzger, Schuster und Schneider waren. Von jenen schönen Frauen und ihren Schifferherren, die einst auf der Kinzig gen Strasburg fuhren, erlebten das neue Jahrhundert nur der Theodor und seine Jeannette.

Wer aber glauben wollte, der Held unserer Erzählung habe als Schiffer- und Floßherr seine Seifen- und Lichtermacherei im Stich gelassen, der würde ihn schlecht kennen.

Er blieb seiner Zunft treu bis zu deren Tod und machte noch lange nach ihrer Aufhebung Seife und Lichter. Drum blieb er auch trotz seiner Flößerei im Volksmund »der Seifen-Theodor« von Wolfe.

Hatte er aber wieder Lichter und Seife genug im Vorrat, so ging's in die Wälder des oberen Kinzigtales und hinab bis nach Hasle. Der Laugenmann wurde ein Waldmann und überwachte seine Tannen, bis sie gebunden in der Kinzig lagen und seine Flözer »ins Land« fuhren.

Dann setzte er sich, wenn er nicht selbst mitfahren wollte, am andern Tag in den Omnibus und reiste gen Kehl, wo seine Tannen wieder landeten, um den Rhein hinab verkauft zu werden.

Wie treu er aber neben seiner Schifferei zur alten Handwerker-Zunft hielt, geht daraus hervor, daß er von seiner Jungmeisterzeit an bis 1862, wo die Zünfte aufgehoben, das Kind mit dem Bade ausgeschüttet und die Kleinhandwerker ruiniert wurden, das dritte Amt in der Zunft bekleidete, das des Zunftschreibers.

Es war eine alliierte Zunft, welcher Theodor, der Seifensieder, in Wolfe angehörte. Ihre Zunftstube hatten sie im Ochsen, und zu ihr gehörten die Weiß- und Rotgerber, die Seifensieder, die Färber, die Säckler, die Kappenmacher, die Sattler und – die Buchbinder.

Und Meister war unser Theodor nicht bloß für sich, sondern auch für andere, selbst in seiner Schifferherrenzeit. Als Schiffer hat er noch Lehrbuben in der Seifensiederei ausgebildet und darunter, was viel heißen will, zwei von Hasle, denen er heute noch bezeugt: »Es waren zwei lustige Buben, ich hatte vieles durchzumachen mit ihnen.«

Der eine war des »Cafetiers Hermann«, ein entfernter Verwandter von mir von meiner väterlichen Großmutter her.

Der Hermann, ein langer, schwarzer, lebensfroher Bursche, hatte kaum ausgelernt, als die Revolution ausbrach. Da wurde er, ohne heimzukehren, Freischärler und zwar nicht bei den Haslachern, die kein Pulver rochen, sondern bei denen, die vornen dran waren, als die Preußen kamen.

Bei Waghäusel stand er so tapfer für die Freiheit im Gefecht, daß er einen Schuß erhielt, an dessen Folgen er heute noch zu leiden hat.

Später ließ er sich in Hasle als Seifensieder nieder und zwar im Hause des großen Revolutionsmannes, des Naglers Bührer, der nach Amerika ausgewandert war.

Aber der gute Hermann, ein braver, fleißiger Meister, prosperierte – ein Zeichen, daß er mit mir verwandt ist – in seinem Geschäft nicht und mußte es aufgeben.

Tapfer, wie er war, suchte er sein Brot, wo er es fand, und wurde – Holzmacher. Von Zeit zu Zeit störten an dieser Arbeit ihn die Schmerzen seiner Wunde, die er für die Freiheit erhalten, und zum Zeitvertreib lernte er in diesen kranken Tagen das Zitherspielen und wurde darin Virtuos.

Holzmacher und Zitherspieler reimt sich zwar nicht zusammen, aber der Hermann machte es reimen, und wenn er kein Holz zu spalten hatte oder keines sägen konnte, so gab er »Zitherstunden« für Hasle und Umgegend.

Ja, heute, da er, ein hoher Siebziger, nicht mehr Holzmachen kann, lebt er nur vom Zitherspiel, und dies Spiel »beim Zachmann« gelernt zu haben, gilt in und um Hasle so viel, als wenn vor fünfzig Jahren einer gesagt hätte, er sei im Klavierspiel ein Schüler von Liszt.

Der zweite Lehrbube Theodors, des Seifensieders, war ein Schulkamerad von mir, des »Goris Xaveri« oder, wie er im engeren Knabenkreise hieß, »der Gorile«, weil sein Vater Gregor (Gori) hieß.

Des Goriles Vater war der erste tote Mensch, den ich sah, da ich etwa fünf Jahre alt war.

Seine Mutter heiratete später einen Gendarmen; der Xaveri aber war der reichste unter uns Buben, denn er besaß 6000 Gulden »angefallenes« Vermögen.

Seifensieder geworden, gründete er ein Geschäft in Basel, wo er bald, wie sein Vater, an der Schwindsucht starb.

Die Schifferschaft von Wolfe war zwar auch eine Zunft und eine sehr alte Zunft und trotzdem den edlen Volksbeglückern, die anno 62 die Zünfte gänzlich töteten, entgangen.

Nach wie vor übte drum die Schifferzunft von Wolfe noch einige Jahre unbeschrieen ihre Zunft-Privilegien aus. Im Jahre 1867 ereilte jedoch auch sie ihr Schicksal. Ihre alten Zunft- und Stapelrechte wurden aufgehoben und alle badischen Staatsangehörigen befugt, Holz zu kaufen, zu verkaufen und zu verflözen.

Doch der wackere Theodor forcht sich nit. Er gründete mit dem Pariserbeck ein Kompagnie-Geschäft für Holz- und Waldwirtschaft, und das betrieb er, bis der letzte Floz die Kinzig passierte.

Das Angenehme mit dem Nützlichen zu verbinden, galt schon bei den alten Römern als Lebensweisheit, und auch Theodor, der Seifensieder, handelte darnach.

Wenn er sich mit Seifensieden, Stangen-, Rinden- und Holzhandel müde gearbeitet hatte, so spannte er aus und erholte sich auf der Jagd oder beim Fischfang.

Das Fischerrecht in der Kinzig hatten in Wolfe ehedem in sinniger Art die schulpflichtigen Knaben als Privileg. Die Revolution von 1849 nahm es ihnen, und der erste, an den die Stadt es verpachtete, war Theodor, der Seifensieder. Er trieb die Fischerei, später mit künstlicher Forellenzucht, fast ein halbes Jahrhundert.

Er und sein Freund Mathis, der Törlebeck, waren viele Jahre lang die unzertrennlichen Genossen beim Jagen und Fischen, und manch Jagdabenteuer erlebten sie, manch ein Häslein erlegten sie und manch ein Fischlein verspeisten sie.

Jagen und Fischen war unserem Theodor nur noch ein halbes Vergnügen, nachdem sein Freund frühzeitig, schon 1874, das Zeitliche gesegnet hatte.

Anläßlich des Fischens hat der Seifen-Theodor seine Heldentaten aus der Knabenzeit wiederholt und als vorzüglicher Schwimmer und Taucher zwei erwachsenen Menschen das Leben gerettet.

Aber auch an der allgemeinen »Fidelität« und am gesellschaftlichen Leben seiner Mitbürger nahm er wesentlichen Anteil. So gehörte er lange Zeit hindurch, bis in die Mitte seiner fünfziger Jahre, zu den »Narrenvätern« der guten Stadt Wolfach, deren sie in jenen Tagen fünfe zählte: den Adlerwirt, den Schützenwirt, den Lithographen Neef und die Gebrüder Jean und Theodor Armbruster.

Damals machten die Wolfacher denen von Hasle den Rang streitig um die Palme der Narretei, während heute Hasle oben ist und Jung-Wolfe nichts mehr leistet.

Zur Zeit von Theodors Narrenvaterschaft hatten die Wolfacher eine famose Einleitung der Fastnachtszeit, die Hasle nicht kannte, und das war der sogenannte »Wohlauf«.

Der wurde am Fastnacht-Montag in aller Frühe »ausgerufen«. Narren-Väter und -Söhne sammelten sich in den buntesten Kostümen beim unteren Tor, versehen mit allerlei Instrumenten, als Trommeln, Körnern, Pfeifen, Hafendeckeln, Wasserkübeln u. a.

Die Musikanten gruppierten sich um einen Mann in weißem Hemd und weißer Zipfelkappe, der von anderen getragen wurde. Es war dies der Herold des »Wohlauf«. Unter Musik setzte sich der Zug in Bewegung durchs Städtle und Vorstädtle. An verschiedenen Hauptpunkten wurde gehalten; die Instrumente schwiegen und der Mann mit der Zipfelkappe rief:

> Wohlauf im Namen des Herrn Entechrist,[6]
> Der Narrentag vorhanden ist.
> Der Tag fängt an zu leuchten
> Dem Narren, wie dem G'scheiten,
> Der Narrentag, der nie versag';
> Wünsch' allen Narren einen guten Tag!

Mit dem Wohlauf ward die Narrenfreiheit eingeleitet. Am Dienstag gaben dann die Wolfacher irgend ein großes Stück, ein Ritterspiel mit Turnier oder, mit Vorliebe, den Munderkinger Landsturm, und alle »Völker« aus dem oberen Kinzigtal zogen Wolfe zu, um sich an diesen Stücken zu ergötzen.

Der nicht sehr empfehlenswerte schwäbische Dialektdichter Weizmann hat bekanntlich einen Ausfall seiner Landsleute an der Donau, der Munderkinger, im Jahre 1798 persifliert.

Der Sang hebt an:

> Auf, auf, ihr Bürger, stauhd ins G'wehr!
> D' Franzosa rucket ei,
> Se breachet scho wia's Teufels Heer
> Bei isere Feldere rei.
>
> Ihr Burger, fasset Mut und List,
> Sonst goht es hinterfür,

---

[6] Antichrist.

> Verkloibet 's Toar mit Dreck und Mist
> Und teand da Riegel für!

Das Heldengedicht schildert dann, wie sie auszogen, die wackeren Munderkinger, der Schultheiß voran mit einem geweihten Säbel, mit der Feuerspritz, gefüllt mit heißem Wasser, und mit Büchsen, geladen mit Erbsen.

Und es schließt mit der Rede eines Burgers an sein Weib, das mit einer Lade voll Erbsen ihn begleitet, und der nach einem Fehlschuß also spricht:

> Komm, Urschel,[7] komm, mer meand (müssen) jetzt hoi,
> Mei Schiaßerei hoißt nix,
> Du hollst zwoi nuie Flintastoi
> Und au mei Doppelbüchs.
>
> Des isch a Büchs, so geit's koi Büchs,
> Schiar d' Erbselad goht nei.
> Es fehlt ihr nu der Hah', sost nix,
> No seand d' Franzose mei.

Auch das Belagerungs-Manöver bei Munderkingen, von dem gleichen Dichter, spielten die Wolfacher, und die Völker vom oberen Tal hatten ihre helle Freude daran, denn die Sprache Weizmanns und der Munderkinger ist fast gar auch die ihre, die stark »schwäbelt«.

Am Aschermittwoch Nachmittag begruben die Wolfacher die Fastnacht. Ein Strohmann wurde von vier Mann durch die Straßen getragen, und die Narren gingen hintennach. Vor dem Tore ward er in einem Acker beerdigt.

Hierauf begab sich der Zug zum Stadtbrunnen zurück, allwo die leeren ledernen Geldbeutel gewaschen wurden.

Die Narrenväter jener Tage hat Theodor, der Seifensieder, alle überlebt, und er gedachte oft wehmutsvoll der toten Freunde, die einst mit ihm so viele Jahre des Lebens Lust teilten und längst ruhten auf dem einsamen Kirchhof draußen am Wolfbach.

---

7   Ursula.

Auch Mitglied und Mitgründer »des Herrengartens« war der Meister Seifensieder. Vornehmer als die Haslacher, wie sie allzeit waren, gründeten die Wolfacher 1837 eine Art Museum, wo die Herren und die besseren Bürger, vorab die Schiffer, zusammenkamen.

Es liegt dasselbe außerhalb des alten Stadttores in einem Garten und bekam den für den aristokratischen Geist der Wolfacher bezeichnenden Namen »der Herrengarten«, und sein Wirt hieß allzeit »der Herrengärtner«.

Im Jahre 1897 waren es sechzig Jahre, daß Theodor, der Seifensieder, Mitglied des Herrengartens wurde. Er hat die Mitgliedschaft auch nicht verloren, als er 1849 unter die Freischärler und Revolutionäre gezählt wurde. Er war 1897 noch der einzig Lebende aus der Gründungszeit und meint in seinen Memoiren: »Ich habe im Herrengarten viele, ja viele meiner schönsten Tage und Nächte verlebt und dort in den sechzig Jahren manche Ohm Bier getrunken.«

Ich selber war nach dreißig Jahren, anno 95, wieder einmal im Herrengarten, fand an seinen Wänden eine große Anzahl von Bildern toter Mitglieder, die ich fast alle noch lustig und im Leben gekannt, von lebenden Gästen aus jenen Tagen nur noch den greisen Bezirksarzt Herrmann, und wehmütig ging ich wieder von dannen.

Der Herrengarten kam mir an jenem Feiertag-Nachmittag – es war Christi Himmelfahrt – vor wie eine Leichenhalle, in der ich Tote besucht.

Aber auch in ernsten Dingen ging der Seifensieder seinen Mitbürgern voran.

In Wolfe war, so lang ich denken kann, immer ein hitziges Klima, und es brannte oft und viel. Selbst von Hasle her wurde manchmal Hilfe begehrt bei Bränden.

Mehrfach zeichnete sich dabei durch Opfermut und Tatkraft der Seifen-Theodor aus. Er drang unter Lebensgefahr durch Feuer und Rauch, um zu retten und zu helfen. Drum war er auch eifrig bemüht, eine Feuerwehr einzuführen, und gehört ebenfalls zu deren Gründern in seiner Vaterstadt.

Nachdem die Spielerei mit dem Bürgermilitär – von den Franzosen ins Badische gekommen – in der Revolution von 1849 untergegangen war, entstanden in den Städten und Städtchen die Feuerwehren, die zweifellos nützlicher und vernünftiger sind als die einstige Soldätles-Spielerei der Bürger und Handwerker.

Als Narrenvater hatte unser Theodor durch die Wäscherei der Geldbeutel am Aschermittwoch die Erfahrung gemacht, daß es notwendig sei, auch wieder zu sparen. Drum wurde er in den fünfziger Jahren auch einer der Gründer der Wolfacher Sparkasse.

Während diese Gründung ihren Segen bloß den Wolfachern und den Buren ringsum spendet, hat unser Seifensieder noch ein anderes Institut ins Leben bringen helfen, das heute einen kleinen Weltruf hat.

Von altersher besaß Wolfe ein Mineralbad, einen Eisensäuerling. Es hieß das Funkenbad im Volksmund, der diesen Namen bildete aus dem ursprünglichen, der Junkerbad war.

Die Junker von Wolfe, einst so zahlreich wie die späteren Schiffer, hatten sich auf einer Anhöhe hinter der Stadt dies Bad angelegt. Es saßen im Mittelalter »Geschlechter« oder, wie sie später hießen, Junker genug in Wolfe, wie in Hasle, sind aber in beiden Städtchen alle längst ausgestorben.

So hausten in Wolfe zeitweilig die Edelknechte von Hademarsbach, Langenbach, von Gippichen, von Elzach und waren ansäßig die Geschlechter Schultheiß, Schöblin, Sebach, Knobloch, Lemp, Wild u. a. – so zahlreich, daß sie sich schon den Luxus eines eigenen Bades wie auch einer »Ritterstube« leisten konnten.

Die »besseren« Bürgerfamilien des Mittelalters sind in unseren Städten und Städtchen alle ausgestorben, und die heutigen »besseren Bürger« stammen überall aus dem »gemeinen, leibeigenen Volke«, das ja immer die Generationen erneuern muß, nachdem die besseren Leute in Siechtum und Wohlleben untergegangen sind.

Das »Funkenbad« wurde bis herauf in die fünfziger Jahre von auswärts nur spärlich besucht. Die berühmten und heilkräftigen Bäder der Nachbarschaft am Fuße des Kniebis überflügelten es, und das Bad der alten Junker von Wolfe sank dem Trümmerhaften zu.

Da kam 1856 aus Rippoldsau, wo er das dortige Bad umgestaltet, auf eine vorher nie gekannte Höhe gebracht und seinem Sohne übergeben hatte, Balthasar Göringer, kaufte das Funkenbad und gründete mit Theodor, dem Seifensieder, das Kiefernadelnbad.

Was im Volke schon längst lebte, der Glaube an die Heilkraft der Kiefernadeln, ergriffen die zwei Gründer und errichteten ein Heilbad mit Kiefernadelnpräparaten.

Da wurden Kiefernadelnextrakt, Kiefernadelnöl, Kiefernadelngeist, Kiefernadelnseife, Kiefernadelnwolle (ein Ersatz für Bettfedern) fabriziert und mit ihnen praktiziert.

Die Kur war für alles mögliche gut, wie alle neuen Heilmittel, und alles strömte Wolfe zu, um gesund zu werden, wie einst Juden und Heiden zum Teich Bethesda.

Ich selbst wallte, wie schon oben erwähnt, 1864 dahin und atmete Kiefernadelndämpfe ein gegen Heiserkeit.

Viele mochten Stärkung finden; wer leer ausging, waren, wie immer in der Welt, die Erfinder und Gründer, Balthasar und Theodor, welch letzterer noch Geld einbüßte.

Vor Wolfe draußen aber hatte sich in der Zeit, da ich dort vergeblich Heilung suchte, ein anderer Gründer niedergelassen, der auch in »Kiefernadeln« machte und ein Heidengeld verdiente.

In Mannheim lebte in jenen Jahren ein Kind Israels, das mit seinem Vornamen Lazarus hieß und ein Tabakgeschäft betrieb mit der Spezialität nikotinfreier Zigarren.

Zu diesem Lazarus trat ein junger, bildschöner Kaufmann ein, der durch seinen Vater, den ich gar wohl kannte, aus dem Kinzigtal stammte und trotz seiner Jugend ein schlauer, findiger Mann war.

Der wußte von dem Kiefernadeln-Sport und schlug seinem Chef Lazarus vor, in Kiefernadeln-Zigarren zu machen und mit seinen nikotinfreien Glimmstengeln Kiefernadeln-Öl in Verbindung zu bringen.

Dem Lazarus, welchem man einen guten Gedanken nicht zweimal zu sagen brauchte, leuchtete die Idee so sehr ein, daß er alsbald von Mannem nach Wolfe fuhr und den ganzen Teich Bethesda mit allem, was drum und dran war, kaufen wollte.

Die Gründer, welche damals noch von goldenen Bergen träumten, forderten aber so viel dafür, daß der Lazarus meinte, er käme zu seinem Ziel etwas billiger.

Er ging nun hin, kaufte dem Oberförster von Hetzendorf sein Gütchen zwischen Husen und Wolfe ab und richtete dort ein Etablissement ein zur Gewinnung von Kiefernadeln-Öl, mit dem sein nikotinfreier Tabak angespritzt werden sollte.

Zum Fabrikdirektor aber ernannte er den Erfinder der guten Idee. Der mauerte einen großen Kessel ein, engagierte lauter schöne Buremeidle und ließ durch sie in allen Wäldern Kiefer-Nadeln sammeln, kochte sie in seinem Kessel, schöpfte das Öl ab und sandte es, duftig wie Morgentau im Tannenwald, seinem Chef Lazarus Morgentau nach Mannem.

Der betaute mit dem Öl seinen Tabak, machte Zigarren und wickelte sie in Staniol.

Jetzt sandte er seinen Fabrikdirektor zuerst zu den Ärzten, vorab in den Universitätsstädten, legte ihnen Muster vor und ließ sich von ihnen Atteste geben, daß die Kiefernadeln-Zigarre vorzüglich sei für schwindsüchtige Raucher und für alle Bresten der Atmungsorgane.

Es regnete Zeugnisse und Empfehlungen, mit denen der junge Direktor tapfer auf Reisen ging und einen riesigen Absatz erzielte.

In jenen Tagen kamen die ersten in Staniol gewickelten Zigarren ins Kinzigtal, und der Prokurist des Lazarus, den ich damals kennen lernte, hatte seine helle Freude, wenn er sah, wie die Bauern und Bauernbursche die neumodischen Zigarren samt dem Staniol rauchten, was er ihnen noch als kraftvermehrend anriet.

Während so der gewandte Vertreter des Lazarus bald im Schweiße seines Angesichts Öl sott, bald Reisen machte, kam sein Chef auch auf eine neue Idee und erfand, was die Gründer des Kiefernadelnbades nicht erfunden: Kiefer- Nadeln-Pastillen und Kiefernadeln-Syrup.

Das dazu nötige Öl wurde ebenfalls im Kinzigtal gewonnen, Pastillen und Syrup aber in Mannem fabriziert.

Jetzt ging der Fabrikdirektor in seiner Eigenschaft als Reisender auch für diese Kiefernadeln-Präparate ins Zeug. Schlau und gerieben, wie er war, wußte er, wie man's machen muß. Er besuchte den damals berühmten Tenoristen Wachtel und die noch berühmtere Sängerin Patti und gewann sie für seinen Syrup und seine Pastillen.

Beide bezeugten ihm, daß sie vorzüglich seien gegen Heiserkeit und man singen könne, wie ein Engel, so man die Kiefernadeln-Pastillen vorher nehme.

Jetzt hatten diese Präparate noch weit mehr Absatz als die Zigarren, und es regnete Geld in das Haus des Lazarus in Mannem.

Die Mädchen, welche droben im Kinzigtal Kiefernadeln sammelten, mußten so um sich greifen in den Waldungen, daß ihnen schließlich das Sammeln verboten wurde.

Surrogate dafür anzuwenden, dazu waren der Lazarus und sein Adjutant zu – ehrlich. Außerdem haben derartige Modeartikel nicht allzu lange Zug, und so kam es, daß die Geschichte nach dreijähriger

Dauer und reichem Gewinn ein Ende hatte, wie alles auf Erden, ob Schwindel oder nicht.

Der Lazarus aber zog nach Amerika, führte in New-York die Kiefernadeln-Segnungen ein und spielte dazu eine Art Wunderdoktor.

Wie es ihm ergangen, meldet keines Sängers Lied. Sein Prokurist Schweiß aber lebt heute noch in der schönen Breisgaustadt und erzählt mit Humor aus jenen lustigen Tagen, da er Kiefernadeln-Öl fabrizierte, auf Kiefernadeln-Zigarren reiste und für des Lazarus' Pastillen und Syrup die Heldentenöre und Primadonnen gewann.

Das Funkenbad in Wolfe aber existiert heute noch in seiner Eigenschaft als Kiefernadeln-Heilquelle, und nicht bloß Deutsche, auch Franzosen, Engländer und Amerikaner weilen im Sommer in Wolfe, um Heilung zu suchen.

Seinen Besitzer hat es seitdem oft gewechselt und ist keiner ein reicher Mann geworden, weil die Wolfacher zu nobel sind und ihre Luft, ihre Kiefernadeln und ihre Diners zu billig an die Fremden verkaufen.

Aber eine Fremdenstadt ist Wolfe im Sommer, während das viel schöner und waldiger gelegene Hasle vereinsamt in den Strahlen der Sonne liegt, trotzdem das alte Kuhfleisch in Wolfe noch viel zäher sein soll als in Hasle.

Die letzte Gründung, an der Theodor, der Seifensieder, in seiner Vaterstadt sich in erster Linie beteiligte, war die einer Realschule mit Latein; letzteres für solche, die studieren wollen.

Ich halte, so wenig ich die gute Absicht verkenne, nichts darauf, daß bald in jedem Städtle eine »bessere« Schule entsteht.

Wir haben ohnedies viel zu viel derartige Schulen und demnächst ein studiertes Proletariat, das gefährlichste von allen.

Je »gebildeter« in den Realschulen der kleinen Städte die Buben der Schuster, Schneider, Schreiner und Sattler werden, um so unlieber werden sie beim Handwerk des Vaters bleiben wollen. Sie halten sich mit der Bildung für zu gut dazu.

Bei den Söhnen der Kaufleute kommt dann noch der Einjährig-Freiwilligen-Gigel dazu. Sie bekommen dabei allerlei Gewohnheiten, die in die Kaserne und ins Offizierskasino sehr gut passen mögen, aber nicht in die Werkstätten und Bureaus der Geschäftsleute. Drum sind diese »gebildeten« Reserveleutnants meist verloren fürs eigentliche Geschäft.

Unser Theodor, der Seifensieder, hat bei seinem einfachen Volksschullehrer, den er, wenn er ihn prügeln wollte, in die Waden pfetzte, genug gelernt, um ein tüchtiger Seifensieder, ein kundiger Schiffer und ein vermöglicher Mann zu werden. Und sein Vater Schang handelte hellen Geistes bis nach Amsterdam hinunter, ohne eine Realschule besucht zu haben.

Nicht die Schule und nicht die bessere Bildung machen den Mann, sondern das Leben und der gesunde Menschenverstand, den man aber nicht auf höheren Schulen holen kann, sondern von den Windeln her mitbringen muß.

6.

Vierzig Jahre lang hatte Schangs Theodor den Wolfachern Seife gesotten und im Städtle und außerhalb desselben seine Talglichter leuchten lassen, als er anno 1877 seinem Sohn dies zu tun überließ.

Dieser hatte den Feldzug gegen Frankreich mitgemacht und sich ausgezeichnet bei Straßburg, wo er freiwillig mit andern sich meldete, einen Eisenbahnzug, den die Franzosen nicht mehr in die Festung gebracht und der vor dem Steintor stund, in Brand zu stecken.

Die Strapazen des Kriegs brachten dem jungen, starken Mann, den ich ein Jahr vor seinem Tode kennen lernte, ein frühes Grab. Er hatte kaum zehn Jahre das alte Geschäft des Vaters betrieben, als er sich zum Sterben niederlegen mußte.

Noch im Angesicht das Todes beschäftigte ihn das Kriegsleben. Einen Tag vor seinem Ende ließ er sich noch das Bildnis seines Generals, von Degenfeld, über seinem Bette aufhängen und erzählte nochmals den ganzen Verlauf das Gefechts von Nuits.

Sein Tod war für die greisen Eltern um so bitterer, als sie schon vor ihm zwei hoffnungsvolle Söhne in der Blüte des Lebens verloren hatten.

Aber auch die alten Zunftgenossen in der Schifferschaft gingen, einer um den andern, fort in die Ewigkeit, und es ward immer einsamer um Theodor, den Seifensieder.

Der letzte, der ihn verließ, war sein Leidensgefährte von anno 1849, der Pariserbeck. Der brave, tüchtige Mann wurde ein Neunziger und sah seine ganze Familie lange vor ihm ins Grab steigen.

Merkwürdig war der Tod seines einzigen Sohnes Siegfried.

Als anfangs der fünfziger Jahre die Ruhr im oberen Kinzigtal grassierte und viele Opfer forderte, ergriff die Epidemie auch die Pariserbeckin. Ehe sie schied, sagte sie zu ihrem Liebling, dem Sohn, der im kräftigsten Jünglingsalter stund: »Siegfried, weine nicht, ich hol' dich bald!«

Der Siegfried hörte auf zu weinen, und als die Mutter tot war, sprach er: »Ihr werdet sehen, in drei Wochen um die dritte Stunde des Morgens, da die Mutter starb, werde auch ich sterben.«

Nach kurzer Zeit befiel auch ihn die gleiche Krankheit. Er wollte keinen Arzt. Ich sterbe doch, sprach er zu seiner Schwester, denn die Mutter holt mich, und du bleibst dann beim Vater.

Der Arzt wurde trotzdem gerufen, und der Siegfried befolgte alle seine Anordnungen, obgleich er sicher war, sie halfen nichts.

Am Tage vor seinem Tode ließ er die Dienstboten des Hauses kommen, erklärte ihnen, daß er bald sterbe, und mahnte sie, auch ferner seinem Vater treu zu dienen.

Dann berief er seine Freunde an sein Sterbelager und eröffnete ihnen, daß er in der kommenden Nacht um drei Uhr sterben werde. Sie sollten ihn nicht beweinen; er sterbe gern, er komme ja zur Mutter.

Ebenso nahm er Abschied von seinem Vater und von seiner Schwester.

Gegen Abend mußte man ihm einen Blumenstrauß aufs Bett bringen und ein Glas Wein. Auch einen Spiegel verlangte er, um sich die Haare zu ordnen. Nach dem Genuß des Weines schlief er ein. Als er wieder erwachte, sprach er: »Ich lebe noch, es ist noch nicht drei Uhr.«

Seine Freunde, sein Vater und seine Schwester umstanden ihn betend und auf sein Ende wartend. Als es vom Kirchenturme her die dritte Stunde schlug, gab er seinen Geist auf, wohl vorbereitet durch die Sterbsakramente des katholischen Christen.

Dieser Tod des jungen Pariserbecks, wie mir Theodor, der Seifensieder, ihn erzählt und wie er beglaubigt ist von vielen Zeugen, ist mindestens psychologisch im höchsten Grade interessant.

Waren auch alle tot, die letzten von der Schifferzunft, unser Theodor blieb ihrem Geschäfte unentwegt treu und sandte Flöße ins Land bis in sein achtzigstes Lebensjahr und bis das letzte Floß die Kinzig passiert hatte.

Er war mit der Zeit auch Herr eigener Waldungen geworden im obern Tale, im Kaltbrunn. Und hier veranstaltete er in seinen hohen Jahren poesievolle Waldfeste, um Freunden und Verwandten eine Sommerfreude zu machen.

Seine einzige am Leben gebliebene Tochter hatte Theodor, der Seifensieder, treu seiner Zunft, in diese verheiratet und sie dem Sohne seines alten Freundes, des Seifensieders Schick in Kehl, der seines Vaters Geschäft übernommen, zur Frau gegeben.

Sie, ihr Mann, ihre Kinder und befreundete Familien von Wolfe bildeten die Gäste beim Waldtag, der jeweils fröhlich auf Kosten des Waldherrn begangen wurde. Man durfte diesen um so weniger schonen, als er jedes Jahr ein wertvolles Floß aus dem eigenen Waldbesitz die Kinzig hinuntersandte.

Aber er gab es von selbst nobel, der poesievolle Seifensieder von Wolfe. In aller Frühe, während die Sonne die ersten Strahlen auf die betauten Gräser im Tal warf, fuhr er mit seinen 25–30 Gästen per Bahn talaufwärts.

In Schenkenzell stiegen sie aus. Hier ließ der Wald- und Festherr ein flottes Frühstück servieren, während dessen die Wagen bereitgestellt und die Pferde eingespannt wurden.

Die »Damen«, Wibervölker und ihre Kinder bekamen Chaisen, die Herren wurden auf Leiterwagen verladen.

Nun ging's fröhlichen Sinnes gen Westen ins enge Waldtal hinein und hinauf bis Kaltbrunn. Beim »Waldhüterhaus« wurde abgestiegen, und die Fußwanderung begann steil bergan durch des Festherrn Wald hinauf auf den Roßberg.

Einsam steht hier zwischen zwei Bauernhöfen, rings umgeben von Wald, eine uralte Kapelle. Das Volk erzählt sich, es sei einst eine Stadt auf dem weltfernen Roßberg gestanden und die Kapelle noch der Rest der einstigen Kirche.

Alte Volkssagen trügen selten ganz, und es mag wohl einmal eine Bergwerkstadt hier oben gewesen sein, denn Silber und Kobalt finden sich reichlich in den Bergen ringsum. Lieferten doch noch im vorigen Jahrhundert die Gruben bei Wittichen in 13 Jahren mehr als 700 000 Gulden an Silber.

Sicher ist, daß die Kapelle noch 1480 Pfarrkirche für Kaltbrunn und Reinerzau war.

Bei diesem kleinen Heiligtum ließ Theodor, der Seifensieder, Halt machen. Seine Gäste mußten eintreten und jedes sein Scherflein in den Opferstock werfen zur Restauration des zerfallenden Kirchleins.

Der Roßberg hat aber nicht bloß diese sagenhafte Kapelle zu Ehren des hl. Wendelin, sondern auch einen merkwürdigen Bauernhof und zwar den »untern«, der württembergisch, während der »obere« badisch ist.

Mitten durch den unteren Hof ging bis vor wenig Jahren die Landesgrenze, so daß ein Teil des Hofes badisch, der andere württembergisch war. Als Grenzstein diente der Ofen.

Starb nun im Haus jemand, der katholisch war, so wurde er auf die badische Seite verbracht, starb ein Protestant, dann kam er auf die württembergische Seite. So fiel die eine Leiche dem protestantischen Pfarrer des nahen württembergischen Dorfes Reinerzau zu, die auf der badischen Seite aber wurde von dem katholischen Pfarrer in Wittichen beerdigt.

Saß ein Stromer auf der württembergischen Ofenseite und es kam ein königlicher Landjäger, so setzte er sich schnell auf die badische Seite der Ofenbank, und der Landjäger konnte ihm nichts anhaben.

Von der Kapelle weg führte Theodor, der Seifensieder, seine Gäste in seinen Wald auf den Spielplatz, einen grünen Rasen inmitten der schönsten Tannenbäume.

Ringsum waren Sitzbänke und in der Mitte der Tanzboden.

Unter den schönen Volksweisen einer Handharmonika wurde getafelt: Schinken, Braten, Würste, Speck, Wein, Bier, Kirschenwasser, und zwischen hinein ein Tänzchen getan oder Spiele aller Art gemacht.

Was den sinnigen Festgeber doppelt ehrt, ist, daß er Buren und Bürinnen der benachbarten zwei Höfe samt ihren »Völkern«, ferner alle seine Waldarbeiter und wer sonst noch vom Tal herauf dem Festzug gefolgt war, einlud, am Feste *al pari* teilzunehmen.

So gestaltete sich der Tag zu einem Volksfest im Walde, und jung und alt auf und unter dem Roßberg erzählte noch lange von der Gastlichkeit des Waldherrn von Wolfe.

Am Nachmittag ging's zu Fuß über Stock und Stein, singend und jauchzend, waldab und hinaus nach Schenkenzell. Hier hatte der unermüdliche Gastgeber ein opulentes Diner bestellt von 30–40 Gedecken und lud dazu ein, bis alle Plätze besetzt waren.

Die Schenkenzeller Musik erschien und spielte während des Essens. Ehe die Sonne niedersank, ließ der Waldherr jeweils zur Belustigung aller Leute in Schenkenzell einen Luftballon über die Berge und Wälder hinauf in den Äther steigen. Und am Abend begleiteten die Schenkenzeller mit ihrer Musik Theodor, den Seifensieder, und seine Gäste unter Pauken- und Trompetenschall an den Bahnzug, der sie wieder talab führte nach Wolfe.

Wer sich am meisten freute, war unser Theodor, weil er viele Menschen fröhlich gemacht hatte. Und ich frage: Wo im deutschen Reiche lebte je ein Seifensieder, der solche Wald- und Volksfeste gegeben hat oder nur auf den Gedanken gekommen wäre, sie zu veranstalten?

Die Kapelle auf dem Roßberg verdankt dem Theodor nicht nur manch Stück Geld zu ihrer Renovation, sondern auch ein neues Altarbild, eine Kreuzigungsgruppe, und sonstigen Altarschmuck.

Drum ward er auch eingeladen, als am Jörgentag des Jahres 1889 der Pfarrer von Schenkenzell, der damals auch Wittichen versah, das aus dem Staube gezogene Kirchlein einweihte.

Theodor, der Seifensieder, erschien, trotzdem der Weg ein beschwerlicher war für einen Siebziger und noch winterlich die Lüfte wehten, auf der Höhe des Roßbergs.

Der Pfarrer aber war mein Studienfreund Grämlich oder, wie er als Student hieß, »Döderlein«, einer der gutmütigsten Menschen der Welt, der in seiner Gutmütigkeit um keinen Preis Opposition gemacht hätte, selbst wenn es noch so leicht und noch so nötig gewesen wäre.

Der Döderlein war hocherfreut, als an jenem Tage Theodor, der Seifensieder, als Waldherr auf dem Roßberg erschien, und in der Freude seines Herzens nannte er den edlen Stifter Theodor in der Predigt und pries ihn und seine Anwesenheit, was der bescheidene Mann von Wolfe nicht gerne hörte.

Aber nach dem Gottesdienst lud er doch den Döderlein zu seinem auf den Roßberg mitgebrachten Frühstück ein, begleitete den guten Pastor bis Schenkenzell und bewirtete ihn dort noch einmal.

Gleich darauf wurde der Döderlein versetzt, hinunter nach dem Schapbach. Er hatte den Grundsatz, daß man mit den Wölfen heulen und mit dem Strom schwimmen müsse, drum bekam er Gegner, nicht bei den Buren, sondern anderswo.

Er wurde wider seinen Willen versetzt und starb bald darauf an stillem Gram darüber, daß er in einer Zeit gelebt, in der es schwer ist, zwei Herren zu dienen, und welche stärkere Charaktere verlangt, als der von Natur aus schwach angelegte, sonst brave und gutmütige Döderlein einer war.

Bei den Buren war er beliebt, und seinem Leichenzug folgten ganze Völker von Kinzigtälern und Schapbachern.

Und um mich, der ich in der Konviktszeit gerne mit ihm verkehrte, hatte er später ein besonderes Verdienst. Er lieferte mir, solange er auf dem hohen Schwarzwald, bei Villingen, Pfarrer war, die Preißelbeeren, jene würzige Waldfrucht, beliebt als »Beilage« zum Ochsenfleisch.

Bis zum Jahre 1893 hielt Theodor, der Seifensieder, seine Waldfeste ab. In diesem Jahre starb sein »Oberförster«, der Gebert von Schenkenzell, welcher ihm mehr denn drei Jahrzehnte hindurch seine Waldungen besorgt hatte, und der Waldherr verkaufte seines hohen Alters halber die Forste an den Fürsten von Fürstenberg.

In die Jahre seiner Waldfeste war noch ein viel größeres und höheres Fest gefallen, ein Fest, das zu feiern wenigen vergönnt ist.

Am Abend des 8. Januar 1888 war das ganze Städtchen Wolfe auf den Beinen.

Vom Herrengarten am Südende des Städtchens aus zog ein gewaltiger Fackelzug mit Musik durch die Hauptstraße hinauf und über die Kinzig in die Vorstadt.

Vor dem Hause des Seifen-Theodors hielt der Zug. Der Liederkranz trug den »Tag des Herrn« vor, der Bürgermeister hielt eine Rede, und dann begaben sich Deputationen aller Vereine in die Wohnung und überbrachten Wünsche und Geschenke – Theodor, dem Seifensieder, und seiner Jeannette.

Am Fenster erschien dann der Gefeierte und dankte seinen Mitbürgern für die Huldigung, die mit einem feierlichen Bankett im Herrengarten den Vorabend schloß.

In der Frühe des 9. Januar erschienen Kinder, Enkel und Verwandte und brachten ihre Wünsche und überreichten Geschenke.

Wie groß in diesem feierlichen Moment Theodor, der Seifensieder, wieder dachte, zeigt der Umstand, daß das gefeierte Ehepaar inmitten der Huldigungen, die ihm zuteil wurden, der treuen Dienerin nicht vergaß, der Nannette, die seit 25 Jahren des Hauses Köchin und

Buchhalterin war und ein Wolfacher Kind ist, was schon ihr Name besagt. Sie erhielt am Festmorgen ein Ehrendiplom und eine goldene Uhr mit goldener Kette.

Jetzt erst ordnete sich der Festzug zum Kirchgang, denn es war heute – der goldene Hochzeitstag der Seifensiedersleute.

In der Kirche verlas der Pfarrer die Glückwünsche des Erzbischofs, und nach dem Gottesdienst erschien der Oberamtmann Benckiser und überreichte vom Großherzog die silberne Medaille und die Bildnisse des Landesvaters und der Landesmutter. Denn Theodor, der Seifensieder, war allzeit seit 1849 ein loyaler Untertan, Anhänger der »liberalen Sache«, der ja auch der Großherzog stets huldigte.

Im Salmen war das Festessen mit unzähligen Gedecken, bei dem aus einem goldenen Becher getrunken wurde, den das Ehepaar bei seiner ersten Hochzeit zum Geschenk erhalten hatte, hierauf war Theatervorstellung und am Abend noch ein Tanz.

Solange Wolfe steht und die Sonne übers Kinzigtal auf- und untergeht, ist noch keines Seifensieders goldene Hochzeit so begangen worden, wie die von Schangs Theodor und seiner Jeannette.

Wer aber glauben wollte, der gefeierte Seifensieder hätte bei den ihm dargebrachten Huldigungen der Armen und der Niederen vergessen, kennt unsern Mann nicht.

Am Festtag erhielten 86 Hausarme je 1 Pfund Zucker, ½ Pfund Kaffee, einen Laib Brot und eine Mark. Die Armen im Spital bekamen Wein und Brot und sämtliche Schulkinder, 280 an der Zahl, jedes eine große Brezel, wie solche in meiner Schulzeit alljährlich von der Gemeinde ausgeteilt wurden.

Die Armen zogen mit in die Kirche und die Schuljugend am Nachmittag während des Festessens vor den Salmen und brachte dem Jubelpaar in dankbarer Erinnerung an die bereits genossene Brezel ein Hoch aus.

Noch zwei Tage schlug das Fest seine Wellen im Städtle, bis es, wie alles auf der Welt, gänzlich vorüber war.

Theodor, der Seifensieder, aber setzte sich hin und schrieb wieder Erinnerungen an die Festtage und verzeichnete alle Reden, Geschenke, Gratulationen, Gedichte und Telegramme.

Man muß staunen, welche Menge von Dichtern und Dichterlingen in diesen Festtagen zu Ehren des Jubelpaares aufgetreten ist. Es regnete förmlich Gedichte. Sie reichen aber alle nicht an die poesievolle, sinnige Natur des Gefeierten hin, drum will ich keines hier anführen.

Bald nach der goldenen Hochzeitsfeier klopfte, wie es so gerne geschieht, der Tod etwas an bei Theodor, dem Seifensieder. Da schickten ihn die Ärzte nach Kissingen, und nachdem er dreimal dort Kur gemacht, konnte er rüstig und munter am 15. November 1895 seinen achtzigsten Geburtstag feiern. Diesen beging er im Kreise seiner Altersgenossen, indem er alle Männer von Wolfe, die achtzig und darüber waren, zu einem Mittagessen in sein Haus einlud. Die ältesten waren Spitäler, wie denn überhaupt die ärmsten Leute die ältesten werden aus naheliegenden Gründen.

Anno 1897, da dieses Buch zum erstenmal erschien, war Theodor, der Seifensieder, der älteste Bürger seiner Vaterstadt und er und seine Jeannette das zweitälteste Ehepaar im Amt Wolfach-Haslach. Der »Dohlenbacherbur« in der »alten Wolfe« und seine Frau allein waren älter. Sie hatten die diamantene Hochzeit hinter sich. Theodor, der Seifensieder, aber schrieb in seine Memoiren: »Wenn uns der liebe Gott die Gnade schenkt, werden wir am 9. Januar 1898 die diamantene Hochzeit auch feiern können. Über dieselbe soll später an passender Stelle geschrieben werden.«

Und richtig, der Theodor sollte auch noch seine diamantene Hochzeit erleben. Denn in so hohen Jahren halten Geist und Herz den Leib aufrecht, und an beiden fehlte es dem Theodor nicht.

Er blieb noch jung in seinem Herzen und frisch in seinem Geiste. Zur Sommerszeit trug er stets eine Blume im Knopfloch; denn er war ein großer Blumenfreund. In seinem Garten, in unmittelbarer Nähe des Funkenbads, hatte er über 100 Rosenstöcke.

Oft konnten die Badegäste im Sommer einen starken, breitschultrigen, greisen Mann mit der Miene eines alten, schneidigen Generals und einem grauen, eleganten Schnurrbart in diesem Garten bei den Rosen stehen sehen.

Wenn »Damen« vorübergingen und seinen Rosenflor bewunderten, lud er sie ein und gab ihnen Rosen und Rosenbouquets. Es war Theodor, der Seifensieder, der, eingedenk seines einstigen Wahlspruchs: »Schöne Mädchen lieb ich gern –« die Wibervölker gerne mit Blumen beschenkte.

Und wenn er zur Sommers- oder Winterszeit am Nachmittag die Straße hinterging in die Krone zum Kaffee, so sprangen ihm alle

Kinder entgegen mit dem Rufe: »Gutsele-Vater«! Denn die Kleinen wußten, daß er stets seine Taschen mit Bonbons gefüllt hatte, um sie ihnen zu schenken.

Das freute den alten General, wenn er von Kindern sich umringt sah und sie ihm ihr »Vergelt's Gott« sagten. Und er meinte mit Recht, die Tausende Vergelt's Gott, die er aus Kindermund schon erhalten habe, müßten von Segen sein.

Was mich an Theodor, dem Seifensieder, bei Durchlesung seiner Erinnerungen und der vielen Briefe, die er mir über sein Leben geschrieben, am meisten zur Bewunderung des Mannes antrieb, ist sein unverwüstlicher Optimismus.

Da findet sich, einzelne Momente im Gefängnis ausgenommen, nie eine Klage über Heimsuchungen und Schicksalsschläge. Und was hat der Mann alles mitgemacht an leiblichen und geistigen Schmerzen!

Zweimal hat er einen Arm gebrochen, zweimal den Fuß, dreimal Rippen, einmal die Achsel auseinander gefallen, öfters ist er sonst verunglückt oder war er in Lebensgefahr beim Holzflößen, beim Fuhrwerk oder im Walde beim »Holzriesen«.

Die letzten 25 Jahre seines Lebens litt er am Star, einer Familienkrankheit, und wurde öfters operiert. Später erblindete das eine Auge ganz, das andere verdunkelte sich mehr und mehr, und der brave Mann stand vor der gänzlichen Erblindung.

Das alles aber schrieb er nieder ohne jede Klage und ohne jedes Murren, und sein Humor leuchtete trotzdem noch aus allen seinen Zügen. Er glich einem General, der viele Schlachten geschlagen, viele Wunden davon getragen, aber immer gesiegt hat.

Aus den Mienen seiner getreuen Jeannette aber schaute im achtzigsten Lebensjahr ein so liebes, sinniges Großmütterle, wie ein heiterer Herbstabend nach einem langen Tage voll Sturm und Regen.

Sie las dem augenkranken Manne täglich stundenlang vor, und die Nannette besorgte ihm seine Korrespondenz, so daß ihm auch geistiger Weise nichts abging.

Was er aber der Nannette diktierte, ist klar und frisch, wie aus einem jungen Gehirn, und von Humor und lebensfrohem Sinne durchzogen.

Im Sommer saß er in seinem Rosengarten, im Winter fütterte er die hungrigen Vögel vor seinem Fenster, – alle Tage ging er noch aus, nachmittags zum Kaffee und abends zu seinem Schoppen.

Was ihn noch besonders ehrte, war sein Stolz auf sein Handwerk. Nie hat er es bereut, ein Seifensieder geworden und es fast ein halbes Jahrhundert lang gewesen zu sein. Dieser Stolz zeichnete alle alten Meister aus, darum sprach er gern von seinem »ehrbaren Handwerk«.

Und in der Tat, ein Seifensieder und Lichtermacher, der seinen Mitmenschen für Talglichter und Seife sorgt, also Licht und Reinheit in die Welt bringt, ist der menschlichen Gesellschaft mehr zum Segen und Nutzen, als mancher Universitätsprofessor, der sein Licht leuchten läßt zum religiös-sittlichen Schaden seiner Zuhörer.

Wie manches Lichtlein aber hat Theodor, der Seifensieder, im ganzen Kinzigtal leuchten lassen, den Lustigen und Fröhlichen bei Hochzeiten und Tänzen, den Durstigen beim Schoppen, den Kranken beim Leiden und Sterben!

Und wie viele schwarze Wäsche hat er mit seiner Seife rein und schneeweiß gemacht, an den Bächlein und an den Brünnelein in Berg und Tal!

Aber auch wie manchen Flözer hat er weinfröhlich gemacht bei den Flözerzechen in Willstätt!

Wie manchem Kind eine Freude bereitet durch seine »Gutsele«!

Wie manch ländlich Herz erfreut bei seinen Waldfesten!

Und mich selbst hat er anno 87 schon entzückt, da ich mit ihm an der Kinzig hin von Wolfe nach Schilte und zurück fuhr und er mir erzählte von seiner Jugendzeit, von seiner Wanderschaft, seinem Forellenfangen und seinen Jagden. Ich befand mich im August des genannten Jahres in Hofstetten, als an einem Sonntag der Präsident des badischen Fischerei-Vereins, Oberbürgermeister Schuster von Freiburg, in Hasle eine Versammlung hielt und mich einlud, ihn andern Tags nach Wolfe und Schilte zu begleiten.

Er wollte die beiden Hauptfischer, in Wolfach Theodor, den Seifensieder, und in Schiltach den Bäcker Christian Sauter besuchen.

Ich fuhr mit, und da sah ich nach vielen Jahren den Theodor zum ersten Male wieder und lernte ihn kennen als einen Mann, wie unsereiner ihn brauchen konnte.

In Schilte stellte der Bäcker Christian herrliche Forellen auf den Tisch des Ochsenwirts, und wir alle waren lustig und heiter, wie der Augusttag, der sonnig über Berg und Tal lag und selbst die düstern Straßen von Schilte erleuchtete.

Nun sind der Oberbürgermeister und der Theodor und der Bäckermeister unter den Toten. Ich lebe noch, ein alter, schwermütiger Mann.

An jenem Tage aber dachte ich mir: »Der Theodor Armbruster ist ein Mann, der viel zu erzählen weiß und mit dem ich öfters umgehen möchte.«

Jahre kamen und Jahre gingen, wir sahen uns nimmer. Da verriet mir eines Tages im Herbst 1896 der Pfarrer Knöbel von »der alte Wolfe« in einem Briefe, Theodor, der Seifensieder, habe seine Memoiren niedergeschrieben. Alsbald ging ich daran, sie zu bekommen.

Es gelang. Ich versprach dem alten Schiffer, einen Flöz einzubinden aus den Waldbäumen seines Lebens und mit Schangs Theodor hinauszufahren ins Land.

Er hat sich dessen baß gefreut und doppelt gefreut, nachdem er als »Bachvogt« meinen Floz, d. i. mein Buch gelesen und taxiert hatte.

Ich hatte meine Leser und Leserinnen gebeten, am 9. Januar 1898 die diamantene Hochzeit vom Theodor und von der Jeannette nicht zu vergessen und ihnen mit einer Postkarte zu gratulieren. Je unbekannter der Gratulant wäre und je weiter weg er wohne, um so mehr werde es dem wackern Paar Freude machen.

Die Jubelfeier, der ich leider gesundheitshalber nicht anwohnen konnte, fand richtig am genannten Tage statt. Das ganze Städtchen beteiligte sich an derselben. Am Vorabend brachte man dem Jubelpaar einen Fackelzug mit Musik. Am Tage selbst bewegte sich ein langer, festlicher Zug der Kirche zu, um auch Gott die Ehre zu geben und den Bund aufs neue von ihm segnen zu lassen.

Im »Bad« fand das Festessen statt, während dessen von allen Seiten Glückwünsche eintrafen. Über 400 derselben kamen von Lesern der Waldleute, was Theodor, den Seifensieder, am meisten freute.

Er und seine Jeannette dankten einem jeden der Gratulanten mittelst einer Karte mit beider Bildnis und Faksimile-Unterschrift.

Der Großherzog von Baden ließ dem Theodor zum Jubeltag den Orden vom Zähringer Löwen überreichen.

Es waren die letzten Glücksstrahlen, die das Leben dem greisen Paar am 9. Januar 1898 in reicher Fülle zukommen ließ.

Schon im folgenden Juli holte der Tod den wackeren Seifensieder im 83. Lebensjahre. Im gleichen Alter verließ drei Jahre später seine

Jeannette das Leben, nachdem sie täglich, so lange sie gehen konnte, das Grab ihres Theodor besucht hatte.

Auch die treue Nannette hat bald nach ihrer Herrschaft der Tod abgerufen. Und wenn dies Büchlein nicht wäre, würde Theodor, der Seifensieder, schon vergessen sein, selbst in seiner Vaterstadt.

Ich aber beschließe sein Andenken mit dem schönen Zunftgruß:
»Hui Seifensieder! Hui Seifensieder!«

Afra

1.

Auf wunderschöner Waldeshöhe, ringsum bewacht von den düstern Bergkuppen des oberen Kinzigtals, steht eine Kultur-Oase mitten im Waldmeer, der Fohrengrund genannt. Auf ihr erhebt sich zauberhaft eine einsame, malerische Hütte. Sie gehörte vor fünfzig Jahren einem Kleinbauern, dem auf den grünen Matten um die Hütte das Gras wuchs, um damit zwei Kühlein und ein »junges Stück« zu füttern, und der auf den mageren Äckerlein unter derselben die Kartoffeln und das Korn pflanzte für seinen und seiner Familie Unterhalt.

Der Wald ob der Kutte war sein und gab ihm die Mittel an die Hand, Bargeld zu bekommen, um sich und die Seinen kleiden, Steuer und Umlage zahlen und an Sonn- und Feiertagen drunten im Tal bisweilen einen Schoppen trinken zu können. Einmal im Jahre trieb er auch ein Stück Vieh zu Markt und brachte so »ein Geld« heim.

Er stammte aus dem Tal drunten, hatte in den dreißiger Jahren des 19. Jahrhunderts mit seinem Weib die wunderbare Hütte erheiratet und ward fortan nach seinem Vornamen genannt »der Fohrengrund-Xaveri«.

Es waren ihm und seinem Weib, der Franziska, im stillen Laufe der Zeit zwei Meidle groß geworden. Sie hießen mit gar schönen und passenden Namen Afra und Maria Eva.

Die Meidle im Kinzigtale, namentlich um Hasle rum, wo im Dorfe Mühlenbach Sankt Afra Patronin ist, tragen nicht ungern den Namen dieser Heiligen. Sie war bekanntlich in ihrer Jugend eine Sünderin der Art, wie Frauen sündigen, und später, allerdings noch in ihrer Blütezeit, eine Märtyrin und heilige Gottes.

Ihre Schutzkinder im Kinzigtal, die »Oferle«, sind meist lustige, lebensfrohe Meidle, denen später auch ein Martyrium blüht, das Martyrium der Mühen, der Sorgen, der Kümmernisse und der Heimsuchungen, wie es auf dieser armen Erde kaum einem Sterblichen erspart bleibt.

Afer und Afra sind überhaupt alle Menschen: jung – fröhlich, leichten Sinnes und gar oft gottvergessen, im späteren Alter aber Märtyrer in irgend einer Art.

So ging's auch der Afra im Fohrengrund. Ihr Martyrium muß Mitleid bei jedem erregen, der davon erfährt.

Und auch Eva ist stets ein rechter und echter Name für Wibervölker, unter denen gar selten eine lebt, die keine Eva ist mit all' den Fehlern der Stammutter, und was sie Gutes haben und genießen, diese Wibervölker, ihr Ansehen in der Welt und ihre spärlichen Tugenden, verdanken sie Maria, der zweiten Eva, der Mutter des Erlösers.

Maria ist also der schönste und passendste Frauenname.

Drum haben in Anbetracht all' dessen die Väter und Mütter der vergangenen Jahrhunderte so gerne, wie das Landvolk es jetzt noch tut, ihre Töchter Maria Eva genannt.

Die Afra und die Mariev im Fohrengrund hatten einsame Tage auf ihrer Waldhöhe. Im Winter besonders, wo die Föhren und die Tannen ringsum unter der Schneelast ächzten und der Schnee so gewaltig auf der Erde lag, daß sie nicht einmal an Sonntagen hinabkamen in die Dorfkirche – im Winter hatten sie keine Spinnstuben-Abende und konnten nirgends hin mit ihren Spinnrädern »z' Liacht goh«.

Zwar lag zehn Minuten von ihrer Hütte weg eine andere im Walde; aber die Leute dort und selbst ihre Tochter waren scheue, unnachbarliche Menschen, die am liebsten allein blieben. Und eine halbe Stunde weiter oben in einer Waldecke standen die »Waldhäusle«; aber dort gab's lauter Buben, denn die Meidle waren fort im Dienst.

Buben gehören zwar auch in die Spinnstuben, aber da in den Waldhäusln keine Meidle waren, hatten die des Xaveri keine Ausrede, um mit dem Spinnrad zu Buben zu kommen.

So saßen denn zur Winterszeit des Fohrengrund-Xaveris Weib und ihre Meidle allein beim Spinnen.

Es war eines Winterabends um den Dreikönigstag des Jahres 1860. Der angezündete Holzspan stand auf einem Stock in der Mitte der Stube und erleuchtete diese matt. Um den mit Wasser gefüllten Kübel, in welchen des Spans verbrannte Reste zischend fielen, saßen die Wibervölker und spannen, während der Xaveri auf der Ofenbank seine Pfeife rauchte. Da fing die Afra also zu reden an:

»Meinet ou Muatter, i han gestert, wo i ous der Vesper heim bei (bin), a schös Liad g'lehret. Im Löchle beim Löchlebaur sin Meidle gsei, ousm Tös, vom Reiblisberg, vom Fräulisberg und ousm Dachsloch. Die sind alle bei oanander gsei und hant Liader g'sunge. Und eine, 's Töse Ammrei, die im Untertal dienet hot, hot a ganz neu's Liad g'sunge und des hau i g'lehret.«[1]

»Loset (höret), Muatter, i will des Liad singe.«

»'s ist mir nit singerig ums Herz«, meinte die Alte, »aber wenn's ein schönes, christliches Lied ist, kannst du's singen, du kommst dann selbst einmal auf andere Gedanken.«

»'s ist ein ganz fromm's Lied, Mutter«, fiel die Mariev ein, »d' Afra hat mir's gestern abend noch vorg'sunge in der Kammer droben.«

»Also sing's«, sprach spöttisch der Xaveri, seine Pfeife einen Augenblick aus dem Mund nehmend; »deine Mutter hat noch nie gesungen, so lang ich sie hab', heringegen kann sie um so besser schelten. Wenn sie singen könnt', wie schelten, wär' sie die größte Sängerin auf der Welt.«

»Halt dei Moul, Alter«, keifte die Franziska, »wenn du a Frau hättest, die nit schimpfet, du hättest schon lang kein ganz Hemd mehr am Leib.«

»Sing, Oferle, sing!« lachte der Xaveri, »sonst geht der Teufel wieder los, wie am letzten Märkt, wo i z' Schilte gsei bei und a Räuschle heimtrage hau.«

Jetzt fiel die Afra ein und sang:

Am Montag, da fängt die Woche wieder an,
Da wollen's wir den lieben Gott im Herzen han.

»Des war recht«, fuhr die Mutter dazwischen, »wenn du einmal anfingest, Gott im Herzen zu han, aber du hast immer andere Dinge drin, nichtsnutzige. Sing weiter!«

Am Dienstag ist dem heiligen Antonius sein' Bitt',
O heiliger Antonius, verlaß uns doch nit!

---

1 Die oberen Kinzigtäler reden mehr schwäbisch, wie hier die Afra, die unteren alemannisch. Ich lasse in dieser Erzählung absichtlich die Leute abwechselnd Dialekt und hochdeutsch reden.

»Du kommst mir grad' recht mit der Bitt'!« schrie jetzt die alte Franziska. »Jetzt weiß i, warum du das Lied so schnell 'könnt hast. Dein Kerle, der Wilderer, heißt Toni, und du betest jedenfalls zum heiligen Antonius, daß er dir den Toni lasse. Ich hab' jetzt schon g'nug singen g'hört. Hör' auf! Wenn i an die G'schicht denk', steigt mir Gift und Gall in den Kopf!« »Aber du bist heut doch nicht recht aufeinander, Alte«, lachte wieder der Xaveri von der Ofenbank her.

»Halt dei Moul, Alter, und geh' ins Bett, dei Pfeif' ist ausg'raucht. Du verdirbst die Meidle immer und bist ihre Stütze gegen mich, 's war' g'scheiter, du tatst dei'm Weib helfen, statt den Kindern.«

»Und du«, gab der Xaveri mit Humor zurück, »du solltest dich als die fromme Person, die du sein willst, schämen, den heiligen Antonius und den Toni aus dem Hirschgrund zusammenzustellen.«

»Doch, ihr Meidle, laßt 's Singen bleiben heut' abend und für immer. D' Mutter versteht kein G'spaß und kein Ernst. D' Uhr zeigt schon acht vorbei, der Span ist am Abbrennen und mein Pfeifle am Ausgehen. I will noch mit der Latern umzünden im Stall, dann geh'n wir alle zur Ruh.«

»Du kannst allerdings schlafen wie ein Dachs«, bemerkte das Weib, ihr Spinnrad vom Licht wegtragend und in eine Ecke beim Ofen stellend. »Aber ich kann nit schlafen vor lauter Gram über die Ofer mit ihrem Kerle.«

»Guat Nacht, schlofet g'sund.« sprachen die Meidle und gingen schweigend und schüchtern zur Stube hinaus und ohne Licht durch den finstern Hausgang die hölzerne Treppe hinauf in ihre Kammer.

Der Xaveri klopfte seinen hölzernen Pfeifenkopf aus und sprach trocken und ruhig: »Ich will jetzt schlafen wie ein Dachs, und du wachst, Alte, und machst Kalender.«

»Und du machst dann die Jahrmärkt dazu: denn du weißt am besten, wenn d' Jahrmarkt sind z' Schilte drunte und z' Alpirsbach drobe«, keifte sein Weib.

»Jo, jo«, lachte der Xaveri, »die mach' ich dir gern. Geh' jetzt nur in d' Stubekammer, Alte, i komm gleich nach, i will nur noch mit der Latern durchs Häusle laufe.«

Als der Xaveri zurückkam von seiner Feuerschau und in die Schlafkammer trat, fing sein Weib wieder an: »Und i leid's halt nit mit dem Wilderer!«

»Und i leid's ou nit«, gab der Mann ruhig zur Antwort, damit sein Weib endlich schweigen möchte.

»Wenn du's nit leid'st, dann mußt dem Meidle au nit helfe«, kreischte die Alte.

»Ich helf' ihm ou nimmer von morgen an, Alte, aber jetzt guat Nacht«, schloß der Xaveri und legte sich auf seinen Laubsack.

»Jo, du hilfst mir bis morgen früh, und dann steckst dir bei Pfeif' an und gohscht in Wald und haltst 's Moul.«

Der Xaveri gab keine Antwort mehr, denn er wußte, daß sein Weib, wie alle Weiber, das letzte Wort haben müsse.

Nach kaum zwei Minuten schnarchte Papa Xaveri den Schlaf des Gerechten, während sein Weib noch pustete und nestete, bald lauter, bald stiller vor sich hinmurmelnd.

Die Meidle fanden ihre Kammer vom Mondlicht beleuchtet, das mild und kalt durch die kleinen Schiebfensterchen guckte.

»Mach' ou's Schieberle zu«, sagte die Mariev zur Afra, deren Lager dem Fenster zunächst stand.

»Ich will aber z'erst noch nousgucke«, meinte die Afra, »ob der Toni nit um den Weg isch.«

»I glaub, daß er im Wald isch, i hau in der Stube drunten schieße g'höret, und wenn d' Muatter nit a bißele taub wär' und der Vater nit alle Fenster mit Moos verstopft hätt', hätten beide es höre müsse«, antwortete die Mariev, welche wie üblich ihrer Schwester beistand in der Hoffnung auf Gegendienst, wenn sie einmal einen »Kerle« hätte.

Die Afra streckte den Kopf zum Schiebfensterle hinaus und schaute scharf, aber sie merkte nichts davon, wie wunderbare Nacht es draußen war. Der Mond stand in vollem Glanze und in seiner ganzen stillen Majestät über der Schneefläche im Fohrengrund, und es glitzerte über dem Schnee wie Millionen zuckender Sternlein. Die Föhren und die Tannen rings um die Oase neigten im Nachtwind leise, wie betende Riesenelfen, ihre schneeigen Wipfel, und wie ewige Ruhe lag's über der ganzen Natur, selten unterbrochen vom Ruf eines Käuzchens oder dem Bellen eines Fuchses.

»Dort drunten, wo der große Loche[2] steht, sitzt eine schwarze Gestalt«, flüsterte die Afra, den Kopf aus der Fensteröffnung ziehend.

---

2   Markstein.

»Das könnt' der Toni sein, denn wenn's Vollmond ist, geht er gern in Wald, und der Schuß vorhin kam sicher von ihm.«

Jetzt guckte die Mariev und glaubte auch, er sei's. »Los (höre), Oferle«, rief sie, »er singt. Aber wir wollen jetzt ins Bett, er könnt' uns merken und kommen und dann die Mutter doch was hören.«

Sie schloß schnell das Fensterle.

Der Toni aber, der schon einen Rehbock erlegt und ihn beim Lochen hingeworfen hatte, um auszuruhen, ehe er seine Beute weiter trug, sang vergnügt und furchtlos das Lied, das er angefangen:

Abends, wenn die Sternlein spielen,
Bei dem hellen Mondenschein
Muß ich durch den Wald hin stiegeln
Und zum Anstand fertig sein.

Muß noch auf dem Wechsel stehen,
Wo das Wildbret tut hergehen;
Muß mich allda finden ein
Und zum Anstand fertig sein.

Will es mir zu dunkel werden,
Such' ich mir ein' Bauershütt',
Leg' mich nieder auf die Erden,
Habe Ruh', doch schlaf ich nit.

Ruhe, wo man liebt und lebet,
Wo man Treuheit sieht und übt
Und um meine Liebe bittet,
Nimm mein Herz, ich schlafe nit.

Wenn der Tag sich wieder zeiget,
Zieh' ich wieder hin ins Feld,
Wo das Wildbret vor mir schleichet
Und sich scheu und flüchtig stellt.

Da empfind't mein Herz Vergnügen,
Wenn ich kann das Wild betrügen,

Daß mir's in die Arme fällt,
Ob es gleich sich flüchtig stellt.

Er wußte, im Fohrengrund sei er sicher zu dieser Stund', drum sang er ziemlich laut sein Lied. Dann erhob er sich, band dem Rehbock die Läufe zusammen, hing ihn über die Schultern und verschwand im Wald bergab.

Während die Meidle in der Hütte schlafen und der Toni auf dem Heimweg ist, will ich anfangen was zu erzählen.

2.

Es war im Vorsommer, der dem Winter vorausging, in welchem das spielte, was wir eben gehört. Die Kirschen hatten gerade verblüht, was sie auf der winterlichen Höhe des Föhrengrunds erst um Johanni tun. Das Gras in den von einer kleinen Bergquelle berieselten Matten des Fohrengrund-Xaveri war schnittreif.

Der Vater hatte dem Oferle eines Abends den Auftrag gegeben, morgen in aller Frühe das erste Gras zu mähen. Er habe keine Zeit, meinte der Xaveri, er müsse in Wald, sonst werde er mit dem Zurichten des Holzes nicht fertig, bis der Holzhändler Trick von Alpirsbach es kaufen und auf der Kinzig »verflöße« wolle.

Die Meidle im Fohrengrund konnten jede männliche Feldarbeit, also auch »mejen«.

Das Oferle fuhr ums Morgenrot hinab auf die Matte am westlichen Waldrand mit einem Handkarren, auf dem die Sense lag.

Der Morgentau glänzte in unzähligen Perlen auf Gras und Blumen, und es war drum gut mähen. Dichte »Schoren« lagen bald am Boden, und das Oferle begann den Karren zu laden.

Eben war es damit zu Ende und wollte mit einem Seil die »Fahrt« einbinden, als es plötzlich im Wald singen hörte:

Es wollt' ein Mädchen grasen,
Wohl grasen im grünen Klee;
Da kam ein stolzer Jäger,
Wollt' jagen auf der Höh'

und hinter dem Singen drein ein junger Bursche mit einem Stutzer erschien. Er trug die Bauerntracht des oberen Kinzigtals: lederne Kniehosen, kurze Rohrstiefel, blaue Strümpfe, schwarzen Kittel, grüne Weste und runden Filzhut, der über einem frischen, bartlosen Gesichte saß.

Das Oferle erschrak heftig, und der Jäger rief: »Guate Morge, Meidli, scho früh am Grasen!«

»Du häst mi ou verschrecket«, antwortete das Meidli, »I kenn di gar nit. Ein Häs treist,[3] wie ein Obertäler, aber ous unsrem Kirchspiel bist nit, sonst müßt' i di kenne.«

»I bin ousm Kirchspiel von St. Roman, Meidli, und kenn' di ou nit, aber g'falle tust mir doch.«

»I heiß Oferle und g'hör dem Xaveri im Fohrengrund, dort drübe steht unser Hous.«

»Und i heiß Toni und wohn' im Hirschgrund im Heubach drübe. I komm aber 's erstemal do herouf.«

»Was schaffst da oben mit deinem G'wehr?« fragte das Meidli.

»Dir will i's sage, denn es hot no kei Meidli an Wildschütz verrote. I will schaue, ob's do obe keine Reh und keine Hase geit:[4] 's isch bei uns drübe nimmer koscher. Der Förster, der Fürst vom Teufelstein, geht unsereinem z' stark auf d' Socke.«

»Du bist also ein Wilderer? Das seien aber, so hat der Vater schon erzählt, verwegene Leute, die manchmal erschossen würden.«

»'s isch was dran«, entgegnete der Toni. »Aber i mein', wir könnten ou sitze zu unserem G'spräch. I sitz auf den Loche da und du auf deinen Graskarren, und dann erzähl' i dir was vom Wildern, denn du g'fallst mir, bist ein gar soubers Meidli.«

Ein sauberes Mädchen war das Oferle; klein, aber fein, mit blauen Augen, vornehm gebogener Nase, was bei Landleuten selten, und ihre Lippen und ihre Wangen waren so schön rot, wie die Vogelbeeren im November.

»Und no was sagt die Mutter von den Wilderern«, fuhr das Oferle zu reden fort, nachdem es sich auf seinen Karren aufs Gras gesetzt hatte; »sie seien Leute, die ihre Arbeit versäumen und im Wald und in den Wirtshäusern herumziehen, statt zu schaffen.«

3   trägst.
4   gibt.

»Du bist der erst von der Sorte, den ich sehe, aber du schaust mir nit so aus, wie einer von denen, wie Vater und Mutter sie meinen.«

»Des freut mi«, lachte der Toni, welcher, in der Linken sein Gewehr haltend und die Rechte auf den Lederhosen ruhen lassend, auf dem Lochen saß und nun dem Oferle erzählte:

»Im Hirschgrund scheint die Sonne nur vierzehn Tage im Jahr, in der höchsten Sommerszeit, und da wächst kaum das Gras für einige Geißen. Drum waren die Leute im Hirschgrund allzeit Holzmacher. Ein Holzmacher sieht aber gar viele Rehe an der Atzung. Wenn er nun am Morgen in Wald und am Abend heimgeht, so ladet er gerne eins oder das andere ein, mitzugehen.«

»Mein Großvater hat gesagt, was im Wald, im Wasser und in der Luft lebe, gehöre allen Menschen, und drum hat er gewildert, so gut er konnte. Und in jenen Zeiten, wo noch die Waldungen in unserer Gegend den Klosterfrauen von Wittichen gehörten, da hat die Äbtissin beide Ohren zugedrückt, wenn sie hörte, es habe ein Bauersmann ein Reh oder einen Hirsch geschossen. Seit die fürstenbergischen Jäger die Wälder unter sich haben, ist's schon gefährlicher, aber auch pläsierlicher.«

»Du kannst dir nicht vorstellen, Meidle, was das eine Freude ist, heimlicherweise am Morgen vor Sonnenaufgang im Wald herumzustreifen, ehe die Vögel aufwachen, und am Abend, wenn sie eingeschlafen sind, auf dem Anstand stehen und warten, bis die Rehe und Füchse wechseln. Das ist ein größeres Vergnügen, als zum Tanz gehen oder zur Kirchweih oder auf den Jahrmarkt.«

»Und unter Tags liegst dann im Bett und schläfst?« fragte das Oferle.

»Schlafen? – nein, am Morgen, wenn i heim komm aus dem Wald, geht's wieder in Wald und wird Holz g'macht den ganzen Tag. Ist die Arbeit im Wald vorbei, so geht's ans Floßmachen, und ist der Floz fertig, so geht's am Bach hinunter in die Kinzig und hinab bis unter die Mauern von Straßburg in den Rhein.« »Dem Toni im Hirschgrund geht die Arbeit nie aus, und das Jagen treibt er im Sommer nur, wenn er sich eine besondere Freud' machen will, und zur Winterszeit, wenn die Bäche gefroren sind.«

»Du bist also doch ein braver Bursch und kein Faulenzer, wie die Mutter die Wildschützen nennt.«

»Des freut mi, Meidle, daß du mir glaubst.«

»Aber jetzt muß i heimfahre«, meinte das Oferle, »d' Sonne guckt scho über den Schornwald, und um fünfe steht d' Mehlsupp' auf dem Tisch, und d' Muatter zanket, wenn i nit daheim bin. I tat dich gern einladen zum Morgenesse, hast doch g'wiß noch nichts warm's g'hot heut, aber i fürcht' d' Muatter; sie kann d' Wildschütze nit leiden.«

»I dank dir, Meidle, mein Morgenessen hab' i in mei'm Kittel, a Budele Chriesewasser und Speck, des isch besser als die best' Mehlsupp'. Aber das Lied will i dir noch singen zum Abschied, das i eben ang'fangen hab', als i zu dir kommen bin, 's paßt auch auf deine Mutter. I kann alle Jägerlieder noch vom Großvater her, und heut kann i laut singen, der Fürst vom Teufelstein liegt im Bett und isch krank.«

Es wollt' ein Mädchen grasen,
Wohl grasen im grünen Klee;
Da kam ein stolzer Jäger,
Wollt' jagen auf der Höh'.

Er breitet seinen Mantel hin
Wohl auf das grüne Gras
Und bat das schwarzbraune Mädchen,
Bis daß es zu ihm saß.

Ach Gott, ich darf nit ruhen,
Ich hab' ja noch kein Gras,
Ich hab' ein zänkisch Mütterle,
Die zankt mich alle Tag.

Hast du ein zänkisch Mütterle,
Die dich zankt alle Tag,
So sagst, du hätt'st dich g'schnitte,
Dei' Fingerle halber ab.

Ach Gott, ich darf nit lügen,
Das steht mir gar nicht an;
Viel lieber will ich sagen:
Der Jäger hab's getan.

Ach Mutter, liebste Mutter,
Geb' sie mir einen Rat;
Es lauft mir alle Morgen
Ein stolzer Jäger nach.

Ach Tochter, liebste Tochter,
Den Rat, den geb' ich dir:
Laß du den Jäger fahren,
Bleib noch ein Jahr bei mir.

Ach Mutter, liebste Mutter,
Der Rat, der ist nicht gut;
Der Jäger ist mir lieber
Als all' mein Hab und Gut.

»So, jetzt hab' i dir eins g'sungen«, schloß der Jäger und erhob sich. Das Oferle aber lächelte unter Tränen über das schöne Lied.

»I hab' drunten im Wald ein Reh liegen, das will i mit Laub decken, bis die Nacht wieder kommt und i es hole. Und jetzt behüt di Gott, Schatz, und wenn du wieder Gras holst, kommen wir vielleicht wieder z'sammen.« Mit diesen Worten reichte der Bursche dem Oferle die Rechte.

Das Meidli hielt des Wildschützen Hand in der seinen und fragte: »Kommst übermorgen nit ouf den Peter- und Paulimärkt nach Schilte? I komm ou nunter und mei Schwester, die Mariev.«

»I geh nit oft ouf die Jahrmärkt', an diesen Tagen ist unsereiner am ungestörtesten im Wald, aber dir z' lieb komm' i. Wo kehret ihr ein?«

»Wir sitzet gewöhnlich im Engel.«

»Also im Engel z' Schilte, wenn wir uns nit vorher auf dem Markt treffe«, antwortet der Toni, drückt dem Oferle nochmals die Hand, springt in den Wald und singt:

He, he, he,
Hirsch und Reh
Droben ich von ferne seh;
Eins davon,

Weiß ich schon,
Wird mir bald zum Lohn.

Hu, hu, hu,
Drum schau ich zu,
Daß ich ja nicht fehlen tu.
Puff und Knall,
Daß es schall',
Daß das Rehlein fall'.

Das Oferle, schon in den »Landen« seines Graskarrens stehend, lauschte ihm noch nach. Dann fuhr es davon. Drunten vom Tal herauf läutete es. Die Sonne glitzerte in den Tautropfen des Grases, die Vögel jubilierten rings um den Fohrengrund, das Oferle allein fuhr nachdenkend und mäuschenstill über den grünen Weg der Hütte zu.

3.

Am Peter- und Paulstag ist alljährlich in Schilte ein vielbesuchter Jahrmarkt. Die Schiltacher und ihre nächsten Nachbarn, die Lehengerichter, sind protestantisch, haben also keinen Grund, an einem katholischen Feiertag keinen Jahrmarkt zu halten, und die vielen Katholiken ringsum versäumen keine Zeit, wenn sie am Nachmittag den »Peter- und Paulimärkt« zu Schilte besuchen.

Die Schiltacher sind noch keine hundert Jahre badisch und waren vorher Jahrhunderte lang gut württembergisch. Die Herzoge von Teck, dieses alte schwäbische Geschlecht, saßen ja auf der Burg über Schilte.

Drum sind die Schiltacher heute noch in Sprache und in angeborener Schlauheit und Findigkeit gut schwäbisch. Schwäbisch und dumm paßt aber nicht zusammen. Das bekannte Wort von den »dummen Schwaben« ist das dümmste Schlagwort, so es je gegeben hat. Unsere Nachbarn, die schwäbischen Württemberger, stehen in alleweg früher auf, als wir allzeit redseligen und maulfertigen »Badenser«.

Drum haben die schlauen, altschwäbischen Schiltacher alle ihre Jahrmärkte auf katholische Feiertage verlegt, wohl wissend, daß die katholischen Völker der Umgegend an solchen Tagen am besten Zeit und Lust haben, einen Ausflug nach Schilte zu machen.

Und so spielen sich die Märkte hier ab an Josefi, an Peter und Paul und an Maria Geburt.

»Sommerszeit die Menschen freut«, drum ziehen sie am liebsten, die Leute des oberen Kinzigtals, an Peter und Pauli z' Markt uf Schilte.

Und wer mag sie alle zählen, die Buren und Bürinnen und die jungen Völker, die am hellen, heißen Sommernachmittag dorthin wallen – aus dem Heuwich, aus dem Kaltbrunn, aus Wittichen, aus Bergzell, von St. Roman, von Halbmeil, von Lehengericht, von Schenkenzell und von all' den Bergen und aus allen Höfen, die in diesen Gebieten liegen?

Es war ein besonders warmer Sommertag, der Peter- und Paulstag des Jahres 1859. Draußen in der großen Welt war Krieg- und Kriegsgeschrei, während die Landleute des oberen Kinzigtales fröhlich und friedlich gen Schilte zogen.

Doch sprachen die Männer auch vom Krieg. Soldaten aus der Gegend hatten einrücken müssen und die Badischen mobil gemacht.

In Italien waren die entscheidenden Schlachten schon geschlagen.

Von Schenkenzell her wanderte eine Gruppe Bauern in kurzen, schwarzen Tuchschoben, ledernen Kniehosen, blauen Strümpfen und hohen Stiefeln das Tal herunter Schilte zu.

Unter ihnen war der Vogt von Bergzell, Gruber, den ich noch wohl gekannt.

»Was meint ihr ou vom Krieg, Vogt?« fragte einer der Bauern im Weiterschreiten, während sonnenbeglänzt die alte Ruine Schenkenzell auf sie herabschaute.

»Vom Krieg mein' i«, antwortete der Gefragte, »daß er bald ein End hat. Die Östreicher haben, wie der ›Schwarzwälder‹ gebracht hat, zwei große Schlachten verloren, bei Magenta und Solferino. Und helfe will ihnen kein Mensch, die Preuße nit und die Badische ou nit. No werd's bald ous sei.«

»Aber die Östreicher verlieret ou älleweil«, äußerte der Bühlbur von Schenkenzell, »und d' Franzose g'winnet älleweil.«

»'s isch vor fufzig Jahr scho so gsei«, gab der Vogt zurück. »Der alt Napoliun hot älleweil g'siegt und der neu' macht's ou a so, aber z'letzt hot der alt' Napoliun doch auf d' Hose kriagt,[5] und dem neue wird's am End ou so gau!«

»Doch komm's, wie's will, wir Baure müsset's[6] nehme, wia's kummt, 's isch allewil so gsei. Wir Baure müsset d' Leut' und 's Geld stelle, wenn die große Herre miteinander kriege.«

Hinter den Bauern her, die so und ähnlich vom Krieg sprachen und eben über die Kinzigbrücke schritten – kamen langsam zwei Meidle des gleichen Wegs.

Sie waren vom Fohrengrund herab auf die Talstraße gekommen und wandelten, wie viele vor und hinter ihnen, dem Peter- und Paulimärkt zu.

Sie hatten sich in vollen Putz gesteckt, denn einmal war's Feiertag, und dann gingen sie z' Märkt. In allen Farben, vom hellsten Rot bis zum tiefsten Blau, prangten die Meidle.

Eben, als sie bei der Brücke angelangt waren, steuerte von ferne ein Bursche, der aus dem Heubacher Tal gekommen, von der Flußseite her der Brücke zu.

»Dort unten kommt der Wildschütz, Mariev«, sprach leise das Oferle. »'s isch, wie wenn's sein müßt, daß er jetzt g'rad daher kommt.«

Die Mariev wußte längst, um was und wen es sich handle bei dem Worte Wildschütz, denn das Oferle hatte ihr gleich nach jener Begegnung mit dem Toni im Walde alles erzählt, auch daß sie einander treffen sollten auf dem Peter- und Paulimärkt.

»Des isch aber ein netter Bursch, der Wildschütz«, meinte die Mariev, an der Kinzig hinabschauend. »Jetzt wollen wir aber langsamer gehen, damit er uns einholt.«

»Nei«, gab das Oferle zurück, »wir laufen, als ob wir ihn nicht gesehen und nicht erkannt hätten. Wenn ihm was daran liegt und er noch denkt, was er im Wald g'seit hot, dann wild er schon machen, daß er uns trifft.«

Ohne weiter umzuschauen, schritten die Meidle über die Brücke.

Kaum hatten sie diese aber hinter sich, als der Toni sie einholte und, dem Oferle die Hand reichend, sprach: »Grüß Gott! So des isch ou schön, daß du Wort haltest und ouf den Paulimärkt kommst!«

5   Bekommen.

6   Müssen's.

»Des isch g'wiß dei Schwester?«

Als das Oferle dies bejahte, gab er auch der Mariev die Rechte mit den Worten: »Ou grüß Gott! Du wirst scho wisse, wo i und 's Oferle anander troffe haunt. Aber ouf'm Märkt darf ma's nit sage.«

»I weiß scho älles«, antwortete lächelnd und leise die Mariev. »Ou des weiß i, daß ma d' Wildschütze nit verrote soll.«

»Jetzt bleib i aber bei euch«, fuhr der Toni fort. »Z'erst wollen wir krome, und dann gehen wir zum Tanz. I muß Wetzstein' koufe, der Heuwet (Heuernte) kummt, und i soll dem Äckerbur drobe helfe meje.«

»Und ihr zwei, was wollet ihr krome?«

»I will a rots Zeugle kaufe zume Rock«, antwortet das Oferle, »und i a rote Wulle zu Strümpfen«, die Mariev. »Und der Vater«, fuhr sie fort, »hot g'seit, i soll ihm ou a Mailänder Wetzstein bringe. Den könnt ihr mir koufe helfe.«

»Und der Muatter soll i a Strohhut bringe und ou a neue Reche zum Heuwen.«

Die Schiltacher sind nicht bloß schlau in bezug auf den Tag ihrer Märkte, indem sie dieselben auf katholische Feiertage verlegen, sondern auch noch in anderer Art.

Sie begnügen sich damit, die katholischen Landleute in ihr Städtchen gelockt zu haben, und überlassen sie dann den Wirten und Krämern, während sie selbst den täglichen Arbeiten in Feld und Werkstatt nachgehen. Mit Vorliebe führen sie ihr Heu und ihren Reps ein am Peter- und Paulimärkt, und die katholischen Marktbesucher müssen oft in den Straßen von Schilte den Heuwägen Platz machen.

»Dia donderschlächtige Schiltacher«, flucht dann manch ein katholischer Bur, »nit g'nug, daß sie Markt halten an unseren Feiertagen, sie machet ei'm nit amol Platz, wenn ma in ihr Städtle kummt.«

Doch es kommen auch protestantische Landleute an dem Markttag nach Schilte, vorab die jungen Völker aus dem vorderen und hinteren Lehengericht, die an diesem Markt auch lieber tanzen, als »heuwen«.

Sie sind zweifellos die feinsten Erscheinungen auf dem Marktplatz, die jungen Lehengerichter in ihrer dunkelblauen, hellgrün verbrämten Volkstracht, mir die liebste von all den schönen Volkstrachten des Kinzigtales.

Die besten Geschäfte machen am Paulimarkt z' Schilte die Wetzstein- und die Strohhuthändler. Die Wetzsteine verkauft der Bürsten-

Marx von Hasle, die Strohhüte bringen Flechterinnen von Aichhalden, dem nahen schwäbisch-württembergischen Bergdorf. Für die Meidle von Lehengericht haben sie die weißen Hüte gar schön verziert und garniert mit schwarzem Geflecht.

Der dicke Bürsten-Marx von Hasle ist der Nachfolger des Bürsten-Engel meiner Knabenzeit, der, wenn er auf den Märkten des Tales feil hielt, immer rief: »Bürste un Hoor d'ra, wer's nit glaubt, der griff d'ra!«

Der Bürsten-Marx macht in Schilte mit seinen Mailänder Wetzsteinen, die altberühmt sind bei den Buren im Tale, die besten Geschäfte auch deswegen, weil er aus dem Obertal stammt, aus dem Kaltbrunn, und die Buren alle kennt.

Doch hat der Marx Konkurrenz bekommen. Da steht unfern von ihm ein fremder Schleifsteinhändler, ein redegewandter Mann, um den sich die Buren und Bürinnen und die Völker drängen, so wie sie auf dem Marktplatz angekommen sind.

Er ruft: »Hierher, meine Herrschaften, die ihr mähen und heuen wollt! Hier sind die besten Wetzsteine der Welt, sie kommen lebendig aus dem Bruch und haben 30 Prozent Magnet oder Anziehungskraft. Wenn man mit diesen Steinen, die schneidig sind wie Gift, schleifen tut, ist das Mähen das reinste Kinderspiel!«

Hierauf bestreicht er eine alte Sense mit einem Stein und schneidet vor den Augen seiner Zuhörer einen Bogen Papier in Stücke.

Jetzt langen die Buren in ihre kurzen Lederhosen und kaufen von den Steinen, die viel billiger sind, als die Mailänder.

Der Toni kauft zwei und rät der Mariev, für den Vater auch einen zu nehmen. Aber die will nicht, sie muß einen Mailänder haben, die kennt der Xaveri und ist sie g'wohnt. Sie meint deshalb: »I trau mir nit, an andere als a Mailänder heimz'bringe.«

Drum gehen sie weiter, und der Toni liest ihr einen feinen Mailänder aus beim Bürsten-Marx.

Da ruft dem Toni der »rot' Hans«, der früher Knecht war und jetzt Jahrmarktkrämer ist. Er hat manchen Holländerstamm fällen helfen im Hirschgrund und kennt den Toni, der ihm ein »paar Zigarren« abkauft.

Als sie beim Hafner-Arnold vorbeikommen, der seine zerbrechlichen Waren auf dem Boden ausgestellt hat, fällt dem Oferle ein, daß die Mutter ihr aufgetragen habe, eine irdene Suppenschüssel zu bringen.

Sie kauft eine, aber der Hafner muß sie ihr aufheben, bis sie heimgeht.

Dort ist der Stand vom Schramberger Zeugleweber; dem steuern die drei zu, und der schlaue Württemberger begrüßt sie mit den Worten: »So, do kommt g'wiß a Hochzeitspärle. Welles isch ou d' Hochzeitere? D' Wahl tut oim weh, 's isch oine so schön, als die ander. Un a soubre Bursch isch ou dabei. Jetzt, wo gilt's und was möchtet ihr gern?«

»Keine von is isch a Hochzeitere«, gab das Oferle zurück. »Wir hont den Toni bloß troffe vor der Brück' drouße!«

»Was nit isch, kann noch werde«, meinte der Zeugleweber, und der Toni nickte lächelnd dazu.

Das Oferle aber kaufte ein rotes Zeugle zu einem Rock, und dann ging's weiter.

Dort an der Ecke steht ein Kirschenhändler. Er hat die ersten von Hasle heraufgebracht, und Kirschen sind am Peter- und Paulimärkt was ganz neues für die Obertäler.

Der Toni erbietet sich, den Meidle, die staunend auf die roten Dinger schauen, solche zu kaufen. Doch sollten sie dieselben mit heimnehmen, denn jetzt wollten sie zusammen den Durst löschen bei der Hitz, meinte er, und »ein Bier« trinken beim »Fritz in der Gaß«.

»Aber wir könnet die Chriesen doch nit im Schurz mitnehmen ins Bierhaus und dann zum Tanz in Engel?« sprach die Mariev.

»Die bringen wir dem Hafner-Arnold und legen sie in die Suppenschüssel bis z' Obed, und morn essen wir sie zum Andenken an den Toni«, war Oferles Ansicht, die einstimmig gebilligt wurde.

Der Toni ließ zwei Pfund Chriesen wägen, schöne, saftige, hellrote »Weißbäckler«, die Mariev trug sie zurück in die Suppenschüssel und eilte dann den andern nach zum »Fritz in der Gaß«.

Beim Fritz in der Gaß z' Schilte trinken die Obertäler gern ihr Bier. Da sitzt der alte Fritz zu ihnen, gibt ihnen eine Prise aus einer Riesendose und erzählt von Amerika, wo er lange gewesen.

In einer Ecke der Bierstube, über welcher ein Bild des Königs Gambrinus hängt, sitzen drei Meidle aus dem St. Romanschen. Sie sehen den Toni, der in ihre Pfarrei gehört, mit zwei fremden Meidlen.

Die eine äußerte: »Schout, der Toni ous dem Hirschgrund hot zwei Tänzerne, die i nit kenn'. Der kunnt ou überall rum.«

Die zweite sprach darauf: »Ma weißt scho, daß der Toni a Wildschütz isch, drum kennt er d' Meidle ouf alle Berge.«

»Mi dunkt's«, nahm die dritte das Wort, »die Meidle seien ous Bergzell. I moin, die Schwarz hätt' i schon g'sehe beim Fest in St. Roman und z' Wittiche ouf der Wallfahrt.«

Indes hat der Toni die Sprecherinnen auch erblickt. Er nimmt seinen Schoppen, geht zu ihnen, bringt's ihnen zu und frägt: »So, seid ihr ou z' Märkt? Was hont ihr kromet? Oder seid ihr bloß zum Tanze komme?«

Jede trinkt vom Toni, und die heiterste von ihnen, die Walburg aus der Trillen, antwortet ihm dann: »Wir hont Strohhüt kromet und Reche, der Heuwet goht an. Und zuam Tanz könnet wir nit, wir hont keine Tänzer. Du, Toni, hosch, scheint mir, Meidle kromet und kannst keine mehr brouche, sonst müßtest mich mitnehmen in Engel.«

»Der Toni ous dem Hirschgrund nimmt euch alle drei mit«, entgegnet lachend der Wildschütz. »Er kann auch mit fünf Meidlen tanze. Die zwei, so mit mir gekomme, sind über dem Kaibach drobe daheim. Hab' die eine kenne gelernt bei einem Spaziergang in den Wald und sie eingeladen zum heutigen Tanz. Die ander' ist ihre Schwester.«

»Ma weißt scho, was der Toni für Spaziergäng macht in Wald«, erwiderte die Walburg schelmisch. »Und im Wald geit's ällerlei für Vögel.«

»Du kannst gut sticheln, Walburg«, meinte der Toni und lud die Meidle nochmals ein, in Engel zu kommen, er tanze dann mit jedem der fünf Wibervölker gleich oft. Er sei noch ganz ledig, sein Herz noch nicht verkauft, und heimbegleiten müsse er am Abend sie, die drei, doch, weil sie den gleichen Weg hätten.

»Nei, nei, Toni«, nahm jetzt die Karolin aus dem hintern Heuwich das Wort. »Heut' vergönne wir dir die Meidle ousm Kaibach nit. Wir müsse zeitig heim. Wenn wieder einmal Tanz isch z' St. Roman im Adler, dann gilt's uns.«

Dem Oferle war's ganz warm geworden, als der Toni so lang mit den Meidlen in der Ecke verkehrte. Diese reichten ihm jetzt zum Abschied jede ihr Glas zum Trinken, und der Toni meinte im Weggehen: »Ihr b'sinnt eu g'wiß no anders, dann kommet ihr doch no in Engel.«

»Do kannst lang warte, Toni«, schloß die Walburg, »bis wir komme und im Engel z' Schilte feil stehen, bis ein Tänzer kunnt. Do kehren wir heut' abend lieber no im Auerhahn ein im Heuwich. Dort sitzt der Äckerbur mit seine Flözer, die wolle morgen an Floz durch den Bach lassen, und die treffen wir sicher, wenn's is ums Tanze isch, und der Schultoni spielt ouf mit der Harmonika.«

Eine halbe Stunde später war der Toni mit dem Oferle und der Mariev im Engel, die drei andern Meidle aber auf der Kinzigbrücke dem Heuwich zu.

Sie walzten und stampften schon, die ländlichen Paare, und die bunten Kleider und farbigen Bänder an den Trachten der Meidle zogen wie Kaleidoskope an den Augen der Zuschauer vorbei, als der Toni mit seinen Damen im Engel ankam.

Alsbald drehte auch er sich mit dem Oferle in dem dröhnenden Kreisel, dem Staubwolken entstiegen, so dick, wie der Rauch, der von den Kaminen der alten Häuser von Schilte vor Mittagszeit gen Himmel zieht.

Die Mariev hatte ein Bursche aus der Aichhalden »engagiert«, und so kam auch sie zu ihrem schweißtreibenden Vergnügen.

Zwischen hinein bekamen die ländlichen Damen Süßigkeiten, d. h. die Tänzer kauften ihnen Lebkuchen, die von einem alten Weible am Eingang zum Tanzboden feil gehalten wurden. Schilte hat zwei »Zuckerbäcker« bis auf den heutigen Tag. Der »Lehbäck« und der »Schmiedi-Bäck« versorgen die Jahrmarktgäste mit Lebkuchen und »Guts«.

Die Fiedel ächzte und die Klarinette krächzte, so toll mußten die Musikanten dem nimmersatten Volke aufspielen.

Machten sie einmal eine Pause, so warf ihnen der Toni einen Sechsbätzner hin und rief: »Einen ›Extra‹ für mich!« Dann tanzte er allein mit dem Oferle, um es so zu ehren; und das Oferle war stolz in seinem Heizen, denn einen Extra hatte noch keiner mit ihm getanzt.

Die Burschen und die Knechte aber sahen scheel auf den Toni ob seines vielen Geldes und ob seines Großtuns, und des Hermenazis-Bure Andres meinte: »Der hat gut Extra spielen lassen, er schießt heut' nacht wieder einen Rehbock im Lehenwald, und dann hat er sein Geld wieder. Der verdient mehr mit dem Jagen, als wir mit Schinden und Schaffen.«

»Und seine Tänzerin, das Oferle«, nahm ein Bursche vom Dachsloch das Wort, »die hat er auch beim Jagen gefunden: sie wohnt im Fohrengrund, mitten im Wald.«

»Aber sagen darfst nichts, Andres, vom Wildern, sonst rennt er dir ein Messer in Leib. Der Toni ist wild wie ein Löb, wenn er gehänselt wird, aber sonst der best' Kerle von der Welt.«

»Doch lumpen lassen wir uns nit«, meinte der Andres, »wir müßten uns schämen vor unseren Meidlen. Wir tanzen jeder auch einen Extra.«

Und bald gab's nur noch Extras auf dem Tanzboden zur Freude der Musikanten, die dabei am meisten Geld verdienten.

Endlich brach der Toni ab. Das Oferle drängte heim – der Mutter wegen. Auch die anderen gaben Ruh, und alles ging in die Wirtsstube hinab, um, wie es üblich ist, die Tänzerinnen zu regalieren »mit Bröte und Salat«.

»Soviel auf einmal, wie heut', hab' i meiner Lebtag nit getanzt«, sprach das Oferle, sich den Schweiß abtrocknend und am Arm des Toni in die Stube wandelnd.

»Du mußt auch wissen, wenn du mit dem Toni aus dem Hirschgrund getanzt hast«, antwortete der und rief der Kellnerin zu: »Eine Botell' vom Besten und Bröte und Salat für drei.«

Schon schaute der Abend durch die dunklen Gassen von Schilte. Die Sonne verklärte im Scheiden nur noch die hoch über dem Städtle gelegenen Ruinen der einstigen Burg der Herzoge von Teck – als das Oferle und die Mariev sich zum Heimgehen anschickten.

Sie hatten Angst vor der Mutter, die eine böse Sieben war und den Meidlen jedesmal, so oft sie auswärts gingen, mit Aussperren drohte, wenn sie zu spät heimkämen.

»Aber singen muß der Toni noch eins, ehe er aufbricht und euch begleitet!« rief des Hermenazis-Bure Andres, der am gleichen Tisch saß.

»Ja, singen muß er!« riefen alle Burschen. »Der Toni hat noch immer eins gesungen, ehe er vom Tanz heimging, und ist der beste Sänger im Tal.«

»No, sing schnell eins!« bat das Oferle, welches nicht verriet, daß es den Toni schon einmal im Wald habe singen hören.

»I sing' eins«, sprach der Toni, »'s isch nit kurz, aber schön und neu. Des sing'i und dann gaut's heimzua.«

Es wollt' ein Jäger jagen,
So sagt' er.
Es wollt' ein Jäger jagen
Drei Stunden vor dem Tagen
Im Walde hin und her.
Einen Hirschen, einen Hasen und ein Reh,

So sagt' er.
Er grüßt das Mädchen seine;
Was tut sie so alleine
Wohl in dem Wald so früh?

Ich will mir pflücken Rosen,
So sagt' sie.
Ich will mir pflücken Rosen,
Wir wollen beide kosen
Wohl in dem Wald so früh.

Ich kann vor meinen Hunden nicht,
So sagt' er.
Ich kann vor meinen Hunden nicht,
Bleib' sie nur, Schönste, wer sie ist,
Wohl in dem Wald so früh.

Laß er die Hunde laufen,
So sagt' sie.
Laß er die Hunde laufen,
Wir wollen sie verkaufen
Wohl in dem Wald so früh.

Ich kann vor meinen Hasen nicht,
So sagt' er.
Ich kann vor meinen Hasen nicht,
Bleib' sie nur, Schönste, wer sie ist,
Wohl in dem Wald so früh.

Laß er die Hasen schmausen,
So sagt sie.

Laß er die Hasen schmausen,
Es sind ja mehr als tausend
Wohl in dem Wald so früh.
Ich kann vor meinem Pferde nicht,
So sagt' er.
Ich kann vor meinem Pferde nicht,
Bleib' sie nur, Schönste, wer sie ist,
Wohl in dem Wald so früh.

Laß er das Pferd doch stehen,
So sagt' sie.
Laß er das Pferd doch stehen,
Wir beide wollen gehen
Wohl in dem Wald so früh.

Ich kann vor meinen Sporen nicht,
So sagt' er.
Ich kann vor meinen Sporen nicht,
Bleib' sie nur, Schönste, wer sie ist,
Wohl in dem Wald so früh.

Laß er die Sporen klingen,
So sagt sie.
Laß er die Sporen klingen,
Wir beide wollen singen
Wohl in dem Wald so früh.

Alles lobte den Toni ob des schönen, neuen Liedes und seiner schönen Stimme. Das Oferle strahlte. Des Hermenazis-Bure Andres meinte: »Aber jetzt noch eins, Toni! Du allein kannst Lieder singen, die wir nicht kennen!«

»Nei, nei«, mahnte das Oferle, das sich schon vom Tisch erhoben hatte, »wir müssen heim. Bin aber nicht dawider, wenn der Toni noch dableibt.«

Die letzten Worte waren ihr natürlich nicht ernst.

»Noch eins zum Abschied, Toni!« rief der Andres.

»Da habt ihr noch eins, ein ganz kurzes«, sprach der Toni und sang stehend:

Meidle, hast dei Bettle g'macht?
»Nei, i hab's vergesse.«
Bist denn du die ganze Nacht
Bei dem Jäger g'sesse?

Wenn du willst den Jäger habe,
Mußt du grüne Schühle trage;
Grüne Schühle, Silberschnalle
Tun dem Jäger wohl gefalle.
Juchhe!

»Und jetzt guat Nacht, kommt guat heim mit euere Tänzerne«, schloß der Toni und ging mit seinen zwei Meidle von dannen.

Draußen aber auf der Gasse war's düster und menschenleer. Die Krämer waren bei Laternenschein schon wieder am Einpacken ihrer Waren. An ihren Ständen zeigten sich nur vereinzelt noch Schiltacher, die untertags wegen der Feldarbeit keine Zeit gehabt hatten zum Kromen.

Die Mariev holte die Schüssel mit den Kirschen beim Hafner, und hinaus ging's über die Brücke in den lauen Abend hinein.

Der Weg an der Kinzig hinauf war einsam. Die meisten Marktbesucher aus dem oberen Tal hatten ihn schon passiert.

Bis zum Tannenhof gab der Toni der Mariev und dem Oferle das Geleit, dann ging er wieder zurück bis zur Brücke vor Schilte und dem Hirschgrund zu.

Beim Abschied hatte er versprochen, bald wieder einmal »ums Haus zu streichen im Wald droben«, das Oferle ihn aber gebeten, ja vorsichtig zu sein, damit die Mutter nichts merke, sonst wäre sie des Lebens nimmer sicher.

»Ich treff' dich wieder beim Grasen in aller Herrgottsfrüh«, tröstete der Toni. »Es stehen noch ein paar stolze Rehböcke im Fohrengrund. Von denen muß noch einer mein werden.«

Und er kam bald und kam oft, der Toni, und die »böse« Mutter, die Frenz, half wider Willen, daß die Afra und der Toni sich trafen »wohl in dem Wald so früh«.

Sie hielt sich einige Hühner um die Hütte, und die Hühner waren ihr ans Herz gewachsen, aber dem »Hennevogel«, der morgens über den »Schornwald« her geflogen kam und die Hütte schreiend umkreiste, auch.

Es gibt bekanntlich nichts Erfinderischeres auf Erden als zwei Verliebte, die gerne beisammen wären, aber Hindernisse im Wege liegen sehen.

So kam es, daß der Toni, welcher alle Vögel im Singen und Schreien nachmachen konnte, als Hühnerweih sich ankündigte, wenn er am Morgen oder am Abend um die Hütte im Wald streifte.

Sobald dann des Xaveris Weib, in der Küche oder im Stall beschäftigt, den Hennevogel hörte, rief sie: »Ihr Meidle, der Hennevogel isch drouße, gang eins nous und verscheuch ihn!«

»Der kaibe Vogel muaß sei Nest im Wald habe, daß er so oft schreit. Suchet, daß ihr's Nest findet.«

Das Oferle ging dann regelmäßig in den Wald, um den Hennevogel zu verscheuchen oder sein Nest zu suchen.

So verging der Sommer und der Herbst kam, der Hennevogel ließ immer noch seine Stimme hören, ohne Hühner zu holen; denn das Oferle hielt getreulich Wacht, und die Mariev half dabei.

Endlich bekam die Alte den Vogel einmal zu sehen, und das geschah also: An Sonn- und Feiertagen blieb, wie es auf einsamen Höfen und Hütten Sitte ist, nie »eines« allein daheim, wenn die andern ins Dorf hinab zur Kirche gingen. Entweder hüteten der Vater und ein Meidle oder die Mutter und das andere Meidle das Haus.

Das Oferle hütete am liebsten mit dem Vater, denn der Xaveri hörte nit gut; er saß den ganzen Morgen über in der Stube und las in einem alten Gebetbuch, oder er rauchte auf der Ofenbank sein Pfeifle.

Es ging schon dem Spätherbst zu, und es war Sonntag. Über Berg und Tal lag ein kaltes Nebelmeer, und an den Tannen setzte sich der erste Duft an.

Die Mutter und die Mariev waren hinabgegangen ins Tal zum Gottesdienst. Die erstere klagte, daß der wüst' Nebel ihr so zusetze auf der Brust und sie immer husten müsse und es fast nit erschnaufen könne.

Schon halb am Berg drunten, beim »Löchlebühl«, wird's der Mutter so übel, daß sie umkehren muß. Sie spricht zur Tochter: »Geh' du allein in d' Kirch, Mariev, ich muß heim. Ich kann's fast nicht mehr erschnaufen, und es fröstelt mich dazu. Schon zweimal hab' ich die

Lungenentzündung gehabt, ich will sie nit wieder holen. Ich geh' heim und sitz' an warmen Ofen. Bet' du für mich in der Kirche.«

Langsam und von Zeit zu Zeit stehen bleibend und Atem holend keuchte des Xaveris Weib wieder bergan. Es läutete eben zur Wandlung in der Dorfkirch' drunten, als sie endlich ihrer Hütte sich wieder nahte.

In der Küche aber sitzt der Toni beim Oferle, und dieses meint, die Glocke vom Tal herauf zu dem offenen Fensterchen herein vernehmend: »Du kannst schon noch eine halbe Stunde bei mir bleiben, es läutet erst die Wandlung.«

Beide bekreuzen sich, und der Toni hat seinen Hut abgenommen, bis die Glocke verstummt.

»Horch! Da hustet jemand«, sprach der Toni.

Das Oferle schaut zum Küchenfenster hinaus, wird totenbleich und ruft voll Schrecken: »D' Muatter kunnt, lauf, Toni!«

Mit einem Satz ist der Toni aus der Küche, mit einem zweiten vor der Hütte und mit einem dritten im Wald. Aber ehe er diesen erreicht, hat ihn die alte Franziska erspäht.

Jetzt verläßt sie plötzlich der Husten. Wie eine Junge eilt sie ins Haus und in die Küche und fällt über das innerlich zitternde, äußerlich aber mit der unschuldigsten Miene der Welt mit dem Kochlöffel in der Gerstensuppe rührende Oferle her.

»Was für ein Kerl ist das gewesen, der eben in Wald g'sprungen ist?« schreit atemlos die Mutter.

»Muatter«, antwortet ganz ruhig das Oferle, »'s isch a Bursch gsei, der ins Haus komme isch und Feuer verlangt hot für sei Pfeife. Er hot Zundel und Feuerstein vergesse, wo er dehoim fort isch, hot er g'seit.«

»Warum ist er denn fortg'sprunge, wo i komme bei, und warum hot er kein Feuer beim Vater g'holt, der hot Zundel und Feuerstein?« kreischte die Alte.

»Er hot die glühende Kohle g'seha, wo er an der Küch' vorbei isch. Drum isch er nit in d'Stube nei. Und i hab' ihm selber g'seit: ›Spring, was de kannst, mei Muatter kunnt, die tuat wüast, wenn sie an Burscht bei mir sieht.‹«

»Wo isch er denn her, der Kerle?« fragte die Mutter, schon milder gestimmt; »daß er fremd ist, hab' i gleich g'sehen.«

»Er sei, wie er sagt, aus dem Hirschgrund im Heuwich«, erwiderte das Oferle, welches froh war, daß der Toni seine Flinte im Wald versteckt hatte, als er in die Hütte ging, so daß die Mutter ihn nicht mit der verdächtigen Waffe gesehen.

»Was schafft er aber am Sonntag Morgen, wo ein jeder Christenmensch, der kann, in die Kirche geht, do oben in unserm Wald?«

»Er hot g'seit, er wolle einen Gang machen ins Schwobaländle 'nüber, nach Röthenberg, und der nächste Weg führe do durch.«

Das erste Gewitter war vorüber. Die Mutter glaubte, was die Liebe dem Oferle auf die Zunge gelegt, und mit der Mahnung, ja keinen Burschen mehr ins Haus zu lassen am Sonntag, ohne dem Vater zu rufen, ging die Husterin in die Stube und fing an zu klagen, daß der Nebel sie heimgetrieben.

Wir sehen, wie schlau und klug das Meidle in der Waldhütte sich aus der Gefahr gezogen. Die gleiche Schlauheit und erheuchelte Ruhe ist aber in ähnlichen Fällen allen Wibervölkern eigen, weil, wie ich anderwärts schon dargetan, alle über die gleichen Eigenschaften verfügen und jede jede Rolle zu spielen imstande ist, eine Kunst, die den Mannsleuten abgeht.

Es heirate heute ein Fabrikherr die armseligste Arbeiterin seiner Fabrik; in kurzem wird sie die Herrin und Dame zu spielen wissen, als ob sie von Geburt aus zu etwas Besserem bestimmt gewesen wäre.

Man mache aber einen Fabrikarbeiter zum Fabrikherrn, und man wird es ihm zeitlebens ansehen, daß er aus dem Proletariat stammt.

Ähnlich umgekehrt. Man lasse eine Dame von hohem Adel ins Proletariat hinabsinken, und sie wird hier ihre Rolle spielen, als ob sie darin aufgewachsen wäre. Einem König aber, der zum Bettler geworden, wird man es stets ansehen, daß er nicht Zeit seines Lebens Bettler gewesen.

Doch kommt diese Kunst, sich in jede Rolle zu finden, dem schönen Geschlecht von Natur aus zu und ist ihm deshalb auch weder zur Ehre, noch zur Schande anzurechnen.

Am Nachmittag des Sonntags, an dem der Hennevogel aus dem Hirschgrund im Neste erwischt worden war, kam eine Bettlerin in die Waldhütte.

Sie war aus dem benachbarten Württemberg und über den Schornwald hergekommen, um ins Kinzigtal hinabzusteigen, wo sie ihrem Gewerbe nachzugehen pflegte.

Oft schon hatte sie in der Hütte des Xaveri angekehrt und »um der Gotts Wille« Atzung bekommen.

Heute, weil ein so wüster Nebel über Berg und Tal lag, kochte ihr die noch immer schwer atmende Franziska eine Schüssel voll warmer Milch und setzte sich zu ihr.

Die Meidle waren drunten im »Tannengrund« bei einer alten Base zu Besuch.

Ihre Mutter, im Geiste noch immer mit dem Burschen beschäftigt, der diesen Morgen in den Wald gesprungen, fragte die Bettlerin, ob sie auch drunten im Heuwich und im Hirschgrund bekannt wäre.

»Jo freile«, antwortete das Weib, »jedes Häusli, jedes Stegli und jedes Wegli kenn' i dort und jung und alt.«

»Gibt's im Hirschgrund«, fragte die Frenz weiter, »viele Burschen?«

»O nei, do geit's nur zwei Häusle und nur ein Burscht, des isch der Toni, den werdet ihr wohl kenne, er goht jo mit eurer Tochter; Afra heißt sie, glaub i.«

»Was, mit meiner Afra geht er? Was sagt ihr?« keuchte des Xaveris Weib.

»I weiß von nuits (nichts) anderem«, sprach ruhig das fremde Weib. »Am Peter- und Paulimärkt hoan i mit Lebkuache g'hausiert für de Lehbäck von Schilte, do hoan i beid' g'sehe beim Tanz im Engel und ouf'm Märkt!«

»Das ist mir das allerschönste, das allerneueste, was ihr mir do verzählet«, krächzte die Frenz. »Aber nit zehn Gulden nähm' i, wenn ihr mir nit die Neuigkeit gebracht hättet.«

»Aber ein rechter Burscht isch der Toni«, fuhr die Bettlerin fort, »schäffig, brav und lustig. Nur soll er gern wildern und Rehböck schießen.«

Sie trank nach diesen Worten den letzten Schluck ihrer Milch, steckte den Rest ihres Brotes in ihre Rocktasche und schied, nachdem sie ihrem Staunen Ausdruck gegeben, daß die Mutter nichts davon wisse, mit wem ihr Meidle gehe.

»Aber«, schloß die Bettlerin, »nehmet's eurem Meidle nit übel, daß es Bekanntschaft hot. Wir zwei sin ou jung gsei und hont Buabe gern g'sehe.«

»Schwätzet nit so dumm, sonst braucht ihr bei mir nimmer anzukehren«, schalt die Frenz ihr nach.

Kaum war sie im Wald verschwunden, dem Dorf zu, als von der andern Seite aus dem Tannengrund herauf das Oferle und die Mariev ihrem Heim zuschritten.

Daß die Bettlerin dem Oferle eine Hölle angezündet, davon hatten beide keine Ahnung. Und diese Hölle brannte schon lichterloh im Herzen der Mutter, ehe die Meidle des Vaters Hütte erreicht.

Die Frenz war ein kleines Weib mit starkem, blondem Haar, graublauen Augen und regelmäßigen Zügen. Aber zwei Dinge kennzeichneten sie für einen kundigen Beobachter als eine, mit der nicht gut Kirschen essen ist, wie das Sprichwort sagt.

Ihr Mund war lippenlos, und über dem dünnen Fleisch, welches die Lippen ersetzte, hatte sich ein Bärtchen gelagert, wie es in späteren Jahren manche Dame gerne heimsucht.

Frauen mit dünnen Lippen sind aber bekanntlich gemüt- und herzlos, und wenn über solchen Lippen gar noch männliche Bartspuren sich zeigen, so hat eine der Art ausstaffierte Evastochter, wie der Volksmund sagt, den Teufel im Leib.

Ein italienisches Sprichwort meint drum, eine bärtige Frau solle man mit Steinen grüßen, um sie sich vom Leib zu halten.

Von der Sorte also war die Mutter des Oferle, und das erklärt alles, was wir noch von ihr hören werden.

Daß sie nicht mit dem Küchenbesen die Meidle empfing, verdankten diese nur dem Umstand, daß sie denselben in der Aufregung nicht fand.

Wie ein Drache aber fiel sie über die Ankömmlinge her, vorab aber über das Oferle und dann über die Mariev als Hehlerin. Wie Schwertstreiche sausten die Drohungen und Beschimpfungen von der Mutter Mund auf die Kinder nieder.

Lug und Trug und jede Schlechtigkeit ward ihnen zugesprochen. Der gute Xaveri trat auf den Lärm hin aus der Stube in die Küche, wo der Spektakel sich abspielte, und hörte einige Zeit still zu. Dann nahm er seine Pfeife aus dem Mund und meinte, er und die Frenz hätten ja auch Bekanntschaft gehabt, ehe sie heirateten, die Mutter solle doch nit so unsinnig tun. Aber er beschwor mit dieser Beschwichtigung ein wahres Hagelwetter von Komplimenten auch auf sein Haupt herab.

»Auch noch einen Wildschütz!« rief sein Weib immer wieder. »Einen Menschen, den man in die Zuchthäuser führt! Wildschützen sind zudem noch Tagdiebe und Faulenzer. So einer kommt mir nit ins Haus, so lang ich lebe. Und wenn noch einmal eins zum Tanz geht mit dem Kerle, so darf es die Schwelle des Hauses nimmer betreten. Am Sonntag muß von jetzt an die Afra mit mir in die Kirche und darf nie mehr mit dem Vater daheim bleiben.«

»Für heute«, so schloß sie, »soll mir das gottlose Meidle aus den Augen. Marsch, hinauf in deine Kammer, wenn dir dein Rücken lieb ist!«

Das Meidle folgte – stumm und still. An seinem Bette saß das Oferle, bis es Nacht wurde, und weinte und besann sich vergeblich, wer der Mutter alles möchte verraten haben.

Draußen vor dem kleinen Kammerfensterchen nickten die Tannen im Abendwind und schauten mitleidsvoll herein auf das unglückliche Meidle, das heute zum erstenmal im Leben die Erfahrung machte, daß Lieben leiden heißt.

4.

Der Herbst verging; der Winter kam. Statt des Hennevogels bellte in kalten Nächten der Fuchs in der Nähe der Waldhütte. Der Fuchs aber war gar oft der Toni.

Er war längst unterrichtet über die Stimmung der Mutter seines Oferle. Die Mariev hatte bald hernach an einem Sonntag daheim gehütet und dem Wildschützen gesagt, er möge sich ja nimmer im Hause sehen lassen, wenn ihm etwas am Wohl und Weh des Oferle gelegen sei.

Der Toni suchte nun zunächst Frieden zu machen mit der Alten. Eines schönen, hellen Sonntags vor Weihnachten ging er in die Dorfkirche, zu der die Waldhütte gehörte, und nicht nach St. Roman, wohin er eingepfarrt war und wo er dem Gottesdienst auch regelmäßig beiwohnte, wenn die Rehböcke ihn nicht davon abhielten.

Als die Leute sich nach der Kirche verliefen, ihren Gehöften zu, paßte der Toni auf. Die Mutter schickte das Oferle zum Krämer, um Salz zu holen.

Da trat der Toni an die Alte heran, grüßte sie und sprach: »I bin der Toni aus dem Hirschgrund und mein's ehrlich mit eurem Oferle; i will's heiraten.«

»Ein Wildschütz und ehrlich?« knirschte die Frenz. »Und einer, der am Sunntig Morgen statt in die Kirch' in Wald geht und zu de Meidle, wenn d' Mutter nit daheim, isch mir a soubere Ehrlicher! So lang i leb, kriagst (bekommst) du kei Meidle von mir. Schlag dir das nur aus dem Kopf und geh, du Wildschütz, du!«

Sie war dabei so laut geworden, die Frenz, daß die Leute, welche an beiden vorbeigingen, aufmerksam wurden. Drum brach der Toni ab und sprach bitter: »Behüet Gott, und i dank für den Spott.«

Von weitem hatte das Oferle den Toni, den es schon in der Kirche erspäht, von der Mutter weglaufen sehen, und es ahnte nichts Gutes.

Richtig keifte die Mutter auf dem ganzen Weg der Waldhütte zu über den frechen Wilderer, der von ihr ein Meidle wolle, aber nie bekomme. Das Oferle schwieg, aber in seinem Herzen antwortete eine Stimme: »Schwätz, was du witt, Muatter, den Toni laß i nit.«

So standen die Dinge zu der Zeit, da unsere Erzählung anfing mit jenem Singen des Oferle beim Spinnen am kalten Winterabend, während der Toni draußen im Schnee stand.

Die Frenz war ihm aber schon lange nicht mehr auf die Spur gekommen, und jener Ausbruch des Zorns, als das Oferle sang:

Am Dienstag ist dem heiligen Antonius sein Bitt',
O heiliger Antonius, verlaß uns doch nit!

war der erste im neuen Jahre (1860) gewesen.

Bald darauf ging aber der Tanz aufs neue los. Man hatte den Leuten in der Waldhütte »das Säckle gestreckt.«

Das Säcklestrecken ist eine schöne Sitte, die meines Wissens nur im oberen Kinzigtal vorkommt und dort, was mich freut, bis zur Stunde geübt wird.

Wird irgendwo in einem Haus oder auf einem Hof zur Winterszeit ein Schwein geschlachtet, so erscheint am Abend ein Unbekannter und klopft mit einer Stange ans Fenster.

Ehe dieses sich öffnet, hat er die Stange am Fenster stehen lassen und sich etwas entfernt. An der Stange aber hängt ein Säckchen, in welchem sich ein Wecken und ein Brief befinden.

In diesem stehen, in der Regel gereimt, die Glückwünsche zum Schweinemetzgen und zur Metzelsuppe und die Bitte, in das Säckchen auch eine Gabe vom Schlachtfest zu legen. Bisweilen enthält der Brief aber auch persönliche Bemerkungen, Neckereien und Bosheiten.

Im ersteren Falle werden dem Gratulanten und Bittsteller Würste und ein Stück Fleisch in sein Säckchen getan, im letzteren, d. h. wenn der Brief Sticheleien und Bosheiten enthält, bekommt der Säcklestrecker Sägmehl, Rübschnitze und dergleichen.

Es gibt also zweierlei Säcklestrecker: solche, denen es nur um Würste und Schweinefleisch zu tun ist, und solche, die mit dem Säcklestrecken irgend eine kleine Bosheit, eine Rache ausüben, kritisieren und spotten wollen. Diese letzteren sind demnach eine Art »Haberfeldtreiber«.

Die Kunst und der Witz der Säcklestrecker besteht darin, möglichst unbeschrieen die Stange mit dem Säckchen wieder zu holen und damit fortzukommen, während das Hauptziel derer im Hause ist, den Säcklestrecker abzufangen.

Gelingt es, ihn einzufangen, so wird er ins Haus geführt und mit Metzelsuppe bewirtet. Es gibt darum einzelne, die sich gerne fangen lassen; andere jedoch setzen einen Stolz darein, heimlich zu entkommen. Die »Haberfeldtreiber« aber haben allen Grund, unerkannt zu entweichen.

In der Regel sind es zwei Burschen, die am Säcklestrecken sich beteiligen: Meidle aber dichten und schreiben vielfach die Verse, welche ihnen manchmal die Eifersucht diktiert. Der eine der Burschen stellt sich zunächst als Spion in die Nähe des »Schlachthauses« und gibt dem andern, der die Stange mit dem Säckle trägt, ein Zeichen, daß es geraten ist, sich dem Hause zu nähern.

Ist die Stange glücklich plaziert, so gehen beide auf die Lauer, bis das Säckle in die Stube gezogen und gefüllt wieder an die Stange gebunden ist. Jetzt gilt's, diese zu holen, ohne erwischt zu werden, denn im Hause ist alles, was laufen kann, auf den Beinen, um den Strecker zu fassen.

In der Regel gelingt aber diesem sein Streich, indem sein Kamerad Miene macht, die Stange zu holen, und ans Haus springt. Während nun Knechte und Buben diesem nachsehen, ergreift der andere die Stange und eilt davon.

Geht der Text des Briefes nur auf einen Anteil am geschlachteten Schwein, so lautet derselbe allermeist also:

Guten Abend, guten Abend
Ihr Mehelsuppen-Leut,
Heut' hat's geregnet anstatt geschneit,
Und das hat mich zum Säcklestrecken gefreut.

Ich hab' gehört, ihr habt geschlachtet ein fettes Schwein,
Und da möcht' ich auch ein wenig als Gast dabei sein.
Ich wünsche dem Hausvater Glück zum Speck,
Der Hausmutter aber Glück zum Fett,
Den andern allen einen guten Magen,
Daß sie Fett und Speck gut können vertragen.
Ich hab' gehört, euer Schwein war etwas klein,
Drum will ich mit meinen Wünschen bescheiden sein.
Auf eine Blutwurst werd' ich nicht können hoffen,
Das Blut ist euch ja alles davon geloffen.
Drum bitt' ich um eine Leberwurst,
Um zu vermehren meinen großen Durst.
Auch bitt' ich um eine Bratwurst,
Die dreimal um den Stubenofen herumgeht,
Dann zum Fenster hinaus in meinen Sack hinein;
Das mag schon eine tapfere Bratwurst sein.
Auch bitt' ich um ein Stückchen Rippach,[7]
So lang, daß ich dran kann steigen auf das Dach;
Auch ein Stückchen Hohrucken,
Daß ich kann übers Kamin nausgucken,
Ein Stückchen Speck
Zwischen Ohren und Wedel hinweg.

Und noch einen Schunken,
Dann will ich heimklunken.
Ich bitt', füllt mir mein Säckchen bald,
Denn es ist kalt und ich bin alt,
Da friert's mich bald.
Mein Name ist Moab Strömverle von drüwe rüwer;
Wenn mein Säckle g'füllt ist, geh' ich wieder nüwer.
Man nennt mich sonst Hans Keck,

---

7 Rippächle heißen im Kinzigtal die Rippen der Schweine.

Wer mir zu nah' kommt, den werf' ich in Dreck.
Das Datum hab' ich vergessen.
Weil mir die Mäus' den Kalender gefressen.

Berühmt als Säcklestrecker, die man nie erwischte, waren einst im Heuwich die uns schon bekannten Flözer, der Pfaffengregori und der Schultoni.

Also solch ein Säckle wurde eines Abends auch ans Xaveris Waldhütte gestreckt und zwar von den Buben in den »Waldhäuslen«, die es nicht gerne sahen, daß einer »aus der Fremde« die Meidle ihrer Nachbarschaft besuche. Darum war der obige übliche Text etwas verändert, und es hieß unter anderem:

Drum bitt' ich um eine Leberwurst,
Denn 's Oferles Toni hat viel Durst;
Auch bitt' ich um eine Bratwurst, die geht vons Oferles
Bis hinab zum Toni im Hirschgrund.[8]
Laßt euer Oferle nit so viel in Wald laufen,
Sonst müßt ihr bald gehen zur Taufen.

Die Säcklestrecker mußten, nachdem ihr Säckle in die Stube gezogen worden war, lange warten, bis von drinnen ein weiteres Lebenszeichen gegeben wurde.

Der Xaveri, sein Weib und die Meidle buchstabierten lange, bis sie den Brief gelesen, und dem Oferle erstarrte das Blut im Herzen, als die Stelle kam, in der von ihm die Rede war. »So war's zu meiner Zeit ou«, begann der Xaveri, als der Brief gelesen war, »man schrieb einander Spott und Schand zum G'spaß. Leg' eine Leberwurst ins Säckle, Alte, und laß die Kerle laufen. Mach gute Miene zum bösen Spiel, sonst kommt, wenn die ander Sau gemetzget wird, noch ein schlimmers Briefle.«

»Jetzt hast ou a mal recht, Xaveri«, gab seine Ehehälfte zurück. »Die Wurst sollen sie haben dafür, daß sie mir sagen, was ich für ein schlechtes Meidle im Haus habe. Aber so muß es kommen, wenn man der Mutter nicht folgt.«

8   Mund.

Sie legte eine Wurst ins Säckle und band es an die Stange vor dem Fenster, wo es alsbald verschwand. Aber dann plagte sie das Oferle den ganzen Abend so lange, bis es weinend die Stube verließ und in seine Kammer ging.

Hier stieg eine furchtbare Angst in dem Meidle auf, die Säcklestrecker könnten Propheten sein und ihm seine Schande voraussagen. Und so kam es.

Es ging dem armen Oferle, wie es in jenem alten Volksliede heißt:

Es wollt' ein Jäger jagen
Wohl in dem Tannenholz;
Da trifft er auf dem Wege
Ein Mädchen, und das war stolz.

Wohin du schönes Mädchen,
Wohin du Mädchen stolz?
Ich geh' zu meinem Vater
Wohl in das Tannenholz.

Geh du zu deinem Vater
Wohl in das Tannenholz,
Deine Ehre sollst du lassen
Bei einem Jäger stolz.

Ich kann und darf jetzt nicht mehr alles erzählen. Nur so viel will ich sagen, daß, als der Schnee geschmolzen war und die Drosseln schlugen im Wald, als die ersten gelben Schlüsselblumen aus dem Grase guckten vor der Waldhütte und alles fröhlich wurde im Frühlingssonnenschein, da ging das Leid des Oferle erst recht an.

Die Mutter wurde erbarmungslos, als sie erfahren, daß ihr Meidle »im Tannenholz einem Jäger stolz ihre Ehre gelassen« und Spott und Schand' auf sich und die Ihrigen gehäuft hatte.

Gar oft, wenn die immer und immer wiederkehrenden Ausbrüche des Zorns bei der Mutter losgingen, stürzte sie auf das Opfer sinnlicher Liebe und trieb es mit Schlägen aus der Hütte hinweg in den Wald.

Hier verbrachte das Oferle manchen Tag und manche Nacht weinend, klagend, hungernd und frierend.

Wie ein verwundetes Reh irrte es tagsüber durch die Wälder, hilflos und allein, und nachts lag es schlaflos auf weichem Moosbett, und die Nachtvögel krächzten ihm ihre schauerlichen Totenmelodien.

Zwar kam der Wildschütz bisweilen tröstend zu ihm; aber vergeblich war sein ehrlich Mühen, seinen und des Oferles Fehler gut zu machen durch gesetzliche Bande und Vorschriften.

Jetzt sollt' er sie erst recht nicht haben, so lange das Weib mit den dünnen Lippen lebte in der Waldhütte. So hatte dieses selbst beschlossen.

In jenen Tagen, da das Oferle in des Weibes schwersten Zeiten im Wald umherirrte, war es noch nicht Mode wie heutzutage, ohne den Willen der Eltern zu heiraten, zu heiraten auf nichts anderes hin als auf eine Bescheinigung des Standesbeamten.

Drum duldete das Oferle und unterwarf sich in Gehorsam dem tyrannischen Willen einer erbarmungslosen Mutter. – Es gehört eine starke Naturgabe dazu, um das zu ertragen, was das Meidle in der Waldhütte zu ertragen hatte an Mißhandlungen, Beschimpfungen und Verstoßungen, und was es zu leiden hatte in den einsamen Nächten im Walde.

Ich habe mit allen Menschen, die ein schweres Verbrechen begangen haben, Mitleid, weil man nie recht weiß, wie diese meist erblich belasteten Unglücklichen so geworden sind, und ich wundere mich nicht, daß die berühmtesten Verteidiger sich um die schwersten Verbrecher am liebsten annehmen. Ich würde es auch tun, wenn ich ein gewandter Rechtsanwalt wäre, und habe diese Leute schon oft beneidet um ihre schöne Aufgabe in solchen Fällen.

Am meisten Mitleid aber habe ich mit den »Kindsmörderinnen«. Es ist das ein furchtbares Wort; aber selten denkt jemand ernstlich daran, welch' furchtbare Leiden und Kämpfe in der Seele einer solchen Mutter vorhergingen und wie Angst, Furcht und Verzweiflung in ihr aufwogten, bis sie zur entsetzlichen Tat schritt.

Ich würde darum in solchen Fällen als Verteidiger stets das Mitleid anrufen und für Unzurechnungsfähigkeit plädieren.

Daß unser Oferle trotz allem, was es zu leiden hatte, in seiner oft verzweiflungsvollen Lage nicht zur Verbrecherin wurde, spricht für die Stärke seines Seelenlebens.

Und nun überschlagen wir zwanzig Jahre. Es ist dies eine kurze Zeit im Menschenleben, und doch ändert sich in dieser kurzen Frist unendlich vieles, vieles in der Welt, in jedem Dorf und in jeder Familie und im Leben des einzelnen Menschen.

5.

Es ist – die zwei Jahrzehnte später – Sommer im Lande, da wir aus dem Walde heraustreten wollen in die Lichtung, auf welcher die Hütte des Fohrengrund-Xaveris steht.

Tiefe Stille herrscht ringsum. Man könnte meinen, die Sonne, die mild und klar auf die Matten und auf die strohbedeckte Hütte ihr Licht wirft, scheine auf einen Kirchhof im Walde.

Nirgends ein Laut, selbst die Vögelein schweigen, und nur das Brünnelein vor der Hütte rollt hörbar sein Wasser in den ausgehöhlten Tannenbaum, der ihm als Trog dient.

Wir nähern uns der Hütte. Kein Hündlein bellt. Sie scheint ausgestorben. Wir steigen die alte hölzerne Treppe hinauf und gucken, auf der Fensterhöhe angekommen, in die Stube.

Da sitzt am großen Kachelofen ein altes Weib, vor ihm steht ein Spinnrad. Sie hat trotz der Sommerszeit gesponnen, denn sie ist nichts mehr zur Arbeit in Feld und Wald und spinnt jahraus jahrein.

Der Ofen ist warm vom Kochen des Mittagessens her, und warm scheint die Sonne durch die kleinen, geöffneten Schiebfensterchen. Diese doppelte Wärme hat der Alten Schlaf gemacht. Sie ist eingeschlummert. Wirr drängt ihr weißes, volles Haar aus dem farbigen Tuch hervor, das sie über den Hinterkopf gebunden, und aus ihren scharfen, verwetterten Zügen spricht ein harter Geist.

Neugierige Fliegen schleichen über ihre braunen Hände und spielen in ihrem weißen Haar. Sie fühlt es nicht. Nur leise zuckt bisweilen eine Hand, wenn eine Fliege zu kräftig auftritt.

Neben ihr auf der Ofenbank schlummert die Hauskatze in einem Fleck Sonnenschein, der bis auf die Bank gedrungen ist.

Da kommt von der Rückseite der Hütte, die dem Walde ganz nahe liegt, aus diesem ein junges, schlankes Mädchen mit rabenschwarzem Haar. Es hat Reisig gemacht droben unter den Tannen, ist jetzt fertig und will heim zum »Vierebrot«.

Rasch tritt es in die Stube. Die Alte fährt aus ihrem Schlummer auf, reibt sich die Augen, erblickt das Meidle und brummt: »Wenn ich amol schlofe könnt, mueß eins von euch mich wecken. Seit diese junge Brut im Hause ist, ist aller Segen und alle Ruhe fort. Was willst du? Geh nous und schaff!«

»I hab' bisher g'schafft, Großmuatter«, entgegnete bescheiden das Meidle. »I bin fertig mit Reiswellen machen, will ein Vierebrot nehmen und dann nous zur Muatter und zur Gertrud und ihnen helfen im Erdäpfelfeld.«

»Du brauchst nichts z'Viere, Ihr wollt immer essen und trinken und seid das Leben nit wert. Warum hast mich g'weckt, jetzt darfst ou nit in der Stube bleibe. Fort und schaff, i mueß no eins schlafen, damit ich den Kummer vergeh', den ihr und eure Mutter mir schon seit zwanzig Jahren gemacht habt!«

Das Meidle schwieg. Es war ja diese Redensarten gewohnt von Kindheit an. Es ging hinaus in die Küche und aß unter Tränen ein Stück schwarzes Brot. Dann ging es hinüber auf den Erdäpfelacker, wo die Mutter und die Schwester an der Arbeit waren, und erzählte, wie die Großmutter wieder wüst sei. Die Mutter – wir kennen sie, es ist das Oferle – tröstet das Meidle: »So ist sie halt, die Großmutter, und so bleibt sie. Hätt' sie g'wollt, so wäret ihr ehrliche Kinder und hättet einen Vater. Aber sie hat's nit geduldet und hat jetzt noch kein Einsehen. In guten Stunden reut sie's, aber die guten Stunden sind selten bei ihr.«

Das Oferle ist alt geworden. Es geht den Fünfzigern zu, und wir dürfen es jetzt ruhig Afra nennen. Seine Haare sind grau, sein Blick verdüstert, seine Züge welk.

Die Meidle sind Zwillinge. Das kleinere, Gertrud, schlägt der Mutter nach; das größere, schwarze, ward Walburg getauft und sieht dem Vater gleich.

Der »Fohrengrund-Xaveri« ist längst tot. Die Kinder seiner Tochter waren noch klein, als er sich zum Sterben niederlegte.

Und Toni, der Wildschütz, ist fast ebenso lang verheiratet, als der Xaveri tot. Droben in jener einsamen Waldecke, eine halbe Stunde vom Fohrengrund, wo die Waldhäusle stehen, hat er sich eine Hütte gekauft und eine andere Tochter des Landes heimgeführt, nachdem er jahrelang vergeblich sich bemüht, das Oferle zu bekommen.

Die beiden Kinder aber wuchsen auf in Scheu und Schwermut, weil die Großmutter es auch sie entgelten ließ, was ihre Mutter gefehlt, und weil die finsteren Stunden, welche diese einst im Wald verbracht, auch in der Kinder Seelen unheimliche Keime hinterlassen hatten. Sie waren schon freudenlos, da sie noch in die Schule gingen, und scheu, wie flüchtige Rehlein, kehrten sie jeweils vom Dorfe herauf heim ins Haus der bösen Großmutter.

Groß geworden, leben sie mit ihrer Mutter ein hartes Leben; nirgends winkt ihnen Freude, nirgends Hilfe. Überall begegnen sie kalten, herzlosen Menschen.

Während sie so an jenem Sommertag im Erdäpfelacker an der Arbeit sind, ruft plötzlich über ihnen vom Waldrand herunter eine rauhe Männerstimme: »Aus dem Weg, es kommt Holz!«

»Um Gottes willen«, jammert die Afra, »jetzt lassen sie schon wieder Holz los, um uns die Felder zu verderben!«

Sie ruft hinauf: »Rieset euer Holz, wenn wir unsere Erdäpfel und unsern Haber daheim haben, und macht armen Leuten keinen Schaden!«

»Schweig still, du alte Vettel, mit deine zwei Bankerten (Bastarden)! Wenn wir Bauern euch noch fragen müßten, wann wir unser Holz riefen wollen, hätten wir viel zu tun«, – gab, der gerufen, als Antwort zurück.

Im gleichen Augenblick ließ er eine Tanne los, und der Stamm sauste, alles niederwerfend, über die Äckerlein der armen, hilf- und rechtlosen Wibervölker, die sich kaum noch flüchten konnten.

Seufzend und weinend verlassen sie ihren Acker und ziehen heim. Der Bauer aber sendet rücksichtslos seine Tannen weiter zu Tal.

Solche Roheiten waren nicht selten, und öfters schon war die Afra mit ihren Kindern so beschimpft worden, weil sie gebeten, ihr Eigentum zu verschonen.

Rechtshilfe suchte sie nie, die stille Dulderin, weil sie die Prozesse und die Herren fürchtete und lieber Unrecht litt, als klagte.

Daheim in der Waldhütte keine Ruhe, draußen um der Geburt willen verachtet und rechtlos den Gewalttaten roher Menschen preisgegeben, das tat weh, und dieses Weh senkte sich mehr und mehr in die Herzen der zwei Meidle.

Die Afra war versteinert im Leid seit vielen, vielen Jahren, und sie trug es nicht so schwer, was sie und die Meidle zu dulden hatten, wie ihre von Jugend auf freudelosen Kinder.

Doch vergingen noch einige Jahre, ehe deren Seelen übervoll waren von Leid und von des Daseins Öde.

Zuerst ward die Walburg von unheimlicher Krankheit ergriffen. Schon als Kind war sie am liebsten für sich allein, und man durfte ihr nichts in den Weg legen, ohne daß es stürmte in ihrer Seele. Später war sie stiller geworden, bis, was längst unter der Asche geglimmt hatte, nach Jahr und Tag Flammen schlug.

Sie begann oft mitten in der Arbeit aufzuhören und zu klagen: »Ich bin krank, aber mir kann kein Doktor helfen.«

Sie wird unruhiger und unruhiger und findet nirgends mehr Frieden: sie jammert und klagt unaufhörlich.

Die Afra nimmt sie hinab in die Dorfkirche und betet mit ihr und für sie. Auch hier findet das arme Meidle keine Ruhe. »Aus dem Tabernakel hat das hochwürdigste Gut so rot an es hin geglitzert, – daß es fort mußte und fortan nimmer in die Kirche gehen will.«

Jetzt wandert die Mutter mit der »hintersinnten« Tochter das Tal hinab und nach Wolfe, wo der Arzt den rechten Rat gibt, mit ihr nach Illenau zu gehen. Das Meidle gehöre in eine Anstalt.

Das will aber weder der Afra, noch der Walburg einleuchten; denn in ein »Narrenhaus« geht niemand gern, weil diese Häuser dummerweise im Verruf stehen und in Verruf bringen.

Wenn die Leute im Kinzigtal kein ander Mittel mehr wissen, nehmen sie ihre Zuflucht zu meinem Freund, dem Hättichsbur am Billersberg im einstigen Reichstal Harmersbach.

Des Buren Ruf ist längst auch weit hinauf ins obere Kinzigtal gedrungen und bis in den Fohrengrund. Drum machte die Afra mit dem kranken, schwermütigen Meidle noch den weiten Weg hinab zum »Kräuter-Dokter«, wie die oberen Kinzigtäler den Hättichsbur heißen.

Der alte Sympathiemann meinte, er wolle dem kranken Meidle zwar einen Tee verschreiben, aber er werde wohl nicht mehr viel helfen.

Hoffnungslos wanderten die zwei wieder dem Fohrengrund zu. Die Großmutter muß die Walburg hüten, während die zwei andern draußen arbeiten. Die alte Franziska beginnt jetzt erst Mitleid zu haben mit dem ungeduldigen, kranken Meidle und gibt ihm gute Worte, damit es daheimbleibe, während die Krankheit ihm keine Ruhe läßt in der Hütte. Es will, wie einst die Mutter, hinaus und sein Weh ausstürmen lassen in Wald und Heide.

Eines Morgens – die Afra und die Gertrud sind im Felde – entkommt die Walburg und verschwindet im Wald. In dem gleichen Wald, in dem einst ihre Mutter qualvolle Tage und Nächte verbracht, irrt jetzt auch, vom bösen Geist der Schwermut geplagt, ihr Kind umher.

Die Afra eilt in die Waldhütten der Nachbarschaft und holt Männer, die ihr die Walburg suchen helfen.

Zwei Mannsleute kommen und durchstreifen den Wald, oben und unten, rechts und links, aber sie finden nichts. Voll Angst läuft die Afra hinab ins Tal und holt die »Sicherheit«, d. i. den Ortsdiener, und den Bürgermeister.

Während die Leute im Wald beraten, wo das Meidle sein könnte und was es sich angetan haben möchte, sitzt dieses ganz in ihrer Nähe in einem Busch und hört und sieht alles. Plötzlich ruft es aus seinem Versteck: »Ihr könnt mir alle nit helfen!«

Als daraufhin die Männer ihm nahen, springt es tiefer in den Wald. Jene setzen ihm nach wie einer verwundeten Hindin die Rüden des Jägers. Sie fangen das in der Seele zum Sterben kranke, tief aufgeregte Meidle und bringen es heim zur Mutter und Großmutter.

Was mag alles durch die Seelen dieser beiden geströmt sein, als starke Männer das jetzt wie rasend gewordene Kind brachten und die Nacht über unter Aufwand all ihrer Kraft bewachten!

In der Frühe laden sie die Geisteskranke, da sie jeden Schritt verweigert, auf einen Karren und führen sie durch den Wald hinab zum Kaibauer im Kaibach. Die Mutter und die Schwester, die Gertrud, gehen trostlos hintendrein.

Der Kaibauer hat ein Pferd und ein Wägele und soll das Meidle zur Bahn führen hinab nach Schilte. Es kostet Gewalt und Drohungen, die Walburg aufs Wägele zu bringen; doch gelingt's endlich. Die Mutter und der Vater der Gemeinde, der Bürgermeister, setzen sich zu ihr, und fort geht's zur Bahn und dann weiter ins Land hinab »ins Narrenhaus«.

Sechs Monate lang war die Walburg drunten in Illenau, im stillen Asyl für Seelenkranke, und fand, wie so viele, Heilung in diesem Teiche Bethesda.

Schnee lag über Berg und Tal, da sie heimkam in die weltferne Waldhütte.

Das »wüste Wesen« war gewichen, doch ist die Schwermut noch in den Augen zu lesen.

Aber der Dämon Geisteskrankheit schlich schon, ehe sie heimkam, wieder um die Waldhütte und suchte sich ein zweites unschuldiges Opfer. Teuflische Gesellen halfen ihm dabei.

Es war Sommerszeit. Die Vögelein sangen in den Tannen und Föhren, und die Bienlein kosten summend um die köstlich duftenden Waldblumen. Von der Hütte durch eine Matte getrennt, steht am Waldrande das »Immenhäusle« einsam und allein.

Der Xaveri hatte es noch errichtet und die ersten Immen (Bienen) vom Tal herauf gebracht, wo er daheim war, damit er an Sonntagnachmittagen sich die Zeit vertreiben konnte, indem er den Bienen zu- und nachschaute.

Die Afra hatte es von ihm gelernt, wie man die Immen behandle, und drum war das Häusle mit den Bienenkörben beibehalten worden auch nach des Vaters Tod.

Im Sommer, wenn die Bienen schwärmen, d. h. wenn das junge Volk auszieht, um einen eigenen Bienenstaat zu bilden, muß man die Körbe hüten, damit man sieht, wo der Schwarm hinfliegt, und ihn dann »schöpft«.

Eines Tages nun – es war ein Sonntagmittag – sprach die Afra zur Gertrud: »Gau (geh) runter ins Immehäusle und hüet; d' Imme im dritte Korb wollet schwärme, i vermach's ihnen scho zwei Täg, Sie könnet jede Stund ousfliege.«

Die Gertrud geht über die Matte hinab ins Häusle und setzt sich hinter die Bienenkörbe, wo es summt und brummt im warmen Frühlingssonnenschein. Die Bienlein kamen und gingen, und das Meidle schaute ihnen ahnungslos zu.

An den Sonntagen jener Zeit schwärmten auch andere Völker in den Bergen des oberen Kinzigtales. Die Kultur baute sich einen Schienenweg an den einsamen Gehöften drunten im Tale hin, und diejenigen, welche ihn bauten, waren Italiener. Diese hatten sich in den entlegensten Hütten Quartiere gesucht und gefunden.

Weit oben über dem Fohrengrund in den Waldhäuslen hatten ihrer einige Nachtherberge.

Es sind sonst meist ebenso brave als fleißige Leute, diese Kinder des Südens, aber es gibt auch Strolche unter ihnen, wie unter uns.

Doch die Strolche unter ihnen haben einen Milderungsgrund, der bei uns nicht gilt – das heißere Blut.

Ein solcher Strolch aus dem Süden hatte seine Herberge in einem der Waldhäuser, wo auch Toni, der Wildschütz, wohnte.

Dieser war ein braver Mann geworden, Vater von elf Kindern, die wie ihre Mutter freundlich mit der Afra und ihren Meidlen verkehrten, wenn sie aus der Waldecke herab am Fohrengrund vorbeigingen der Kirche zu. Ja, die Buben des Toni halfen den einsamen Wibervölkern öfters bei Arbeiten, die einen Mann erforderten.

Die Meidle der Afra und die Buben des Toni wußten, daß sie blutsverwandt seien. Der Toni aber hielt sich aus edlen Gründen allzeit fern von der Waldhütte im Fohrengrund.

Unfern von seiner Hütte nun, ganz droben am Müllerswald, hausten der Italiano und sein Gesinnungsgenosse, eines Bauern Sohn, beide rohe, wüste Gesellen.

Sie überfielen die Gertrud, da sie ahnungslos im Immenhäusle dem Summen der Bienlein lauschte.

Das arme Meidle schrie aus Leibeskräften, so daß droben in der Hütte die Afra ihr »mörderisches Schreien« hörte und vor das Haus eilte.

Da kam ihr aber schon sprachlos vor Schrecken und Angst in zerrissenen Kleidern ihr Kind entgegengerannt. Sie war den liederlichen Gesellen entronnen, die ihr noch Steine nachwarfen und drohten.

Rechtlos, wie sie sich seit Jahren fühlten, ertrugen die Wibervölker in der Waldhütte auch dieses Attentat, ohne eine Anzeige zu machen.

Trübselig und still war aber fortan die Gertrud. Nur selten seufzte sie laut auf bei der Arbeit in Feld und Wald und machte ihrer Mutter das Herz schwer. Die Großmutter saß in der Stube und spann.

Der Sommer ging, der Herbst ihm nach. Der Winter kam und mit ihm die genesene Walburg.

Ihr Kommen war ein Freudensternlein in der Waldhütte, wo jetzt alle am Spinnrad saßen, Großmutter, Mutter und Kinder; denn draußen lag harte, kalte Winterszeit.

Die Walburg erzählte von dem Ort, wo sie gewesen, wie dort die Menschen so gut seien, so friedlich, so lieb und so einig. Wie sie Spinnstuben hielten, Theater spielten und auch bisweilen einen Tanz täten.

Sie erzählte aber auch, daß noch viel Unglücklichere dort gewesen seien als sie, solche, die jammerten und tobten Tag und Nacht und keine Ruhe fänden in ihrem schweren Leid.

Und die anderen lauschten den Worten der Walburg. Die Gertrud aber seufzte jeweils schwer und immer schwerer und meinte: »Dort hinunter muß ich auch noch, sonst ist mir nimmer zu helfen.« »Was schwätzest du, Meidle?« fuhr die Afra auf, »Du wirst mir um Gottes willen nit auch hintersinnig werden, wie die Walburg!«

»O Mutter«, seufzte die Gertrud, »mir ist schon lang so weh ums Herz, daß ich oft nimmer weiß, was tun. Wo ich bin, daheim, in Feld und Wald, ist's mir zu eng, als wollt' das Herz mir auseinanderbrechen und aus dem Leib heraus fortfliegen.«

Am andern Abend, ehe sie die Spinnräder wieder zusammenstellten, hatte sich die Gertrud aus der Hütte entfernt und war nicht mehr zurückgekommen.

Das Mondlicht stand über dem Schornwald, und man sah im tiefen Schnee ihre Fußtritte. Die Walburg und die Mutter gehen besorgt diesen Spuren nach, die durch den Wald führten der nahen württembergischen Grenze zu, wo einsam, von Wald umgeben, einige Hütten stehen und wo eine alte Freundin der Afra wohnt, die Mariann'.

»Die Gertrud ist gewiß bei der Mariann'«, tröstete die Afra sich und ihre Begleiterin im Weiterschreiten durch den tiefen Schnee und den eiskalten Abend hin.

So war es. Bei der Mariann' trafen sie das Meidle und brachten es mit »Bitten und Betteln« dazu, mit ihnen heimzugehen.

Durch Wald und Schnee im kalten Mondlicht zog die Mutter Afra mit ihren zwei Kindern wieder heim. Aber hier wollte die Gertrud um keinen Preis bleiben. Sie müsse fort. »Heut' muß es sein!« rief sie und dazwischen immer wieder: »Lieber Heiland, liebe Muttergottes, helft mir!«

Fort will sie, fort in die kalte, schneeige Nacht hinaus, wo die eisige Luft ihre Nerven kühlt, und da die Mutter sie nicht gewähren läßt, fängt sie an zu schreien und zu toben, bis diese mitgeht, hinaus aus der Hütte, in der das kranke Meidle nur den Tod sieht.

Die Mutter sucht wieder Hilfe bei starken Männern und lenkt ihre Schritte nach der Richtung, wo solche wohnen.

In der nächsten Hütte ist keine Hilfe. Die dort wohnten, da die Afra noch jung war, sind längst gestorben, und ihre Tochter ist alt geworden und auch geisteskrank. Sie wohnt ganz allein im alten, zerfallenden Holzhaus am Wald, und wenn jemand naht, flieht sie in den Wald oder schließt sich ein.

Drum zieht die Afra mit ihrem Meidle an der einsamen Hütte vorüber, denn bei der Genofev ist kein Rat zu holen: sie ist selber krank und will von keiner menschlichen Seele was wissen, nicht einmal vom Pfarrer drunten im Tal.

Der Mond scheint so friedlich und die Sterne glitzern so lebensfroh auf Schnee und Tannen und auf die Mutter und ihr Kind, wie sie weiter schreiten bergauf, wo Hütten sind und Männer wohnen in den Waldhäusern.

Das kranke Meidle jammert, es sei müde und komme fast nimmer fort in dem tiefen Schnee.

»Wollen wir wieder umkehren und heim?« fragte die Mutter.

»Nein, nein!« ruft das Kind, »daheim ist alles tot!« und nimmt seine schwachen Kräfte wieder auf und schwankt weiter, die Mutter voll Wehmut ihm nach.

Sie kommen bald an die erste Hütte der Waldhäuser. In ihr wohnt Toni – der Wildschütz – der Vater.

»Soll ich dich zum Vater bringen?« fragt leise und schmerzlichen Tones die Afra. »Es brennt noch ein Lichtlein in der Stube.«

»Zum Vater?« fragt die Gertrud, »Nein, nein – ich habe keinen Vater. Fort, fort! Es ist alles tot!«

Sie keuchen weiter in Schnee und Mondschein – still und schweigend wie die silberne Nacht, durch die sie hinschreiten.

Dachte sie wohl im Weitergehen, die arme, schwergeprüfte Afra – an jenen duftigen Sommermorgen, da sie durch den Tau ging, um zu grasen, und der Wildschütz ihr das Lied sang:

> Es wollt' ein Mädchen grasen,
> Wohl grasen im grünen Klee,
> Da kam ein stolzer Jäger,
> Wollt' jagen in der Höh' –?

Und wenn sie jenen tauigen Morgen am Waldrand verglich mit der heutigen kalten Winternacht und an all das Leid dachte, das zwischen dem Morgenrot jenes Tages der aufgehenden Liebe und zwischen der jetzigen kalten Mondnacht und der Seelenangst ihres Kindes lag, was mußte da in ihrer Seele vorgehen!

Zum Glück für sie pflegen Waldleute nicht zu philosophieren, sonst wären sie oft auch so unglücklich wie die Kulturmenschen, wenn sie Einst und Jetzt vergleichen wollten.

Leute aus dem Volke tragen eben die Last des Lebens, wie sie kommt. Gewöhnt an harte Arbeit und an harte Lebensweise, nehmen sie auch die harten Tage mit auf die Schultern und schleppen sich weiter in Leid und Schmerzen, geduldig wie Lasttiere, die gleichmäßig zufrieden sind, ob sie unbelastet bergab gehen oder schwerbeladen bergan.

Wie tief und wie übermächtig aber einst das Leid auf der Afra lag, das zeigen ihre Meidle, deren Seelen nicht mehr so stark waren wie die Seele ihrer Mutter, welche die Last des Lebens trug, aber die Spuren der Schwere auf ihre Kinder vererbte.

Wieder erscheint eine Hütte im Mondlicht, das durch die Tannen glänzt. Die Afra klopft und bittet um Einlaß und um Hilfe für ihr krankes Meidle, das sich hintersinnt habe und daheim nimmer halten lasse.

In der Stube bricht die Kranke todmüd zusammen, aber aus ihren Augen leuchtet der Irrsinn. Sie betten sie auf die Ofenbank, und Männer, aus der Nähe noch herbeigeholt, übernehmen für die Nacht die Hut bei dem unglücklichen Meidle, an dessen Seite stumm und still die Mutter sich niedersetzt.

Die Buren, so wachen sollen, spielen Karten am Stubentisch. Gen Mitternacht erhebt sich das kranke Meidle von der Ofenbank, schreitet vor zu den Spielern und ruft: »Jesus, Maria und Josef! Was tut ihr? Beten müßt ihr und nit spielen, wenn ein Mensch so unglücklich ist wie ich!«

Und sie beten mit dem Meidle, die braven Spieler, bis es ruhig wird. Und so wachen und beten und spielen sie eine Nacht, einen Tag und noch eine Nacht.

Am Morgen des dritten Tages aber führen sie die Kranke hinab ins Tal und auf die Bahn und dorthin, wo auch die Walburg gewesen.

In der Irrenanstalt traf ich am letzten Februartag des Jahres 1894 die Afra und den braven Bürgermeister. Sie hatten das Meidle eben »abgeliefert«, und die Mutter erzählte mir ihr Leid und das Leid ihrer Kinder so anschaulich, so kindlich und so ergeben in ihr hartes Geschick, daß ich mein eigenes Elend vergaß, solange die kleine, alte Frau vor mir stand.

Sie kam mir aber in diesem Augenblick groß vor und stark wie eine Tanne, welche der Sturm schüttelt, die aber nicht bricht, sondern unentwegt immer wieder ihre Äste gen Himmel richtet.

»Zwei Kinder hab' ich jetzt hierherbringen müssen. Es hätt' mir nit weher getan, wenn sie gestorben wären, Aber man muß es halt nehmen, wie Gott es schickt« - so schloß sie ihre Rede, als ich am Tore von Illenau von ihr Abschied nahm.

6.

Mehr als zwei Jahre sind seit diesem Abschied vorübergegangen. Der volle Frühling des Jahres 1896 war gekommen, und alles grünte und blühte selbst im Fohrengrund, aber ein kalter Regen strömte über Wald und Flur. Vor ihrer Hütte stand die Afra, ein rotes Tuch über dem greisen Haar. Sie schaute über die Matte hin, deren gelbe Blumen vom Regenwasser trieften.

Dort von jenen Fichten herüber schreite ich, der große Mann mit dem großen Hut. Sie erkennt mich alsbald wieder als den Herrn, dem sie in Illenau ihr Leid erzählt, und hat eine große Freude, daß er heraufkommt in den Fohrengrund, »au no bei so ama Wetter«.

Aus ihren kleinen Augen, die über der gebogenen Nase überaus gutmütig hervorschauen, leuchtet Friede, und nur die scharfen Linien im Gesicht erzählen von einstigen Stürmen und Wettern, welche schon über das kleine Weib hingegangen sind.

Sie führt mich die kleine Stiege hinauf. Schon im Hausgang, der direkt auf die dunkle Küche mündet, zeigte sich der Wohlstand der alten Waldhütte. Da hängen riesige Seiten Speck, so daß ich mich bücken muß, um unter ihnen durch in die kleine Stube zu gelangen.

Ehe diese erreicht ist, kommt aus der dunklen Küche raschen Schrittes und doch schüchtern wie ein Waldvögelein die Gertrud, ein kleines, blondes, rotbackiges Meidle, und reicht mir, auf den Boden schauend, die Hand zum Gruß.

In der kleinen, holzgetäfelten Stube frage ich zuerst nach der Großmutter. Aber die ist im vorigen Winter gestorben, eine hohe

Achtzigerin, nachdem sie ihrer Enkelkinder Krankheit und Genesung noch miterlebt. »Gott gebe ihr die ewige Ruhe!« fügte die Afra hinzu.

Ehe ich noch nach der Walburg fragen kann, hat die Mutter die Gertrud schon fortgeschickt, um in den Wald zu rufen, wo jene Rinde schält von toten Fichten.

Bald, nachdem die Stimme der Schwester, die hinter der Hütte gerufen hatte, verklungen war, kam eilenden Schrittes die Walburg in die Stube, eine schlanke, dunkle Gestalt mit schwarzen, herabhängenden Zöpfen, nicht unähnlich einer Zigeunerprinzessin. Aus ihren schwarzen Augen schaut noch viel düsterer die Schwermut, als aus den blauen Augen der Gertrud.

Beide setzen sich neben mich auf die Holzbank, die an den Fenstern hin um den Tisch herumläuft, und ich sage ihnen, daß ich ihre Mutter kenne, seitdem sie das zweitemal in Illenau war, wo sie mir von ihren Meidlen erzählt hätte. Mitleid mit ihnen, deren Leid ich aus eigener Erfahrung nachfühlen könne, habe mich hierhergeführt.

Sie schweigen, ein schmerzlich Lächeln geht über ihre Züge, während sie vor sich hin auf den Boden schauen.

Indes hat die Mutter aufgetragen: Speck und Schinken und Striwle und Wein – aber ich esse nicht und kann nicht essen und die Meidle auch nicht.

Da hebt die Afra an und erzählt, was sie und ihre Kinder mitgemacht, erzählt nochmals alles, was wir wissen von ihren geistigen Qualen.

Und die Meidle sitzen da, zur Erde das Haupt gesenkt, wie Fruchtähren, wenn Hagelkörner über sie niedergehen.

Wie schmerzhafte Madonnenbilder schauen sie drein, während die Mutter spricht, und ein Schleier der Weh- und Schwermut legt sich dichter und dichter über ihre Züge.

Vergeblich such' ich, dem das Weh der Meidle in die Seele schneidet, die Afra zu unterbrechen. Ihr Herz ist zu voll, und es will und muß sein Leid nochmals ausströmen.

Mir kommen die Tränen, wie ich so die Afra und ihre Meidle vor mir sehe, die Mutter vom Leid redend, die Kinder es aufs neue fühlend und mit Tränen kämpfend. Ich reiche – als die Schmerzenskünderin geendet – ihr und der Walburg und der Gertrud die Hand und tröste alle drei, so gut und so schlecht ich's kann.

Es ist schwer zu trösten in Augenblicken, in denen man selbst des irdischen Lebens Trostlosigkeit inne wird und darüber weint. –

Ich werfe dann einen Blick aus dem kleinen Fenster der Stube und sehe ein Waldbild und ein Friedensbild der Natur, so groß und so erhaben und doch so still und so friedlich, wie ich noch keines in meinem langen Leben geschaut habe.

Rings um die Hütte und um die Matten zu ihren Füßen erheben sich in dichtem Wald Tannen und Föhren, die wie friedliche Wächter das Heim der Afra und ihrer Meidle umstehen.

Und über den Tannen- und Fohrenbäumen schauen die düstern Kuppen hoher Waldberge majestätisch, wie Himmelsgrenadiere in dunklen Bärenmützen, auf Hütte und Matten.

Ich empfand Trost beim Anblick dieses Bildes. Die Natur tröstet uns ja gerne, wenn wir in aufgeregter Stunde uns in ihre Gottesruhe flüchten.

Mein Trost wuchs für die, welche hinter mir in der armseligen Stube standen, und für mich, als ich unten am Waldrande, beim »Immenhäusle«, einen mächtigen Kruzifixus stehen sah, der vergoldet heraufleuchtete bis in die Stube, wo vier Menschen weinten über Menschenleid.

Der Anblick des gekreuzigten Gottmenschen, des Mannes der Schmerzen, ist ja der einzige wahre Stern des Trostes für leidende Menschenkinder.

Drum hat die alte, selten lebensfrohe, schwer geprüfte Afra das Zeichen des Gekreuzigten mit dem Bilde des sterbenden Erlösers aufrichten lassen, neu und schön und mächtig und golden – zum Dank für der Kinder Heilung, und auf daß sein Trost leuchte und Licht bringe in die Hütte, in der eine arme Mutter wohnt mit zwei unglücklichen Kindern, einsam, weltfern, nachbarlos, und der niemand hilft, wenn Gott es nicht tut.

Und er hat geholfen. Die Afra erzählt's mir freudigen Herzens. Sie hat Holz geschlagen in ihrem Walde ob der Hütte, und es war viel Holz, viel mehr, als sie glaubte, und sie bekam viel Geld, mehr als sie wähnte. Und mit dem Geld hat sie nicht bloß die Kosten für die Krankheit der Meidle bestritten, sie hat auch ihr Gut, ihren Wald und ihre Matten und Äckerlein vermehrt.

Die geisteskranke, mit der Afra noch verwandte Nachbarin hat voriges Jahr das Zeitliche gesegnet. Die Afra hat sie gepflegt, als sie krank war, sonst wäre sie Hungers gestorben, weil sie mit keinem Menschen verkehrte.

Die Genofev hat sich nie um der Afra und ihrer Kinder Leid bekümmert. Sie floh, wenn sie nahten. Aber die Afra kam doch, als sie die Fev nimmer sah und ihre Geißen schreien hörte vor Hunger, und stand der Base bei, auch als sie sterben mußte.

Und als diese tot war, hat sie die alte Holzhütte billig gekauft samt Wald und Feld, weil niemand in die Einöde und in das verschrieene Haus wollte.

»Unser Herrgott hat's wieder gut mit mir g'meint«, sprach die Afra, »drum hab' ich das neue Kruzifix auch noch vergolden lassen.«

Sie ist dankbar und glücklich, daß sie durch der Kinder Krankheit nicht um Hab und Gut gekommen, und lebt nun wieder zufrieden in ihrer Waldeinsamkeit mit den beiden stillen Meidlen.

Wenn man das Waldbild sieht, in dem die Hütte der Afra steht, sollte man meinen, da oben müßten der Friede und das Glück gewohnt haben von Anbeginn an und bis heute. Wer hat aber allen Unfrieden und alles Leid in dieses Paradies gebracht?

Antwort: Amor, »der Gott des Unheils«, der an jenem Sommermorgen im Morgenrot die Seele der Afra traf in Gestalt eines Wildschützen.

Und heute kann das alte, kleine, greise Mütterlein sagen mit jenem alten Volkslied:

An allen meinen Leiden
Ist nur die Liebe schuld.

Ja, ja, es ist und bleibt die Liebe des Menschen Himmelreich und des Menschen Hölle – diesseits und jenseits.

»Der Gott des Unheils«, welcher der jungen Afra einst zum Verderben war und ihre Kinder in dies Verderben hineinzog, wird der Walburg und der Gertrud nimmer schaden.

Seit sie geisteskrank gewesen, läßt die Welt sie in Ruhe. Auch die Roheit einzelner Bauern, unter der Mutter und Kinder so manches zu leiden gehabt, ist einem gewissen Mitleid gewichen.

Und die drei einsamen Wibervölker sind froh, von anderen Menschen wenigstens nicht mehr geplagt zu werden.

Freilich das Hündlein, das die Afra gehabt und das wachen sollte in nächtlichen Stunden über die vereinsamten und nachbarlosen Bewohner der Waldhütte, haben sie wegtun müssen.

Ein böser Mensch wollte sie verklagen, weil das Hündlein seinem Kind den Rock zerrissen habe, obwohl dies nicht der Fall war und der Kerl es nur behauptet hatte, um von der guten Afra Geld zu erpressen.

Sie tat das Hündlein weg, damit nicht wieder falsche Anklagen kommen und sie vor »die Herren« müßte.

So sind die drei ganz vereinsamt und unbewacht, und wenn Gott sie nicht schützt, sind sie wehrlos gegen jeden Überfall in ihrer Einöde, in die heute kein junger Jägersmann mehr kommt, noch viel weniger ein Freiersmann für die Meidle.

Und im Winter, wenn die Füchse bellen im Wald und in die kalte Schneenacht der Uhu ruft, läßt sich kein Liebeslied mehr hören von einem Wildschützen, wie ehedem.

Die Meidle aber können, wenn sie vom Morgen bis zum Abend in der Stube sitzen, am Spinnrad das schöne, alte Lied singen:

> Mägdlein hielt Tag und Nacht
> Traurig an dem Spinnrad Wacht:
> Draußen rauschend 's Wasser sprang.
> Saust' der Wind und 's Vöglein sang.
>
> Röslein man holt im Hag,
> Mich doch niemand holen mag!
> Zeiten flieh'n – auch dieses Jahr
> Führt mich keiner zum Altar.
>
> Spinn, spinn, spinn Tochter mein,
> Morgen kommt der Freier dein!
> Mägdlein spann, die Träne rann,
> Nie doch kam der Freiersmann.

So werden sie leben und ihres Daseins nimmer froh werden, die zwei Meidle, weil die Schwermut noch immer in ihren Seelen liegt, – leben, bis der wahre, echte Freiersmann kommt, der Mann, der uns alle befreit von allen irdischen Leiden.

Ja, der Tod ist der beste Bräutigam für Unglückliche, denen hienieden keine Hoffnung mehr winkt, und der einzige Wohltäter, den uns niemand rauben kann, der keinem untreu wird und der keinen vergißt.

Auch nach der Mariev erkundigte ich mich, der treuen Schwester des Oferle, von der wir seit ihren jungen Jahren nichts mehr gehört haben.

Sie war glücklicher als die Afra. Sie bekam ihren Romme (Roman), der eine Hütte und ein Gütle besaß im Tannengrund, nur durch einen Wald getrennt vom Fohrengrund.

Ihr Leben verlief, wie das aller Wibervölker auf dem Lande, in Arbeit, Mühe und Sorge. Neun Kinder hat sie geboren und großgezogen. Und als ihr Mann starb, übergab sie Hütte und Gütle einem Sohn und zog hinab ins Dorf in die »Zigeunergaß«. Hier lebt sie von dem, was der Besitzer der Hütte im Tannengrund ihr gibt als spärlich Leibgeding und was sie noch nebenher verdient mit ihrer Hände Arbeit. Aber in ihren alten Tagen ist der Geist ihrer Mutter über sie gekommen. Sie gilt für bös und selbst für eine Hexe. Drum will sie fort aus der fatalen Zigeunergaß und in die leere Hütte ziehen, in der die geisteskranke Base gewohnt hat und die jetzt der Afra gehört.

Gerne wäre ich noch weiter hinaufgestiegen an den Fichtenwäldern hin und hätte die Hütte besucht, in welcher Toni, der Wildschütz, seine alten Tage verlebt. Aber es regnete in Strömen, und ich war im Herzen übervoll, da ich Abschied nahm von den Dreien in der Waldhütte im Fohrengrund.

Ich ging bergab, nachdem ich versprochen hatte, jeder ein Gebetbuch zu schicken und, wenn möglich, wieder einmal zu kommen.

Das war am 9. Juni 1896. Wenige Monate später haben sie den Toni begraben. Als die gute Afra hörte, er sei schwer krank, sandte sie ihm, seine Fieberhitze zu kühlen, durch die Gertrud eine saure Milch.

Die kleine, aber gutgemeinte Gabe freute den todkranken Mann von Herzen, weil sie von einem guten Herzen kam, dem er seit vielen, vielen Jahren ferne gestanden.

Und da es zum Sterben ging und er in den letzten Zügen lag, schickte sein Weib jemanden hinüber in die Hütte im Fohrengrund mit der Kunde, »es gehe mit dem Vater zum Letzten«.

Jetzt wollte die Afra die beiden Meidle hinaufschicken, um beten zu helfen.

Die Walburg weigert sich; sie will daheim und in der Kirche für ihn beten, weil er ihr Vater sei, aber zu seinem Sterben gehe sie nit.

Jetzt geht die Gertrud allein. Als sie hinaufkommt in die Hütte, meint des sterbenden Mannes Weib, er werde das Meidle nimmer kennen, denn »er sei schon von sich«.

Doch rief sie ihm zu: »Kennst du den Besuch?« Der Toni schlagt die Augen auf und antwortet: »Jawohl!« Sein Weib fragt weiter: »Sag mir, wer ist es?«

Jetzt faltet der Sterbende die Hände und spricht laut weinend: »O Gertrud, o Gertrud!« Dann verschied er. Dem Meidle aber ging dies so zu Herzen, daß es tief aufgeregt heimkam und es wieder stürmte in seiner kranken Seele. – Ich habe früher schon, in meinem Buch »Aus kranken Tagen«, gesagt, daß die Landleute im oberen Kinzigtal noch viel unbeleckter seien von der Kultur, als die um Hasle. Sie bewahren deshalb auch Poesie und Volkstum noch viel reiner als ihre Nachbarn an der mittleren Kinzig.

Drum zeigen sie bei ihren Toten auch noch viel mehr Gemüt als diese.

Sie geben dem Verstorbenen ins Grab das schönste Kleid, womöglich das von der Hochzeit her. Der Sarg wird offen gelassen, bis der Leichenzug beginnen soll.

Ehe der sich in Bewegung setzt und der »Totenbaum« geschlossen wird, tritt noch jedes Glied der Familie einzeln, dem Alter nach, vor »das Tote« hin, ergreift seine kalte, rechte Hand und nimmt stummen Abschied von ihm.

Die Mienen und die Tränen reden genug.

Dann betet der Älteste der nächsten Verwandten laut fünf Vaterunser und Ave Maria vor mit dem jeweiligen Zusatz: »Der für uns an der rechten Hand verwundet worden ist.«

Darauf schließen sie den Totenbaum und begleiten ihn hinab ins Tal, wo um das Kirchlein die Gräber sind. Und sie vergessen ihre Toten nicht. Nach jedem Gottesdienst, dem sie beiwohnen, sei es Sonntag oder Werktag, beten sie über ihren Gräbern, die sie nicht etwa bloß einmal schmücken im Jahr, am Allerseelentag. Nein, jeden Feiertag, solang es Blumen gibt, werden die Ruhestätten bei der Dorfkirche geziert, damit, wie die Lebendigen im Sonntagsstaat einherwandeln, auch die Gräber ihren Schmuck haben.

So begruben sie auch an einem Herbsttag des Jahres 1896 den braven Toni, der gottergeben und mit Gott versöhnt sein Leben beschlossen.

Es war ein langer Abschied, bis sein Weib und seine elf Kinder ihm das letztemal ins tote Angesicht geschaut und seine tote Hand gedrückt hatten.

Von der Waldhütte im Fohrengrund war niemand heraufgekommen; sie konnten und wollten dem toten Mann nicht am Totenbaum so nahe stehen, wie die andern.

Aber als der Leichenzug von oben herab kam, da schlossen sich die Afra und die Gertrud an. Die Walburg hütete daheim und betete in der einsamen Waldhütte auch für die ewige Ruhe – ihres Vaters.

* *
*

Am 22. November 1904 haben sie in Schenkenzell auch die Afra der Erde übergeben.

Aber noch im Tode verfolgte sie das Geschick. Der Mesner von Schenkenzell ist zugleich Ratschreiber. Während nun die Afra zu Grab getragen wurde, hatte er auf dem Rathause zu tun, weil ein Brautpaar die Zivilehe eingehen wollte.

So unterblieb das übliche Läuten bei der Beerdigung, und ohne Sang und Klang senkte man die Dulderin in die Erde.

Ihre Kinder, die Walburg und die Gertrud, kränkten sich sehr über die Zurücksetzung ihrer Mutter und waren nicht wenig aufgeregt darüber.

Nun leben sie ganz einsam droben auf dem Fohrengrund und bewirtschaften allein das kleine Gut, das die Mutter ihnen hinterlassen hat.

Einsam leben sie dort und einsam werden sie dort auch sterben. Gott schütze sie in ihrer Einsamkeit und Verlassenheit!

Erzählungen der Frühromantik

1799 schreibt Novalis seinen Heinrich von Ofterdingen und schafft mit der blauen Blume, nach der der Jüngling sich sehnt, das Symbol einer der wirkungsmächtigsten Epochen unseres Kulturkreises. Ricarda Huch wird dazu viel später bemerken: »Die blaue Blume ist aber das, was jeder sucht, ohne es selbst zu wissen, nenne man es nun Gott, Ewigkeit oder Liebe.«

Tieck Peter Lebrecht **Günderrode** Geschichte eines Braminen **Novalis** Heinrich von Ofterdingen **Schlegel** Lucinde **Jean Paul** Des Luftschiffers Giannozzo Seebuch **Novalis** Die Lehrlinge zu Sais
ISBN 978-3-8430-1878-4, 416 Seiten, 29,80 €

Erzählungen der Hochromantik

Zwischen 1804 und 1815 ist Heidelberg das intellektuelle Zentrum einer Bewegung, die sich von dort aus in der Welt verbreitet. Individuelles Erleben von Idylle und Harmonie, die Innerlichkeit der Seele sind die zentralen Themen der Hochromantik als Gegenbewegung zur von der Antike inspirierten Klassik und der vernunftgetriebenen Aufklärung.

Chamisso Adelberts Fabel **Jean Paul** Des Feldpredigers Schmelzle Reise nach Flätz **Brentano** Aus der Chronika eines fahrenden Schülers **Motte Fouqué** Undine **Arnim** Isabella von Ägypten **Chamisso** Peter Schlemihls wundersame Geschichte **Hoffmann** Der Sandmann **Hoffmann** Der goldne Topf
ISBN 978-3-8430-1879-1, 408 Seiten, 29,80 €

Erzählungen der Spätromantik

Im nach dem Wiener Kongress neugeordneten Europa entsteht seit 1815 große Literatur der Sehnsucht und der Melancholie. Die Schattenseiten der menschlichen Seele, Leidenschaft und die Hinwendung zum Religiösen sind die Themen der Spätromantik.

Brentano Die drei Nüsse **Brentano** Geschichte vom braven Kasperl und dem schönen Annerl **Hoffmann** Das steinerne Herz **Eichendorff** Das Marmorbild **Arnim** Die Majoratsherren **Hoffmann** Das Fräulein von Scuderi **Tieck** Die Gemälde **Hauff** Phantasien im Bremer Ratskeller **Hauff** Jud Süss **Eichendorff** Viel Lärmen um Nichts **Eichendorff** Die Glücksritter
ISBN 978-3-8430-1880-7, 440 Seiten, 29,80 €

Erzählungen aus dem Biedermeier

Biedermeier - das klingt in heutigen Ohren nach langweiligem Spießertum, nach geschmacklosen rosa Teetässchen in Wohnzimmern, die aussehen wie Puppenstuben und in denen es irgendwie nach »Omma« riecht.

Zu Recht. Aber nicht nur.

Biedermeier ist auch die Zeit einer zarten Literatur der Flucht ins Idyll, des Rückzuges ins private Glück und der Tugenden. Die Menschen im Europa nach Napoleon hatten die Nase voll von großen neuen Ideen, das aufstrebende Bürgertum forderte und entwickelte eine eigene Kunst und Kultur für sich, die unabhängig von feudaler Großmannssucht bestehen sollte.

Georg Büchner Lenz **Karl Gutzkow** Wally, die Zweiflerin **Annette von Droste-Hülshoff** Die Judenbuche **Friedrich Hebbel** Matteo **Jeremias Gotthelf** Elsi, die seltsame Magd **Georg Weerth** Fragment eines Romans **Franz Grillparzer** Der arme Spielmann **Eduard Mörike** Mozart auf der Reise nach Prag **Berthold Auerbach** Der Viereckig oder die amerikanische Kiste

ISBN 978-3-8430-1884-5, 444 Seiten, 29,80 €

Erzählungen aus dem Biedermeier II

Annette von Droste-Hülshoff Ledwina **Franz Grillparzer** Das Kloster bei Sendomir **Friedrich Hebbel** Schnock **Eduard Mörike** Der Schatz **Georg Weerth** Leben und Taten des berühmten Ritters Schnapphahnski **Jeremias Gotthelf** Das Erdbeerimareili **Berthold Auerbach** Lucifer

ISBN 978-3-8430-1885-2, 440 Seiten, 29,80 €

Erzählungen aus dem Biedermeier III

Eduard Mörike Lucie Gelmeroth **Annette von Droste-Hülshoff** Westfälische Schilderungen **Annette von Droste-Hülshoff** Bei uns zulande auf dem Lande **Berthold Auerbach** Brosi und Moni **Jeremias Gotthelf** Die schwarze Spinne **Friedrich Hebbel** Anna **Friedrich Hebbel** Die Kuh **Jeremias Gotthelf** Barthli der Korber **Berthold Auerbach** Barfüßele

ISBN 978-3-8430-1886-9, 452 Seiten, 29,80 €